BUR
Rizzoli

Evita Greco

Il rumore delle cose che iniziano

BUR
Rizzoli

ISBN 978-88-17-09281-4

Prima edizione Rizzoli 2016
Prima edizione BUR febbraio 2017

"Preso a maggio 2017 in Italia
ho viaggiato con me, mi ha colpito
il titolo subito... le cose che
iniziano come queste mie avventure
in Germania... e poi chissà"..

1/9/2017 Ho pensato di iniziarlo
spero presto quando avrò più tempo
chissà come fa il rumore delle
cose che iniziano.. ☆ Marina

Seguici su:

Twitter: @BUR_Rizzoli www.bur.eu Facebook: /RizzoliLibri

Il rumore
delle cose che iniziano

A Maralita

I

Per Ada ci sono rumori che meritano più attenzione di altri. Il rumore che fa un'orchestra quando gli strumenti vengono accordati, un attimo prima che il concerto inizi. Quello che fanno le foglie quando si alza il vento. E anche quello che fanno le tazzine quando i baristi le sistemano sopra le macchine del caffè.

Ada sa che ci sono cose che, quando iniziano, fanno rumore. E quando sente quel rumore, si ferma e ascolta. Ascolta il rumore delle cose che iniziano.

È stata sua nonna Teresa a insegnarle a riconoscere lo stupore degli inizi.

Ada era una bambina di tre anni o poco più quando sua madre aveva deciso che non le interessava poi tanto fare la mamma. Una sera l'aveva messa a letto e, la mattina dopo, l'aveva lasciata dalla nonna. Aveva altro di cui occuparsi, aveva detto soltanto. E da allora non si era fatta più vedere né sentire. Ada avrebbe preferito che ci fosse stata una motivazione più seria. Finì per credere, invece, di non essere una bambina per cui valeva la pena perdere tempo. Anche se nonna Teresa non aveva fatto altro che comportarsi come se lei fosse la sola persona al mondo per cui valesse la pena vivere, Ada aveva continuato a temere che anche lei la abbandonasse, come aveva fatto sua madre.

Una sera chiese a Teresa se per caso quella fosse l'ultima volta che la metteva a letto. La nonna le disse che certamente quella non sarebbe stata l'ultima, eppure, la mattina dopo, Ada le domandò se quella fosse l'ultima volta che facevano colazione insieme. Nonna Teresa le ripeté che, altrettanto certamente, non lo sarebbe stata. Non si stancava mai di rassicurarla.

La cosa si fece seria quando Ada iniziò a rifiutarsi di andare all'asilo: e se quella fuori dal portone della scuola fosse stata l'ultima volta in cui avrebbe visto sua nonna?, finiva per chiedere ogni mattina.

La nonna la svegliava e l'aiutava a prepararsi. Le metteva insieme la colazione e le faceva indossare il grembiulino: ci aveva anche ricamato sopra il suo nome e poi c'era una piccola ape. Alla bambina le api piacevano un sacco, e allora Teresa gliene aveva ricamata una con gli occhi azzurri: «Grandi grandi come i tuoi» aveva detto. Anche se, per quanto si fosse impegnata, il risultato non era perfetto come aveva sperato: un occhio dell'ape sembrava chiuso e le zampe erano troppo lunghe, e non era poi tanto bella da vedere.

Fin quando duravano i preparativi, andava tutto bene. Ada non piangeva né protestava. Poi, quando andavano a piedi verso l'asilo, iniziava a sentire male ovunque. Una volta era la pancia. Un'altra volta le costole, che Ada pensava fossero comunque dalle parti della pancia. Altre volte le veniva da vomitare. E allora diceva alla nonna che doveva *gomitare*, e la nonna non insisteva. Appena iniziavano i dolori, la riportava a casa.

Non sarebbe potuta durare a lungo, all'asilo prima o poi bisognava andare. E allora sua nonna le aveva spiegato che, se non ci fosse andata, quelli della scuola sarebbero stati costretti a chiamare i Carabinieri. Il fatto è che i Carabinieri non fanno paura ai bambini di tre anni, o perlomeno, non quanto pensava Teresa. Di sicuro a Ada non facevano paura per niente. A farle paura era il pensiero che la nonna, dopo averla lasciata all'asilo, potesse andarsene lontano da lei per sempre.

Una mattina, dopo aver preparato il grembiule, il cestino e tutto il resto, nonna Teresa le aveva parlato, stringendole la piccola mano.

«Vedi, Ada, prima o poi le cose devono iniziare. Sono come le strade. Tu sei lì a pensare che una stia finendo, ma in realtà è un'altra che è appena cominciata. Come questa strada qui. Tu pensi che stia finendo la strada che ti porta da me. E invece sta solo iniziando quella che ti porta a scuola.»

Ada aveva ascoltato sua nonna. Fin quando lei le teneva la mano, sapeva che non se ne sarebbe andata da nessuna parte, e allora era tranquilla.

«Adesso è questa la tua strada, quella che porta all'asilo» aveva detto ancora la nonna.

«Ma se io prendo questa strada, tu non potrai venire con me.»

«Io tornerò, tornerò da te.»

«E dove andrai nel frattempo?»

Nonna Teresa aveva riso.

«Non importa dove vanno le persone» aveva risposto, «l'importante è che tornino da te.»

Ada aveva pensato che la nonna aveva ragione. La sola cosa che importava era che sarebbe tornata da lei. Ma c'era ancora dell'altro che non aveva capito, e allora glielo chiese. Quando Ada aveva tre anni, chiedeva sempre un sacco di cose, soprattutto a sua nonna.

«Ma come faccio a saperlo? Come faccio a sapere che questa è una strada che inizia?»

Sua nonna era rimasta in silenzio. Quella risposta non ce l'aveva. Poi, senza sapere da dove venisse, nonna e nipote avevano sentito qualcuno – forse un bidello – fischiettare una di quelle melodie che non stanno scritte da nessuna parte ma che tutti conoscono da sempre.

Teresa, che era proprio il genere di nonna capace di approfittare delle cose improvvise come il fischiettare di un bidello, aveva fatto una faccia stupita.

«Dal rumore» le aveva spiegato.

Senza lasciare la piccola mano di Ada, si era avvicinata all'ingresso dell'asilo.

Una volta entrate, lo sentirono di nuovo. Sentirono di nuovo quel fischiettare. Nonna Teresa fece ancora la faccia stupita.

«Lo hai sentito?» aveva chiesto. «Questo rumore. È il rumore delle cose che iniziano.»

Ada guardava il viso di sua nonna. Si chiedeva come facesse a saperlo, ma la nonna le era apparsa talmente sicura e quel fischiettare così bello che non ebbe il coraggio di domandare niente.

«Devi fare attenzione al rumore delle cose che iniziano» le aveva detto allora Teresa. «Devi avere pazienza. E stare attenta. Proviamo ancora.»

Aveva chiuso gli occhi e li aveva chiusi anche Ada. Per un po' avevano ascoltato il silenzio e niente altro. Poi il bidello aveva fischiato di nuovo. Ada aveva aperto gli occhi prima di sua nonna. In tempo per vedere sul suo viso un'espressione estasiata.

«L'ho sentito» aveva esclamato, «l'ho sentito per prima!»

La nonna allora le aveva baciato la fronte e le aveva detto di andare. Quella non sarebbe stata l'ultima volta che lei l'accompagnava, ma soltanto la prima volta che Ada sarebbe andata all'asilo. E le prime volte sono molto meglio delle ultime.

Ada aveva lasciato la mano della nonna. Di tanto in tanto, mentre andava, si girava per vedere se lei fosse ancora lì. E sì, lei c'era, pronta a sorriderle e a dirle ancora che sarebbe tornata. Che sarebbe tornata tutte le volte che la sua piccina ne avesse avuto bisogno.

Da allora, Ada aveva sempre avuto pazienza e, per distinguere le cose che finiscono da quelle che iniziano, aveva imparato a stare attenta. Aveva capito che le cose, quando finiscono, lo fanno in silenzio. Mentre quelle che iniziano fanno un rumore bellissimo.

2

Anche al bar di un grosso ospedale puoi sentire il rumore delle cose che iniziano. Nel suono che fa un mazzo di chiavi posato troppo in fretta sul tavolo dalla persona che hai seduta di fronte, per esempio.

E poi è lunedì. E il lunedì, ha imparato Ada, è sempre pieno di cose che iniziano.

«Allora, oggi chi incontriamo, commesso viaggiatore?»

Ada sorride a Matteo. In modo impercettibile, ma sorride. Apre due buste di zucchero di canna e le versa nel caffè di Matteo. Lui guarda altrove.

«Neurochirurghi. Oggi incontro i neurochirurghi. E non mi chiamare commesso viaggiatore» dice e solo allora inizia a bere il suo caffè. Non gli riesce di guardare Ada in faccia questa mattina.

Il piccolo tavolo a cui sono seduti occupa una posizione defilata nell'ampia sala del ristorante-bar dell'ospedale. Da lì possono vedere tutti quelli che entrano e possono guardare fuori, attraverso la vetrata che divide la parte interna del bar dalla zona esterna, un ampio balcone con la ringhiera in vetro.

Matteo posa il caffè e finalmente punta gli occhi su Ada. Lei indossa un maglione dei suoi, uno di quelli degli anni Ottanta, di qualche taglia in più rispetto alla sua e del tutto privo di forma. Davanti ha dei ricami geometrici di un blu troppo elettrico. I capelli, tra il castano e il rosso scuro, sono legati in una coda fatta senza guardarsi allo specchio. Deve essersi tolta il trucco in fretta la sera prima. Una leggera patina nera le impregna le ciglia, ma a Matteo sembra bella anche così. Assonnata e struccata male com'è.

«Il giro di neurochirurgia è lungo 400 chilometri» dice Ada

«440» ribatte Matteo sollevando appena le spalle. Ha le spalle grandi, lui, le scapole piatte, e la schiena più bella che Ada abbia mai visto.

«Posso aspettarti comunque. Posso aspettarti e preparare qualcosa per cena» continua Ada.

La sua voce ha un tono di gratitudine e un entusiasmo da ragazzina. Matteo stenta a credere che Ada possa avere 27 anni. Quando gli ha proposto di aspettarlo con la cena pronta, è persino arrossita un po', e ha abbassato lo sguardo. Tormenta con il pollice una piccola ferita che ha sul bordo di un'unghia. Poi appoggia la mano sulla sua.

Matteo ha 220 chilometri da percorrere. Un altro ospedale da visitare. Incontrerà due primari. Stringerà mani. Mostrerà la sua merce. Commenterà interventi. E poi farà finta di aver voglia di parlare di viaggi. Ai dottori piace sempre parlare di viaggi. Watamu, Saint Martin, Koh Phangan. Questi sono i posti di cui vogliono sentire parlare i neurochirurghi nei corridoi degli ospedali. Specie quando si avvicinano le vacanze di Natale e ai soffitti puoi vedere rade palline appese con sottili fili trasparenti.

Rifiuterà il solito invito a fermarsi a mangiare qualcosa con i primari. Risalirà nell'auto dell'azienda e tornerà indietro.

Lavorare, stamattina, è la sola cosa che possa dargli l'impressione di avere ancora il controllo della piega che sta prendendo la sua vita.

Se continuasse a guardare Ada, potrebbe decidere di non lavorare questa mattina. È già successo. E può succedere di nuovo. Finirebbe per correre con lei in quella casa ancora da sistemare. C'è solo un bagno, lì, un pezzo di cucina e il letto. Sembra una casa solo quando c'è lei. La spoglierebbe piano, e altrettanto piano farebbero l'amore, come se il solo posto dove poter tornare fosse il corpo di Ada.

Ma stamattina davvero non può farlo. Ha quasi quarant'anni ormai. E, anche se non vuole sentirsi chiamare "commesso viaggiatore", in fondo è quello che fa. E deve vendere. Sarà il suo compito anche per questa giornata.

Sopra il loro tavolino, un cartello invita i signori medici a togliere il camice nella sala del bar. I medici il camice non se lo tolgono quasi mai. Ada questo lo sa. Eppure, pensa, camice o non camice, niente le leva dalla testa che nessuno di quei medici può salvare la vita di sua nonna, ricoverata sei piani più in alto, reparto oncoematologia clinica, corridoio 2, stanza 9, letto B.

Ada e Matteo si sono conosciuti al bar dell'ospedale una sera di pochi mesi prima. Lei era seduta a un tavolo, sempre lo stesso. Fuori, a occupare la scena, c'era uno di quei tramonti rosa di estate inoltrata.

Ada lo aveva già visto lì. Lui il camice non lo portava, ma non sembrava il tipo di persona che obbedisce agli ordini scritti sui cartelli appesi ai muri. Quindi, aveva pensato Ada, non poteva essere un medico. Tutte le volte lui finiva per andarsene sul balcone del bar a bere qualcosa. Dopo aver bevuto, iniziava a tastarsi il busto con le mani. Prima all'altezza del petto, poi dei fianchi e poi di nuovo del petto. Solo in ultimo arrivava alle tasche anteriori dei pantaloni. Ada ci aveva messo un po' a capire cosa facesse: cercava un pacchetto di sigarette. Alla fine le sigarette erano sempre lì, nella tasca dei pantaloni. La sinistra. Ne tirava fuori una. Ada non poteva vedere la marca. Faceva due lunghi tiri, e poi la buttava.

Non sapeva che cosa l'avesse spinta, ma quella volta si era alzata dalla sedia, aveva varcato la soglia, era andata su quel balcone e gli si era avvicinata.

«Cosa bevi?» aveva chiesto.

Lui non aveva detto niente, le aveva solo allungato il bicchiere. Ada aveva bevuto un sorso. Era rum. Rum secco. Non lo aveva mai provato prima, e si era sentita come se una serie di piccole lame incandescenti le avesse scavato la gola. E allora d'istinto aveva sputato il rum di sotto, rovesciando anche quello rimasto nel bicchiere. Matteo non aveva smesso di sorriderle. Né di guardarla.

Potrebbe continuare a guardarla e a sorridere anche stamattina. Invece Matteo finisce di bere veloce il caffè, si alza e infila la sua giacca blu. Fa tutto più alla svelta di quanto Ada vorrebbe. Lei è il tipo di persona che, in modo abbastanza ostinato, si comporta con gli altri come vorrebbe che gli altri si comportassero con lei. Così adesso si alza, attenta a muovere meno aria possibile, e sistema il colletto della camicia di Matteo, come se fosse il suo unico istinto.

«Neanche un bacio» dice Ada. Non le riesce di farla sembrare una domanda.

Matteo le dà un bacio svelto sulla guancia. Poi le porge la sua. Non in modo esplicito, ma Ada ha imparato a riconoscere quel gesto. Cambia appena l'angolo tra la guancia e il collo e si abbassa. Lei allora gli dà il suo bacio. Lui ha la barba un po' cresciuta, non ci si fa davvero caso fin quando non gli si dà un bacio.

Certe volte, pensa Ada, lui la tratta come uno di quei gatti che incontri per strada mentre te ne vai al lavoro, e che finisci per salutare tutti i giorni. E magari qualche volta li accarezzi anche. Uno di quelli che non porteresti mai a casa, però.

Non fa neanche in tempo a smettere di sentire le sue labbra sulla guancia di Matteo, che lui si è già voltato. Si guarda ancora intorno. E ha il passo svelto di chi sa dove andare.

Il modo in cui le persone se ne vanno. L'altezza a cui tengono le spalle. Il singolare orientamento del loro sguardo. Ada sembra non aver fatto altro nella vita: provare a fermare le persone che se ne vanno lontano da lei.

3

Di lunedì, Ada guarda la gente. Lo fa ogni giorno, ma il lunedì le piace di più perché le pare che tutto torni a iniziare. Ognuno percorre la sua traiettoria senza guardarsi intorno. E per qualche attimo, anche lei può credersi una di quelli che sanno esattamente dove andare.

Ada ora non ha un lavoro, quindi di lunedì non deve andare in nessun posto. Da quando la nonna si è ammalata, ha deciso che i compensi che avrebbe ottenuto con uno dei lavori precari che le avevano offerto non valevano neanche un solo minuto passato accanto a sua nonna. Ha qualche risparmio da parte. E poi c'è sempre la pensione della nonna. Teresa glielo dice ogni volta che può farne ciò che vuole, ma Ada quei soldi lì non li tocca quasi mai.

In ogni caso, ha una lista di lavori che vorrebbe fare da grande. Non è davvero una lista, perché lei non è abituata a tenere le cose troppo in ordine. Anche se questi lavori non sono scritti uno sotto l'altro in un foglio, è a una lista che lei pensa, quando si appunta in testa idee come: "impedire alla gente di cercare su internet nomi di malattie e sintomi". Sa bene che questo genere di attività non possono proprio considerarsi lavori, ma sa anche che ci sono periodi della vita in cui bisognerebbe davvero fare tutte le cose che lei ha appuntato.

È convinta di saper riconoscere la gente che va a cercare su internet i nomi e i sintomi delle malattie. Li vede entrare nella sala del bar, con una mano tengono il referto e con l'altra il telefonino. Dal giorno in cui hanno diagnosticato il linfoma alla nonna, sa che cercare su internet è una pessima idea. Non avrebbe dovuto farlo e neanche gli altri dovrebbero. Non sono mai cose buone quelle che si leggono sulle malattie.

Linfoma non Hodgkin mantellare grado III. Era questa la malattia che Ada aveva cercato in rete. Cos'altro poteva fare?

Sua nonna aveva avuto una polmonite, ma non aveva neanche una brutta tosse né niente. Solo una febbre che non passava mai e il loro medico non aveva fatto altro che darle antibiotici. Alla fine Ada l'aveva portata all'ospedale.

Nonna Teresa non ci voleva andare. Non sentiva male, diceva, e poi lì ci sarebbero state tante di quelle persone e lei non aveva voglia di fare file, soprattutto in posti come l'ospedale.

Ada non pensava che potesse essere qualcosa di grave. Capita che la gente abbia la febbre. Sua nonna però non l'aveva mai avuta. O magari l'aveva avuta e non le aveva fatto sapere niente. Teresa è il genere di nonna che sa come tenerti le cose nascoste, se vuole, e magari la febbre era una di quelle cose che si sentiva in dovere di nascondere.

Quando poi era riuscita a portare la nonna all'ospedale, l'avevano trattenuta per un po': per prudenza, le avevano spiegato. La febbre era passata, ma non smettevano di farle prelievi e raggi e TAC e altre cose di cui Ada non sapeva l'esatta funzione. Sua nonna continuava a dirle di non chiedere niente a nessuno, perché quelli erano medici e conoscevano il loro lavoro. Ada avrebbe voluto chiedere il perché di tutte quelle TAC e PET e prelievi, considerando il fatto che Teresa non aveva più alcun sintomo. Ma quando sua nonna decideva che non bisognava chiedere niente a nessuno, non potevi chiedere niente a nessuno.

Alla fine l'avevano dimessa dicendo che avevano trovato una massa nella zona del mediastino. Ada non aveva mai sentito parlare del mediastino, non sapeva nemmeno dove fosse e di sicuro non lo sapeva la nonna. Anche in quel caso, comunque, non chiese niente.

Fu il medico a parlare. Disse che non era chiaro da quanto tempo la massa fosse lì. Forse un mese. Forse cinque anni. Se fosse stata lì da cinque anni, disse, sarebbe stato meglio, perché avrebbe significato che non era poi così aggressiva. In ogni caso, in quel reparto avevano fatto quello che potevano. Quindi a Ada e sua nonna non restava che andare dal medico di base con le quattro pagine di referto che il dottore aveva dato loro insieme a una forte stretta di mano e ai suoi più sentiti auguri.

Ada, quando si era ritrovata davanti il referto, si era sforzata di non badare troppo all'idea che qualcosa di brutto stesse trovando spazio dentro sua nonna. Aveva badato, invece, al fatto che dall'ospedale sua nonna era uscita esattamente come era entrata, e cioè con le sue scarpe da ballo con tacchi medi, i capelli appena cotonati e il rossetto rosso. Ada sapeva che, qualunque cosa fosse quella massa e ovunque fosse il mediastino, non avrebbe impedito a sua nonna di tenersi pronta per un ballo. «In qualsiasi momento, puoi sentire il rumore delle cose che iniziano» diceva sempre Teresa. Magari a iniziare sarebbe stato un ballo e lei si sarebbe fatta trovare preparata.

4

E in effetti, a iniziare, era stato una specie di ballo. Un ballo con quella malattia dal nome lungo, che a cercarlo su internet Ada ci diventava matta. Il loro medico di famiglia le aveva mandate al reparto di oncoematologia. Nella testa di Ada, la parola "oncoematologia" aveva lo stesso posto di "mediastino" e cioè non significava niente. Finì allora per cercare su internet anche quella.

Ogni volta che credeva di aver capito qualcosa sul nome della malattia, su quello del reparto o sull'importanza o meno di avere un mediastino privo di masse, correva da sua nonna a riferirglielo. Teresa però non annuiva né commentava, le chiedeva solo come mai non fosse pettinata e non si mettesse neanche un filo di trucco.

«Va' a prendere il rossetto» le diceva, e Ada andava a prenderlo, in un ripiano dell'armadio, tra le forcine e la lacca. Lasciava che la nonna glielo mettesse, poi guardava Teresa metterselo. Non aveva neanche bisogno dello specchio, lei.

La cosa del rossetto era seria, perché per capire come stesse davvero sua nonna, Ada controllava se lo aveva indosso. E se le scarpe da ballo erano a portata di mano.

Se indossava entrambi, stava benissimo. In barba al mediastino intaccato dal linfoma e tutto il resto. Anche se teneva le scarpe vicino al letto e il rossetto nel comodino, andava abbastanza bene. Quando non chiedeva dov'erano, invece, andava abbastanza male.

Da qualche settimana, la nonna non chiede proprio niente. Ma a questo Ada preferisce non pensare. Lascia il bar tagliando le traiettorie che la gente traccia sicura nella fretta del lunedì. Si domanda quando la chiamerà Matteo.

Folate di vento gelido entrano nell'atrio d'ingresso dell'ospedale a intervalli regolari. Sono le porte scorrevoli a farle entrare così. Si aprono automaticamente a un ritmo solo loro e, se non lo conosci, rischi di rimanere bloccato e collezionare una serie potenzialmente infinita di piccole false partenze.

Ada sa riconoscerli, quelli che non sanno ancora come funzionano le porte. "Abbiate pazienza" le verrebbe da dire, ma qualcosa interrompe il filo di ogni pensiero. Se Matteo non chiamasse più? E se smettesse anche di rispondere al telefono? Non come fa ora, che se anche non può parlare, glielo dice che ora non può, ma che poi la chiamerà. Se smettesse per sempre?

Queste cose non riesce a pensarle per intero. Sono come quelle immagini che credi di sognare quando stai per addormentarti e poi invece ti svegli di colpo, con un balzo. Non ricordi davvero cosa credi di aver visto, ma sai per certo di esserti spaventato.

"Chiamerà" ripete a se stessa Ada. Chiamerà. Cerca con lo sguardo uno di quegli anziani che, nell'atrio dell'ospedale, sembrano persi mentre provano a raggiungere il reparto o l'ambulatorio dove devono andare. Uno di quegli anziani che, se gli capiti dietro, non sai mai come fare per sorpassarli, perché un po' ti dispiace fargli capire che stanno andando troppo piano.

Della vecchiaia, a Ada, fa paura solo questo. Quando a un certo punto, per camminare, hai sempre bisogno di appoggiarti a qualcuno, e se qualcun altro cammina dietro di te, non sa come fare per superarti. Diventare così la spaventa.

Nell'atrio nessuno oggi sembra perdersi, però. Se ne scorgesse uno, uno di quegli anziani che rallentano la strada degli altri senza volerlo, Ada gli andrebbe incontro e gli chiederebbe dove deve andare. "Non si preoccupi, so io come arrivarci. Non rallenteremo la strada a nessuno. Questo è il mio lavoro" direbbe, sapendo che è una bugia. Una di quelle buone, però. Una di quelle che persino sua nonna le farebbe passare.

Va verso l'ascensore numero 6. Potrebbe prendere anche l'ascensore numero 2, ma così la strada per oncoematologia si allungherebbe.

Quando Ada aveva accompagnato sua nonna in reparto la prima volta, nessuna delle due conosceva la scorciatoia. Non avevano idea di come arrivarci né con la strada più lunga né con quella più breve. In quell'ospedale ogni cosa era parsa loro enorme, e anche seguendo le frecce disegnate per terra rischiavano di perdersi. Il rossetto della nonna, allora, era messo in modo splendido.

Quella prima volta, durante la ricerca della strada per il reparto, la nonna teneva stretto il braccio di Ada e le scarpe da ballo ticchettavano sul pavimento dell'ospedale senza tradire alcuna esitazione. Nei punti in cui i corridoi si facevano più stretti, e si trattava di scegliere quale strada fare, Ada e la nonna avevano comunque rallentato il percorso a chi stava loro dietro. In quel momento, Ada si era resa conto che sua nonna era diventata una di quelle persone a cui bisognava tenere sempre il braccio. E aveva messo quel lavoro nella lista: guidare le persone anziane affinché non rallentino chi cammina dietro di loro. Come lavoro, le era riuscito bene da subito.

Sono passati mesi dal loro primo ingresso in oncoematologia, e Teresa la strada per il reparto non l'ha ancora imparata. Ha fiducia in poche cose, lei, ma sul fatto che ci sarà sempre qualcuno a cui poter chiedere la strada non ha dubbi. Comunque, le rare volte in cui esce dalla stanza 9, la nonna si lascia guidare da Ada senza chiedersi dove si trovino. Parlano spesso di come erano i pranzi e le cene che preparava alla nipote. Ada le dice che era tutto buono. Lo dice anche quando la nonna non le chiede niente. Lo dice anche delle cose che non ha mai assaggiato, così poi la nonna può prometterle che gliele preparerà quando tornerà a casa. Ada è felice di sentirselo dire, anche se sa che quelle cose lì, sua nonna, non potrà più cucinarle. Questo a Teresa non lo dice. Mente. Dice che non vede l'ora di mangiarle.

Non è il tipo di ragazza che mente. Non mentirebbe per nessun motivo al mondo, ma per sua nonna sì. Non vuole deluderla, ecco tutto.

5

L'ascensore 6 si apre davanti alla porta gialla del reparto. È una di quelle antincendio, così pesanti che aprirle può diventare un problema. Anche chiuderle può diventare un problema, perché scivolano lentamente fino a un certo punto, poi scattano e si chiudono di colpo. E fanno rumore al punto che Teresa, la prima volta che erano entrate lì, aveva guardato Ada con un'aria serissima. Lei aveva capito subito che era per ricordarle di prestare attenzione a quel rumore: uno dei rumori delle cose che iniziano.

Ada però non voleva pensarci a quello che stava iniziando. Non vuole pensarci neanche adesso che è lunedì, fuori fa freddo, giù nell'atrio nessuno pare essersi perso e, più di tutto, non sa neanche se Matteo la chiamerà ancora.

Finge di non sentire il rumore della porta. Come sempre, quando entra in reparto, si sforza di pensare alla canzoncina che sua nonna le cantava tutte le mattine, per farle sapere che quello sarebbe stato un buon giorno. Teresa non era particolarmente intonata, ma per Ada non era mai stato un problema. Anzi, per un lungo periodo, da bambina, era certa che sua nonna avesse doti da cantante.

"Buongiorno, è un nuovo giorno che felici ci farà" diceva la canzone, "buongiorno, è un nuovo giorno, che bell'aria tirerà."

Le pare davvero di sentirla, la voce della nonna. Le pare anche di sentire il profumo della ciambella con gli zuccherini colorati che le preparava per colazione. Da bambina non era mai riuscita a scoprire dove Teresa tenesse nascosti gli zuccherini; ma, anche quando poi lo aveva scoperto, ogni volta che li vedeva comparire in tavola, continuava a disegnarsi sul suo viso lo stupore di sempre.

6

Ada ha ancora la canzoncina della nonna in testa, quando decide di sedersi nella sala d'attesa dei pazienti del day hospital. Due delle quattro pareti sono di plexiglass, quindi da fuòri puoi vedere chi c'è dentro e viceversa. Stamattina, comunque, non c'è nessuno.

Ada pensa che sia un bene che la ripresa del lunedì non abbia toccato quel posto. In generale, perché significa che nessun paziente nuovo ha bisogno della chemioterapia. E in particolare per lei, che può ancora sedersi lì e far finta che sia una di quelle volte in cui la nonna andava con le sue gambe a fare la chemio e a lei non rimaneva che aspettare il momento in cui avrebbe sentito il ticchettio delle scarpe da ballo lungo il corridoio. Seguito, subito dopo, dalla voce della nonna che la rassicurava: anche quella era fatta, potevano andarsene a casa.

Ada immagina una conversazione. Immagina la nonna dirle che possono comprare le uova da quell'omino che le vende in centro. Immagina di rispondere che sì, sarebbero andate, anche se lei non ne aveva mai troppa voglia: Teresa ci metteva un sacco di tempo a sceglierle. Non perché non sapesse quali prendere, lei lo capiva benissimo e subito quali erano quelle buone per la pasta, quali per i dolci e quali invece non erano buone per niente. Solo, voleva che lo capisse anche Ada. E allora se ne stava ore, quasi, davanti al banchetto a spiegarle le tonalità del guscio e un'altra serie di cose che Ada non voleva sapere.

L'omino delle uova portava sempre gli occhiali da sole e ogni tanto ripeteva: «Buongiorno, signore», e Ada finiva sempre per chiedersi se lo dicesse perché le vedeva e davvero volesse dar loro il buongiorno, o se invece, da dietro gli occhiali, non vedesse proprio niente e "buongiorno" lo dicesse quasi a caso, sperando che prima o poi qualcuno arrivasse.

Se qualcuno adesso entrasse nella sala d'attesa del day hospital, Ada finirebbe per raccontargli la storia delle uova e tutto il resto. "Aspetto mia nonna" direbbe, "poi ce ne andiamo a comprare le uova."

È il genere di persona che passa molto tempo a immaginare conversazioni che forse non avverranno mai. In quella che sta immaginando ora, il suo interlocutore è uno che muore dalla voglia di sapere cosa distingue le uova buone per fare tutto da quelle buone per fare niente, e Ada, nella sua testa, è lì che gli risponde, mentre pensa che è solo un errore se la chemio fatta in day hospital ha lasciato la massa sul mediastino esattamente com'era. Uno di quelli che, da bambina, facendo i compiti di matematica, poteva cancellare con la gomma fatta apposta per l'inchiostro. Era una gomma dura, quella, che finiva per consumare la pagina, se non ci stava attenta, ma poteva comunque riscrivere il risultato giusto.

Ada pensa che rimarrà seduta lì, a cancellare quell'errore che tiene la nonna ricoverata da più di un mese. Lo cancellerà a costo di bucare la pagina. A costo di buttare l'intero quaderno.

La porta antincendio del reparto si chiude in un tonfo. Ada alza lo sguardo e, attraverso la parete di plexiglass, vede una coppia. Lei potrebbe avere quaranta, quarantacinque anni. Lui forse qualcosa in più. Non portano la fede, ma Ada lo capisce che stanno insieme da molto tempo ed è probabile che ci rimangano ancora a lungo, anche se non se lo sono promessi davanti a un prete né a nessun altro.

Spera che si siano sbagliati, che non sia quello il reparto che cercano. Poco più avanti dell'ingresso di oncoematologia, dietro un'altra porta antincendio, c'è il reparto di chirurgia maxillofacciale. Ada pensava che lì ci si andasse solo per questioni estetiche, e invece in molti ci finiscono per sistemare un qualche difetto alla mandibola o alla mascella. Uno di quelli che di notte possono farti respirare male. Possono essere problemi seri, quelli alla mandibola e alla mascella. Non seri quanto un linfoma, o una leucemia, ma comunque seri.

Si augura che la coppia sia lì per uno di quei disturbi alla mascella. Del resto l'ospedale è enorme e ci si perdono in molti, non solo donne di una certa età con scarpe da ballo. Possono perdercisi tutti.

Loro però non si sono persi. Vanno dritti verso l'accettazione. Forse a stare male è lei. Forse lui. Entrambi sono spaventati e si sforzano di mantenere un'espressione serena per non preoccupare l'altro. Non si guardano, però. Il genere di paura che hai negli occhi, quando entri in reparti come quello, non è una cosa che puoi davvero nascondere. Questo Ada lo aveva capito subito, fin dalla prima volta che ci aveva portato la nonna.

La sala d'attesa allora era piena e, anche se Ada non distingueva i pazienti dagli accompagnatori, una cosa le era parsa subito chiara; e aveva capito che, da quel giorno in poi, quella cosa l'avrebbe riconosciuta per sempre. Tutti, lì dentro, avevano e avrebbero avuto l'aria di chi ha sentito esplodere una bomba a pochi passi da sé, senza neanche averla vista arrivare. Di colpo tutto si era fatto scuro e pieno di fumo e, come nel peggiore degli incubi, nessuno aveva la forza di gridare. La bomba non li aveva uccisi, questo no. Ma da quel momento in poi sapevano cosa poteva piombargli addosso. E sapere cosa può piombarti addosso non è il genere di cosa che puoi cancellare dal tuo sguardo, neanche quando provi con tutto te stesso ad avere l'espressione che pensi debba avere uno che è sereno e che non vuole angosciarti con le sue paure.

Da una delle stanze della chemio esce l'infermiera Giulia. Tiene la testa china su una cartella e indossa una cuffia con i pesci rossi. Ogni giorno ha una cuffia con stampati animali diversi. Piccoli gatti. Zebre sfacciatamente allegre. E foche con gli occhiali. Giulia è la sola a portare quel genere di cuffie. Sembra una cosa stupida, ma quando imperversano certi bombardamenti, niente lo è.

Cammina verso la sala d'attesa senza alzare gli occhi dalla cartella che ha in mano. Dalla prima volta che Ada l'ha vista lavorare, ha prestato attenzione all'economia dei suoi gesti. Nulla va mai sprecato, o almeno così le pare.

Ada non sopporta le persone che sprecano i gesti. Le capita di vederle soprattutto nei bar e nei ristoranti. Sembrano sempre affaccendate, ma il più delle volte spostano cose a vuoto, senza badarci. E Ada vorrebbe dirglielo. Direbbe: "Prestate attenzione a quello che fate".

Non dice mai niente a nessuno, però. Alla fine lo dice sempre solo a se stessa, di prestare attenzione a quello che fa. Solo che il minuto dopo spesso se lo dimentica.

Giulia, invece, non spreca un solo gesto. Quando si ferma sulla porta e vede Ada, la saluta con un piccolo cenno. Salutarsi, una volta che hai visto cosa può piombarti addosso, smette di essere qualcosa che puoi esprimere tramite le parole. Del resto, là dentro, è come se non si facesse altro che salutare. Non gli infermieri o i medici o chissà chi altro, ma proprio la vita, come era prima, come se ci fosse una grammatica creata apposta per i sopravvissuti.

«Il giro visite è passato» dice Giulia a Ada. Parla della visita che ogni mattina i medici fanno alla nonna. Quella durante la quale nessuno, neanche Giulia, è autorizzato a entrare. «Se vuoi, puoi andare da lei» continua. «Gliel'hai portata la foto dell'ulivo?»

7

Ada e la nonna, a casa, hanno un ulivo. Ce l'hanno da una vita, e la nonna, da quando è ricoverata, soffre molto per il fatto di non vederlo. Lo ripete sempre a Giulia, quanto le manca averlo sott'occhio. Allora Giulia ha pensato di dire a Ada di fotografarlo con il telefono, qualche volta, per farlo vedere alla nonna.

Per Ada l'ulivo è sempre più o meno uguale: per questo si dimentica di fotografarlo. Si sente ogni volta in colpa quando deve ammettere con Giulia di essersene dimenticata. Potrebbe dirle di averlo fotografato e usare una foto vecchia. Invece non mente e dice che non l'ha fotografato. Alla nonna, in fondo, basta che l'ulivo stia bene, immagina Ada; è per questo che non smette di chiederle di guardarlo.

La storia dell'ulivo era iniziata qualcosa come vent'anni prima. O forse di più.

Quella in cui andarono a prendere l'ulivo era una mattina come tutte le altre, almeno fino al punto in cui la nonna era andata in camera di Ada e l'aveva presa in braccio senza parlare, costringendola a lasciare i suoi gnomi giocattolo lì dov'erano senza avere modo di spiegare loro cosa stesse succedendo. E lei non era il genere di bambina che lasciava i suoi gnomi a quel modo.

Per arrivare al vivaio, Ada e la nonna salirono su tre diversi autobus. Prima il solito, quello per metà bianco e per metà verde, che dovevano prendere per andare da qualsiasi parte e che passava in fondo alla loro via quando la campana della chiesa nei dintorni faceva un rintocco, e poi di nuovo quando ne faceva tre. Dopo quello ne presero uno grande e blu, che pareva non fermarsi mai. E infine uno poco più grande di un furgone, che Ada non aveva davvero mai visto, neanche da lontano, quando dalla stazione degli autobus si metteva a guardare bene tutto quello che passava. Del resto Ada perse molti dettagli di quel viaggio, perché continuava a pensare agli gnomi.

Una volta entrata nel vivaio, però, si scordò degli gnomi, degli autobus e di tutto il resto. A lei girava sempre la testa quando guardava in alto, quindi in alto non ci guardava mai. Nel vivaio, però, non poté fare a meno di stringere forte la mano della nonna e guardare in su per quasi tutto il tempo.

La luce filtrava dalle chiome degli alberi stretti uno accanto all'altro in file lunghissime di cui Ada, anche se avesse puntato gli occhi avanti e non in alto, non avrebbe visto la fine. Pareva pioggia, la luce che passava di lì. E Ada a ogni passo si sentiva persa sempre di più in quella pioggia luminosa che mai aveva visto.

A un certo punto, un uomo venne loro incontro e prese a parlare con la nonna. Ada le lasciò la mano e iniziò a correre e correre, sempre con la testa all'insù. Si sentì chiamare per nome, e poi anche per cognome, che era un modo per farle sapere che doveva proprio smettere di fare quello che stava facendo e obbedire all'ordine della nonna, e cioè, in quel caso, tornare subito indietro.

Ma lei non poteva fermarsi e allora prese a girare su se stessa, sempre guardando in alto, finché la pioggia di luce che passava dalle foglie degli alberi si fece così fitta che lei cadde.

Anche da stesa per terra, comunque, non poté fare a meno di guardarla, quella luce, e allora rimase lì, fin quando sua nonna e l'uomo del vivaio non le andarono incontro.

La nonna la prese in braccio e non le disse nulla. All'uomo, invece, disse che erano venute a prendere «uno di quelli». Lo fece indicando degli alberi piccoli piccoli, così piccoli che Ada, per guardare attraverso le foglie, avrebbe avuto bisogno di inginocchiarsi. Di correrci sotto proprio non se ne parlava, e quasi avrebbe voluto dirlo, a sua nonna, che non valeva la pena essere arrivate fin lì per prenderne uno sotto il quale non si poteva neanche correre. Ma l'uomo del vivaio stava parlando e allora lei attese che finisse, perché sapeva – Teresa glielo aveva insegnato – che doveva aspettare che gli altri finissero, prima di iniziare a parlare lei.

Non ci fu bisogno di dire niente, perché alla fine la nonna le aveva chiesto quale volesse. Lei aveva indicato uno degli alberi in fondo, uno di quelli sotto i quali si poteva correre. La nonna però aveva riso e aveva spiegato che quello era già cresciuto; loro, invece, dovevano prenderne uno che crescesse insieme a lei.

Ada aveva capito poco di questa faccenda del crescere. Sapeva solo che una volta diventata così, e cioè cresciuta, avrebbe potuto fare un sacco di cose. Non aveva idea di che c'entrasse, questo fatto di crescere, con gli alberi che vedeva lì. Che fossero grandi o piccoli, loro le cose che avrebbe fatto lei una volta cresciuta non le avrebbero mai fatte.

Comunque non chiese niente, perché già le pareva bello che dopo tutto potessero prenderne uno: lei e sua nonna non erano abituate a prendere tante cose.

Si ricordò che per tornare a casa avrebbero dovuto di nuovo salire su tutti quegli autobus, così indicò l'albero più piccolo fra quelli piccoli. Le sembrava che potesse entrarci, con loro negli autobus, anche nel furgoncino.

A riportarle a casa, invece, ci pensò l'uomo del vivaio. Aveva una specie di macchina con i posti a sedere davanti e uno spazio scoperto dietro su cui caricare le piante. Ci mise un po' a caricarci sopra il loro albero, e durante il viaggio Ada non fece altro che guardarlo per essere sicura che non se ne andasse da nessuna parte.

L'albero fortunatamente non si era mosso da lì e l'uomo dei vivaio aveva aiutato la nonna a portarlo nel piccolo pezzo di terra attaccato alla loro casa, che si poteva vedere dalla finestra della cucina. Per arrivarci però bisognava proprio uscire di casa e percorrere tutto un corridoio umido e buio, quello che portava anche alle cantine. Ada aveva paura di andarci, e infatti lo faceva sempre correndo e con gli occhi chiusi. Qualche volta pensava che nel pezzo di terra ci sarebbe andata volentieri saltando direttamente dalla finestra della cucina. Sarebbe stato un salto più alto di lei e un po' le faceva paura. Ma mai come quel corridoio, in cui non sapevi che animali avresti potuto trovare. E poi sua nonna le aveva detto che se l'avesse vista passare da lì, cioè dalla finestra della cucina, gliele avrebbe date di santa ragione. Cosa le avrebbe dato di preciso, Ada non lo sapeva, perché Teresa diceva sempre che gliele avrebbe date ma alla fine non gliele dava mai.

L'uomo del vivaio aveva percorso il corridoio senza fare una piega, così anche Ada aveva finto di non aver paura e gli occhi li aveva chiusi solo per un po'.

Quando lo aveva salutato, la nonna gli aveva detto «Grazie, grazie mille» almeno tre o quattro volte. La nonna lo diceva sempre, ma quella mattina a Ada sembrò che lo dicesse più del solito. E allora lo disse pure lei, «Grazie, grazie mille», così magari sua nonna avrebbe smesso di farlo e si sarebbero potute dedicare all'albero una volta per tutte.

Potevano scavarci sotto, pensò Ada, in modo che lei potesse correrci intorno comunque. Le pareva una buona idea, ma non ebbe il coraggio di formularla ad alta voce, anche perché la nonna, non appena l'uomo del vivaio se ne fu andato, le fece una di quelle sue domande da nonna. Una di quelle a cui si aspettava che Ada sapesse rispondere, e anche alla svelta.

«Lo sai che albero è, questo qui?» le chiese.

Ada una mezza risposta credeva di averla: quello era il loro albero e basta, non pensava che servisse un nome. Però la nonna gliel'aveva chiesto ancora. A Ada non piaceva che le chiedessero le cose due volte. Le venne voglia di dire che la domanda l'aveva capita benissimo già prima, e invece tagliò corto e disse solo che non lo sapeva che albero era.

Allora la nonna spiegò che quello era un ulivo. Il *suo* ulivo. E poi disse ancora che sarebbe cresciuto insieme a lei. E visto che lei, esattamente come aveva pensato poco prima al vivaio, non ne sapeva molto di questa faccenda della crescita, e visto che le faceva anche un po' paura e non riusciva proprio a pensare che quella era una cosa solo sua e non una cosa sua e anche della nonna, glielo disse. Le disse che lei da sola non voleva. Che sarebbero cresciuti insieme, lei e l'ulivo, solo se sua nonna lo avesse fatto con loro.

La nonna prima rimase in silenzio e poi rise. Rispose che l'ulivo ci avrebbe messo tanti di quegli anni a crescere che Ada non ne aveva idea, e allora Ada le chiese di dargliela, quest'idea. E la nonna disse: «Ci metterà sette volte gli anni che hai tu».

Ada provò a pensarci, a quanto fosse sette volte gli anni che aveva lei, ma non le venne in mente niente, allora concluse che andava bene lo stesso, bastava che la nonna ci fosse.

C'era una luce, ricorda Ada, da scattarci una foto, una luce che chiunque l'avesse vista avrebbe saputo dire che era la luce di un tiepido pomeriggio di inizio inverno.

E poi c'era l'odore della terra bagnata. Lei non lo aveva mai sentito, ma da allora lo avrebbe sempre riconosciuto. Ogni volta che ci ripensava, poteva ancora sentire la terra nelle sue mani. Ricorda tutto: la particolare qualità della luce, il profumo di terra e poi quello che le aveva detto sua nonna.

«Cresceremo insieme, te lo prometto.»

Quando poi Ada, il giorno dopo, disse a sua nonna che quell'albero le sembrava preciso identico al giorno prima e che davvero non capiva come e quando sarebbe potuto crescere, la nonna rispose che avrebbero dovuto continuare a guardarlo. E lei lo aveva guardato, l'ulivo, giorno dopo giorno dopo giorno, ma le pareva sempre uguale. Quando lo diceva alla nonna, lei le indicava una foglia nuova, o una che si era fatta più gialla o più verde. Non smetteva mai di ricordarle che doveva guardarlo, perché, anche se sembrava che non stesse cambiando, l'ulivo stava crescendo, e se lei non lo avesse guardato, sarebbe arrivato il giorno in cui non lo avrebbe più riconosciuto. E allora quello non sarebbe più stato il suo ulivo.

Quando Giulia le chiede di nuovo della foto dell'ulivo, Ada pensa di raccontarle l'intera storia. Invece le dice solo che si è dimenticata, che le dispiace e che lei ha una gran ragione a ricordarglielo ogni volta.

8

Giulia è un inizio. L'inizio di un'amicizia. Ada non saprebbe dire che rumore abbia fatto quell'inizio. Forse quello della sua mano che bussava piano sulla parete di plexiglass la prima volta che lei e la nonna avevano preso posto nella sala d'attesa. Sulla cuffia di Giulia, allora, c'erano stampate delle giraffe con indosso un cappello da marinaio – o da pittore? Ada si confondeva sempre rispetto a questo genere di cose. Comunque, la giovane infermiera aveva fatto il nome e il cognome di sua nonna e Teresa aveva alzato la mano e l'aveva guardata come una scolaretta che ammetteva di aver fatto uno scherzo e sapeva che la maestra l'avrebbe perdonata.

«Ha il tempo di aspettarmi un minuto?» aveva chiesto Giulia a Teresa.

«Ne ho diversi, di minuti. Tutti i minuti che vuole» aveva risposto la nonna. E non era una cosa da poco, lì, avere tutti i minuti che uno voleva.

Allora l'infermiera aveva preso a salutare gli altri pazienti nella sala, li chiamava tutti per nome. Riusciva a misurare la saturazione a qualcuno e, contemporaneamente, chiedere come fosse andato il saggio di danza della figlia di una paziente. Dava risposte sui linfociti maturi o periferici, e poi parlava della qualità dei tutù per bambine. Così poteva somministrare dio solo sapeva cosa, senza che i pazienti si chiedessero nulla, o quasi.

In mezzo a tutto questo, a un certo punto, aveva trovato il modo di presentarsi alla nonna e a Ada: «Piacere di conoscervi, io sono Giulia. E oggi mi prenderò cura di lei, signora Teresa. Prego, mi segua».

«Certo, dottoressa» aveva risposto la nonna.

Giulia aveva replicato che lei non era dottoressa. Pareva che le dispiacesse contraddire Teresa, ma non voleva attribuirsi un ruolo che non le spettava. Comunque per nonna Teresa non era importante che non lo fosse: lei era quella che la stava portando a curarsi, quindi, in ogni caso, era lei la sua dottoressa.

Giulia si era poi rivolta a Ada: «Ci metteremo circa tre ore, quando torniamo le spiego tutto».

Ada aveva visto sua nonna allontanarsi tenendosi al braccio di Giulia.

Da allora, Ada le aveva viste andarsene insieme lungo il corridoio molte volte, e Giulia specificava sempre che si sarebbe presa cura della nonna. Da subito, Ada aveva pensato che quella fosse una cosa bella. E lo pensa anche adesso, ogni volta che la nonna viene prelevata dalla stanza 9 e portata in qualche angolo dell'ospedale a fare accertamenti o cose del genere. Giulia insiste sempre per essere lei l'infermiera che l'accompagna. E, tutte le volte, ripete che si prenderà cura di lei. Dice che Ada e Teresa non devono preoccuparsi di niente.

Agli altri non lo dice. O, perlomeno, Ada non l'ha mai sentita parlare a quel modo con nessuno.

La prima volta che Teresa aveva fatto la chiemioterapia, Giulia aveva riportato Teresa nella sala d'attesa dopo tre ore esatte. Si era sfilata la cuffia con le giraffe stampate, si era seduta di fronte a Ada e, dopo aver accavallato le gambe e nascosto una caviglia dietro l'altra, aveva spiegato per filo e per segno che cosa avevano fatto alla nonna quel giorno, e cosa le avrebbero fatto poi.

Nel corso degli anni di lavoro lì dentro, Giulia aveva imparato una serie di storie, come delle piccole parabole che usava per spiegare ai pazienti e a chi li accompagnava le cose incomprensibili che accadevano al corpo dei malati. I medici non dicevano niente. E neanche le altre infermiere. Solo Giulia provava a spiegare. I pazienti ascoltavano e si sforzavano di capire. Altri non capivano e facevano domande su domande. Ada e Teresa, da quella prima volta, non avevano chiesto più nulla.

Eppure Giulia era certa che Ada avesse bisogno di sapere di più, anche se non aveva il coraggio di chiedere. E allora trovava sempre il modo di sedersi vicino a lei, togliersi la cuffia e spiegare. Teresa la interrompeva ogni volta. O almeno ci provava. Ada continuava a osservare Giulia come quei bambini che si perdono al supermercato e iniziano a guardarsi intorno cercando l'angolo da cui spunteranno i genitori. Giulia quindi riprendeva a spiegare tutto come meglio poteva, anche se Teresa non smetteva di dire che comunque a lei andava bene, che avrebbe fatto tutto quello che le dicevano.

Da qualche tempo, neanche Giulia ha più spiegazioni per la condizione di nonna Teresa. Del resto Ada lo ha capito da sola che le cure adoperate fino a ora non hanno prodotto risultati. Eppure Giulia accanto a Ada ci si siede lo stesso. Non più in sala d'attesa, ma direttamente nella stanza 9, vicino al letto della nonna. Si toglie la cuffia, accavalla le gambe e nasconde le caviglie una dietro l'altra.

È lì per prendersi cura di loro. Non si stanca mai di dirlo.

9

Rinnovare lo sguardo della gente indicando i posti dove le cose vengono riflesse – le finestre, gli specchi. C'è anche questo, nella lista dei lavori di Ada. Quando non riesci più a guardare un posto come se non lo avessi mai visto, pensa Ada, devi guardarlo riflesso da qualche parte. Lei lo fa spesso. Con le strade del quartiere, con la sua camera. Anche con il corridoio del reparto, nelle enormi finestre che danno sui parcheggi. Riesce a vederci la stanza 9, riflessa lì. La stanza è sempre uguale, eppure lei, osservandola riflessa, può credere per un attimo di non esserci mai stata. Può far finta di non aver mai visto la nonna stesa sul letto e provare a riconoscere qualche segnale delle sue condizioni. Qualcosa che altrimenti le sfuggirebbe.

Ada entra nella stanza 9 e tiene d'occhio il letto della nonna. Non direttamente, ma riflesso nel vetro della finestra. La nonna dorme e non le pare troppo pallida. Sulle labbra non c'è traccia del rossetto. Ada va verso il piccolo armadio in plastica, nell'angolo della stanza; in basso, dentro una busta, ci sono le scarpe da ballo. Ada le tira fuori stando attenta a fare piano. Le porta vicino al letto. Ogni tanto vederle mette alla nonna voglia di camminare e, stando a quello che dice Giulia, camminare non può che farle bene.

Dopo aver sistemato le scarpe dove è certa che la nonna possa notarle, Ada passa a sistemare il comodino, con il rossetto a portata di mano della nonna. Poi prende il pacchetto di fette biscottate che le inservienti hanno lasciato per colazione. Teresa quelle non le mangia, non per il linfoma, ma perché non mangia niente di confezionato. Dice che per lei è troppo moderno. Però le fa piacere che Ada mangi qualcosa. Le fa piacere mettere da parte qualcosa per lei.

Ada non ha fame, ma non vuole che la nonna pensi che non apprezza il suo pensiero. E allora nasconde il pacchetto di fette biscottate nella borsa; dirà di averle mangiate, dirà che erano buonissime.

Si accerta che il latte che è stato lasciato insieme alle fette sia caldo. Lo è. Le inservienti lo versano a una temperatura talmente alta che se anche la nonna si svegliasse di sera, lo troverebbe ancora caldo.

Infine le tira su la coperta, piano, fino a raggiungere una spalla che le si è scoperta.

Guardare le cose riflesse, comunque, funziona anche quando sono belle. Questo Ada lo ha capito da poco.

Matteo, per esempio, la prima volta l'ha visto così, riflesso nello specchio, giù al bar dell'ospedale. Le sedute di chemio della nonna duravano spesso più di tre ore e lei non poteva rimanere nella sala d'attesa tutto quel tempo. Alla fine aveva preso a girare per i reparti, e qualche volta si era ritrovata persino al pronto soccorso. Le pareva un buon posto per passare il tempo, le facce erano sempre nuove. Poi però arrivava il momento in cui gli infermieri del triage la guardavano e lei non poteva permettersi che le chiedessero cosa ci facesse lì.

Fu allora, quando capì di non poter più stare neanche al pronto soccorso, che scoprì il bar dell'ospedale. Era sciocco non aver pensato prima che in una struttura così grande dovesse esserci per forza un posto dove la gente andava a bersi un caffè. Forse non ci aveva pensato perché lei il caffè non lo beveva. Ma guardare gli altri prenderlo le piaceva: era un altro modo per guardare tutti andare dove andavano, mentre lei se ne stava immobile a cercare di capire le persone, senza dar loro fastidio. Poi le piaceva il rumore delle tazzine che venivano sistemate alla svelta. Chissà di che cosa erano fatte, si chiedeva ogni tanto, visto che i baristi non facevano altro che sbatterle e nessuna si rompeva mai.

Prese a sedersi in uno dei tavoli più defilati, attenta a non mettersi al posto di nessuno. Sapeva che nei bar la gente ama sedersi al solito tavolo e rubare il posto a un medico era l'ultima cosa che voleva. Loro provavano a salvare la vita alla gente e non dovevano perdere tempo a trovare una sedia libera. Cercò allora, tra tutti i tavoli, quello che le pareva fosse meno adatto a un medico. Sebbene il tavolo fosse davvero piccolo e paresse meno nuovo degli altri – come se fosse sopravvissuto a una ristrutturazione fatta alla svelta – da lì poteva vedere tutto, incluso lo specchio che ricopriva la parete dietro la macchina del caffè.

Ada non ricorda quante mattine ha passato al bar prima di vedere Matteo riflesso dello specchio. Ricorda però che quel giorno lui non indossava un camice, che non aveva in mano nessun referto e che non sembrava perso. Non era cioè nessuna delle cose che Ada aveva imparato a conoscere dentro l'ospedale. E ricorda che, anche quando lui smise di essere a portata di riflesso, lei si soprese ad avere ancora voglia di guardarlo, fuori dallo specchio.

Quando finalmente lo fece, scoprì che anche lui la stava guardando. Provò le stesse cose che provava a scuola, quando la compagna di banco si sentiva in dovere di segnalarle un errore sul dettato. Prima iniziava a parlare dell'errore in generale, credendo che Ada potesse capirlo. Poi, quando si accorgeva che Ada non capiva, l'errore glielo indicava. Si guardava intorno, per essere sicura che la maestra non le vedesse, e alla fine lo indicava. Ma Ada l'errore non lo vedeva comunque. La cosa che la colpiva era non tanto che la compagna avesse messo gli occhi sul suo dettato senza che lei se ne accorgesse, quanto che quella stessa compagna capisse cose che lei aveva scritto ma non riusciva a vedere. Le pareva di sentirsi trasparente.

Più di tutto, le dispiaceva che la compagna dovesse occuparsi delle sue cose, dei suoi errori.

Quando vide che anche Matteo la guardava, sentì di arrossire e di colpo si maledì per non aver mai imparato a bere caffè. Avrebbe dato qualsiasi cosa per avere un accidenti di bustina da aprire e da versare dentro una tazza con l'aria di chi ha almeno altre dodici cose su cui riflettere, prima di pensare a chi la sta guardando.

Invece rimase lì, a pensare che quell'uomo di cui allora non sapeva ancora niente avrebbe potuto scoprire qualsiasi cosa a proposito di lei anche solo guardando nello specchio. Temeva persino che, in qualche modo, avrebbe indovinato la sua lista dei lavori, e che per poco non si era fatta cacciare dal pronto soccorso. Soprattutto aveva paura che intuisse che lei era l'unica, lì dentro, a non sapere dove andare. Non quella mattina in particolare, ma sempre, da quando la nonna si era ammalata.

La cosa strana, la cosa a cui Ada lì per lì non fece caso, fu che nonostante la paura di sentirsi trasparente, come ogni volta che qualcuno la guardava, lei avesse ancora voglia di guardare lui: per una volta, il fatto che qualcuno le potesse vedere attraverso non la faceva sentire in difetto.

Ada era il tipo di ragazza sempre disposta a fare un passo indietro rispetto al mondo. Le sembrava che la gente fosse costretta a guardarla, come se fosse sempre impalata in mezzo a una qualche corsia fondamentale, al centro di percorsi altrettanto fondamentali di cui lei non sapeva niente. Si sentiva d'intralcio. Per tutti. E per questo cercava il modo di occupare meno spazio che poteva.

Per la prima volta in vita sua, con lui, poté tornare a guardare qualcuno senza preoccuparsi di essere d'intralcio. Mentre lui era ancora lì, che la guardava a sua volta. Così tanto, in effetti, che lei finì per chiedersi se vedesse proprio lei, con quei suoi occhi.

Seduta accanto al letto della nonna, si accorge che è passata un'ora e mezzo da quando ha salutato Matteo giù al bar. Potrebbe aver già percorso i 240 chilometri che doveva percorrere questa mattina. In macchina gli piace andare veloce, ed è più disinvolto di quanto Ada vorrebbe. La cosa le fa paura. Le fa paura al punto che una notte gli ha fatto promettere che almeno la sua testa rimarrà intera.

Ada faceva promettere quel genere di cose. Non le importava che lui le comprasse chissà quale regalo o che le giurasse che sarebbe stato lì per sempre a dirle che era bella. Quello non le interessava. Le interessava che la sua testa rimanesse intera. Ed era capace di svegliarti la notte, per farti promettere una cosa del genere.

Le capitava di non riuscire a prendere sonno, e allora guardava la tv. La guardava e basta, perché il volume lo teneva basso. Durante una di quelle notti, in tv davano un gran premio di motociclismo, una di quelle classi di cui praticamente nessuno conosce i nomi e i cognomi dei piloti. Comunque, a un certo punto, la regia aveva inquadrato un pilota che era caduto. Non si muoveva. Allora la regia aveva ripreso una ragazza, nei box. Doveva essere la fidanzata del pilota, o forse la moglie, Ada non poteva saperlo perché il volume era bassissimo. Appena aveva visto la ragazza, si era chiesta se ci fosse un modo per lei di sapere se la testa del pilota, dentro il casco, fosse intera. Tutto il resto pareva intero, ma non c'era modo di sapere come fosse messa la sua testa. Fosse stata la ragazza del pilota, Ada avrebbe voluto sapere questo. Che la testa fosse intera.

A un certo punto, il pilota aveva alzato una mano e si era rimesso in piedi; la ragazza del pilota aveva prima sorriso e poi pianto e infine abbracciato quelli del team. Era stato allora che Ada aveva svegliato Matteo. Non che lo avesse scosso o gli avesse detto qualcosa. Non era così che svegliava la gente, lei. Si mise con la faccia a mezzo centimetro dalla sua e lo guardò fisso per un bel po'. Aveva pazienza, per questo genere di cose. Per altre non ne aveva affatto, ma guardare Matteo mentre dormiva rimanendo in attesa che si svegliasse, quello era il genere di cosa che poteva fare per ore. Per giorni. Aveva tutto il tempo del mondo, per quel genere di cose.

Alla fine lui si era svegliato e allora lei, sotto voce, gli aveva detto: «Promettimi una cosa». Matteo lì per lì non l'aveva neanche sentita e forse per un attimo si era anche riaddormentato.

«Promettimi una cosa, per favore» aveva ripetuto Ada.

E allora lui le aveva fatto una carezza. La carezza era per dirle di provare a dormire. E invece lei gli aveva chiesto quella cosa: «Promettimi che almeno la tua testa rimarrà intera».

Poi aveva fatto un respiro profondo e gliel'aveva data lei, una carezza. Una di quelle che lo capivi che non erano per farti dormire.

«Va bene che vai dappertutto a parlare di quelle tue cose. Puoi anche correre, un po', se proprio sei in ritardo. Ma promettimi che almeno la tua testa rimarrà intera.»

Matteo aveva davvero aperto gli occhi. E le aveva detto che sì, glielo prometteva.

«Dillo» aveva continuato, «dimmi che la tua testa rimarrà intera.»

E allora lui glielo aveva detto. Poi aveva fatto quel gesto, quello di porgerle la guancia nel modo solo suo. Si era lasciato dare un bacio. «Adesso dormiamo, però.»

Ada prende il telefono. Matteo non ha chiamato né scritto.

Inizia a scrivere un messaggio: "La tua testa è ancora intera?". Poi cerca una delle faccine che sorridono. Nessuno dei sorrisi le pare adatto. Sta per premere il tasto di invio quando, con la coda dell'occhio, vede la nonna muoversi.

«Piccina mia, sei qui, piccina?» chiede Teresa.

Ada allora risponde che sì, che è lì. Rimarrà sempre lì, vorrebbe dirle.

Si dimentica del messaggio, si dimentica di tutto. Lascia il telefono sul comodino e accarezza le mani della nonna.

10

«Hai mangiato?» chiede Teresa senza neanche aver finito di aprire gli occhi e sistemarsi bene sul letto. Non importa quanto gravi possano essere le malattie che colpiscono le nonne. Loro devono sapere se i nipoti hanno mangiato.

«Ti ho messo via quelle cose.» Le cose di cui parla sono le fette biscottate. I cibi confezionati, per Teresa, non sono solo troppo moderni, sono anche innominabili. «L'altra mattina non le hai mangiate.»

«Quando non le ho mangiate?»

Era vero, una volta non le aveva mangiate e si era dimenticata anche di nasconderle. Ma erano passate settimane. Ada allora pensa che la nonna stia facendo confusione: le capita, ultimamente, di confondere un giorno per un altro. Settimane per altre.

Teresa dà la colpa all'inverno. Non ci capisce mai niente, lei, quando inizia a far buio troppo presto.

«Devi sempre mangiare a colazione. È importante.»

Teresa prova a sedersi. Ci mette un po' a tirarsi su, ma Ada sa che non può aiutarla. Può solo rimanere lì ad ascoltare gli sbuffi che la nonna trattiene a stento. Se solo provasse a tenderle un braccio, la nonna la scanserebbe dicendole di non essere ancora morta.

«Hai dato uno sguardo all'ulivo?»

«Sì, nonna, sta bene.»

«Come sei pettinata?» chiede Teresa. Lo sa che Ada non si pettina, ma glielo chiede lo stesso, mentre con una mano le fa cenno di avvicinarsi. La pettinerà lei, anche questa mattina, come tutte le mattine.

«È per via di quel Penna?» Parla di Matteo. Quando vede Ada felice è "quel bravo Penna". Quando la vede triste o anche solo indifferente è "quel Penna" e basta.

Un giorno, Ada aveva raccontato a sua nonna quanto le piacesse accarezzare i capelli di Matteo. Era una cosa stupida, da raccontare, ma lei sentiva il bisogno di dire a qualcuno quanto persino il fatto di non riuscire a capire di che colore fossero i suoi capelli fosse una cosa bellissima.

«Certe volte sembrano neri» aveva detto alla nonna, «certe volte però sembrano anche un po' rossi.»

Teresa ascoltava e annuiva, con quello sguardo di chi sa tutto, persino di che colore sono capelli che non ha mai visto.

«Poi c'è una cosa» aveva continuato Ada, «sopra l'orecchio, quello sinistro, non proprio sopra, abbastanza più su. Se gli accarezzo i capelli, se glieli giro in un certo modo, ce ne sono alcuni bianchi. Saranno quattro o cinque. Non lo so. Se provi a contarli, sono pochi. Ma se li guardi, sembrano un ciuffo. Un piccolissimo ciuffo bianco.»

«Una penna bianca» aveva detto la nonna. Ada non aveva capito e allora le aveva chiesto di ripetere.

«Una piuma» aveva detto allora Giulia, che nel frattempo era entrata nella stanza 9. Certe volte Ada era così presa a raccontare di Matteo che neanche si accorgeva se Giulia bussava.

«Noi non diciamo "piuma", noi diciamo "penna"» aveva puntualizzato la nonna. E da allora, lui, nella stanza 9 lo avevano chiamato sempre Penna. Quel bravo Penna, oppure Penna e basta.

In un certo senso, la nonna si era accorta di lui molto prima che Ada lo conoscesse. Non era ancora successo niente tra loro, eppure la nonna aveva capito qualcosa. Teresa era il genere di nonna che poteva accorgersi proprio di tutto, quando ci si metteva. Così, quando Ada aveva visto Matteo la prima volta ed era tornata su in reparto, la nonna l'aveva guardata e aveva tirato fuori quel suo sguardo di chi la sa lunga. Faceva così, Teresa. Iniziava a osservarsi intorno, anche se non c'era nessuno, e lo faceva per farti vedere che lei, al contrario degli altri, aveva capito. Quella volta nella stanza c'era anche Giulia, e Ada non era contenta che la nonna avesse iniziato a fare quello sguardo davanti a lei.

«Cosa è successo?» aveva chiesto, circospetta.

«Niente» aveva provato a dire Ada, ma la nonna a quel punto aveva preso a sorridere, sempre più convinta di aver ragione a pensare di aver scoperto qualcosa.

«Hai conosciuto un giovane?»

Ogni volta che Ada tornava da una festa o da una passeggiata, sua nonna le chiedeva se avesse incontrato qualcuno, un giovane, a cui tenere la mano e con il quale ballare un lento. Fingeva di credere che fossero queste le cose importanti: farsi tenere la mano e ballare un lento. E non era detto che si sbagliasse.

«No, nonna, non ho conosciuto nessun giovane.» Ada nel dirlo era arrossita, e la nonna aveva capito di aver fatto centro.

«Hai quell'aria. Quella *friccicarella*» commentò Teresa scandendo la parola per farla sembrare una sentenza.

Ada odia le parole come "giovane" o "friccicarella". Le odia perché la nonna le usa, convinta che tutti le intendano come le intende lei, come quando dice "bulziera" convinta che tutti sappiano che vuol dire tosse, e invece non significa niente. Per giunta, in quel momento le sembrava che quello non fosse affatto il genere di parola da usare in presenza di una persona come Giulia.

«Non è successo niente» si affrettò a dire nella speranza di chiudere il discorso. Invece la nonna il discorso non lo voleva chiudere proprio per niente.

«Ma succederà» replicò, facendola sembrare proprio una sentenza. «Certe cose non puoi fermarle.»

Ed era vero. Ada lo capì la sera stessa, quando si accorse che, andando a dormire, sperava di sognarlo, quello che allora era il ragazzo dello specchio, anche se lei i sogni li odiava.

Da bambina faceva spesso degli incubi: nani che la inseguivano, porte che non smettevano di stringersi mentre lei provava a passarci. E poi, dopo averla vista al telegiornale, aveva iniziato a sognare la guerra.

La cosa davvero brutta del sogno della guerra era che, anche quando Ada sognava qualcosa di bello, aveva paura che poi le bombe iniziassero a esplodere e quindi i sogni non le parevano belli neanche quando lo erano davvero.

Quando la nonna prima di andare a dormire le diceva «sogni d'oro», dopo averle fatto lavare i denti, mettere il pigiama e averle rimboccato le coperte, lei aveva provato a dirle che nei suoi sogni l'oro, ammesso che fosse una cosa bella da sognare, non c'era mai da nessuna parte. Aveva provato a dirle dei brutti sogni – quelli con i nani, delle bombe non aveva detto niente. La nonna però non era riuscita a far nulla per scacciarli via, e Ada allora aveva pensato che l'unica soluzione fosse non dormire affatto.

Per un po' di giorni aveva funzionato. Era facile rimanere sveglia, fin quando sapeva che anche la nonna era sveglia. Quando Teresa spegneva il televisore, le cose si complicavano: lei aveva l'impressione di essere l'unica al mondo a rimanere sveglia e finiva per pensare che il buio, da sotto il letto, l'avrebbe inghiottita. Allora si metteva seduta, per stare più in alto, così che il buio avrebbe dovuto salire più in alto per prenderla. Certe volte, quando aveva davvero paura, si metteva in punta di piedi sopra il letto, e pensava di essere alta, molto più alta di quanto non fosse, ripetendosi che il buio non l'avrebbe inghiottita.

C'era solo una cosa che la faceva sentire meglio: pensare che qualcuno, da qualche parte, era sveglio. La maestra a scuola lo aveva detto: non è mai buio dappertutto. Quando da Ada era notte, da qualche parte era giorno, e dove era giorno, qualcuno di sveglio doveva per forza esserci.

Matteo aveva cambiato anche questo. Sperare di sognarlo quando ancora lui era solo il ragazzo del riflesso aveva spazzato via ogni ricordo delle sue vecchie paure.

Adesso, mentre la nonna la pettina, Ada si chiede da quanto tempo non sogna Matteo. Le piace ancora sognarlo, perché nei sogni lui non ha mai fretta, non finisce mai di tenerla stretta e le parla sempre in modo chiaro. Non come fa nella realtà, quando a certe domande prova sempre a non rispondere e ha sempre qualche altra cosa da fare, dopo averla tenuta stretta.

«Passami il rossetto» dice la nonna.

11

Ferma sulla porta della stanza 9, Giulia guarda Teresa pettinare Ada. Sembrano due bambine che giocano a rendersi più belle.

Lei da bambina quel gioco lì non lo ha mai fatto; entrare nella stanza e interromperlo, adesso, le mette soggezione. Sua madre non l'ha mai pettinata. C'era la tata, per questo. C'era la tata per un sacco di altre cose, quasi per tutte. Era comunque la madre a scegliere le pettinature di Giulia, ad arrabbiarsi se la coda di cavallo era troppo bassa o troppo alta. Ma non era la stessa cosa.

Giulia, così ferma come Ada, non ci è mai stata. Quel modo docile che ha lei di prendersi cura di Teresa non le appartiene. Giulia ha la scienza, per prendersi cura di Teresa. Stamattina in programma c'è una radioterapia mirata – talmente mirata che il macchinario che le spara contro si muove al ritmo del suo respiro. Per i pazienti in condizioni normali, questa è una conquista. Le sole a essere colpite sono le cellule malate e questo riduce gli effetti collaterali.

Per i pazienti in condizioni generali già compromesse, come Teresa, i vantaggi di usare uno strumento simile sono ancora in discussione. Di certo, comunque, c'è che dopo la seduta, avranno più dati sulle reazioni del linfoma di Teresa. L'obiettivo di quella radioterapia è di allungare la vita dei pazienti anche solo di una settimana. Alcuni lo chiamano accanimento, Giulia no. È come in un videogioco, pensa Giulia: arrivi alla fine di un livello, ammazzi il mostro, ma un attimo dopo sei già lungo la strada che ti porterà verso un mostro più grande, e poi un altro ancora. Giulia crede che certi tipi di mostri vadano combattuti così. Livello dopo livello. Settimana per settimana.

«Dottoressa, anche lei dovrebbe mettersi un po' di rossetto.»

Teresa ha capito che Giulia non è una dottoressa, ma continua chiamarla così comunque. Giulia ha smesso di dirle che lei è solo un'infermiera; quando si sente chiamare dottoressa, però, fa un gesto con il capo. Una specie di inchino, come un ringraziamento.

«Non rosso. Per lei ci vuole qualcosa di più delicato. Rosa» dice Teresa, senza smettere di pettinare la nipote, «rosa pallido.»

Giulia ha sentito spesso parlare del rossetto, e ormai ha ben chiara l'importanza che ha nella vita di Teresa. Il fatto che le proponga di indossarlo la fa sentire come in un rito di passaggio.

«Io devo sempre averlo, il rossetto. Mia madre, quando ero ragazza, me lo ha buttato nel water e poi ha tirato l'acqua. Diceva che metterselo era peccato, peccato e vergogna.»

A questo punto della storia nonna Teresa, per raccontare, ha sempre bisogno di spazio. E di tempo. Scandisce le parole, così che Giulia possa capire che genere di trauma sia stato per lei quello del rossetto finito in fondo allo scarico.

«È peccato e vergogna, secondo lei, dottoressa?»

Giulia di peccati non è esperta, e neanche di vergogna. È sufficientemente certa del fatto che no, quello non sia un peccato.

«No» risponde allora, «sono sicura che non lo sia.» Nel dirlo, si avvicina a Teresa. Ada si scosta dal letto per lasciar posto a Giulia.

«Non si è mai voluta far pettinare» spiega Teresa, «pensi che da piccola dovevo metterla seduta sopra il tavolo della cucina. Da lì non scappava.»

Ada ha paura che Giulia si infastidisca a sentire tutte le storie che la nonna le ha già ripetuto migliaia di volte e non capisce più a chi possa interessare. Invece Giulia ascolta e annuisce, e ogni tanto trova il modo di inserirsi nel racconto.

Ada vorrebbe dire a sua nonna di fare silenzio, ora. Vorrebbe chiedere a Giulia qualcosa della terapia che spetta a Teresa oggi. La nonna però non vuole che chieda niente a nessuno. E pur di non lasciarle chiedere nulla, finisce per raccontare tutte, ma proprio tutte le sue storie: anche di quella volta che aveva rubato una mela in un campo e il contadino voleva farla arrestare e le era corso dietro. «Ai medici non si fanno domande» ripete sempre.

Ada non capisce perché non si possa chiedere come stiano andando le cose a chi per mestiere dovrebbe saperlo, mentre a proposito di rossetti e di mele rubate si può dire tutto. Ma ascolta sua nonna, come ha sempre fatto, e cioè senza sperare di capire davvero dove voglia andare a parare e continua a guardare Giulia con quello sguardo da bambina persa al supermercato – anche se lei, al supermercato, non ci si è mai persa, perché la nonna la teneva sempre per mano. Eppure, mentre guarda Giulia, ha proprio lo sguardo di una bambina persa nel genere di posto dove nessuno torna mai a prenderti.

Giulia è abituata a quel tipo di sguardo. Da quando ha iniziato a lavorare in reparto, non ha mai smesso di sentirsi guardare a quel modo. Gente di ogni età che la fissa come se fosse l'unica al mondo in grado di far ritrovare loro la strada. All'inizio si sentiva mancare ogni volta; passava attraverso il corridoio fissando un punto qualsiasi, oltre il fondo. Eppure non c'era modo di non accorgersi di tutti quegli occhi fissi su di lei.

Infine ha capito. In pochi avrebbero avuto il coraggio di chiederglielo, ma ognuna di quelle persone voleva sapere se chi era in cura si sarebbe salvato oppure no. Per loro non c'è altro.

Giulia sa che quella risposta nessuno può darla. Non i medici, non gli infermieri. E, anche se non è il tipo da cercare conforto in Dio, per un po' si è chiesta se almeno lui possa fornirla, una risposta.

Sebbene abbia capito da subito che una regola non c'è e non ci sarebbe mai stata, non ha mai messo in dubbio il suo lavoro lì dentro: prendersi cura delle persone è quello che fa. Il resto non conta. Ha imparato presto che il modo più onesto per farlo è dire la verità. «Non posso dirle come andranno le cose» spiega alla gente, «posso solo dirle quello che stiamo facendo adesso.»

Adesso spiegherebbe volentieri a Teresa il funzionamento della macchina per la radioterapia che sta per fare. Le direbbe del gran successo che ha avuto in America e tutto il resto, ma Teresa non le è mai sembrata interessata a quel genere di spiegazioni. Pare che qualsiasi cosa si stia compiendo per lei possa in fondo andare bene.

Teresa è una di quelle donne fatte per sopportare. Qualunque cosa accada, a lei andrà bene. Quando ancora non era ricoverata, arrivava puntuale per la terapia e, ogni volta che Giulia le chiedeva come stava, lei rispondeva solo che andava bene e ringraziava. Giulia non era abituata a quel tipo di atteggiamento. Non era abituata neanche alle storie di Teresa, quelle sui giri in moto che faceva da ragazza, o sull'attesa, durante le domeniche di bambina, del ritorno di uno dei suoi fratelli, perché in famiglia c'erano solo tre paia di scarpe per bambini, e loro erano molti più di tre. E allora, per andare alla messa occorreva aspettare che almeno uno dei primi tre tornasse.

«Teresa, oggi proviamo una macchina nuova. Viene dall'America. Vuole sapere come si chiama?»

Teresa fa un cenno con la mano, come se volesse scansare quelle spiegazioni.

«So che si sta impegnando al massimo, dottoressa. Facciamo un passo alla volta. Io i passi li ho sempre fatti lunghi come le mie gambe.» Le indica, le gambe. «Le vede?»

Anche Giulia nota che non indossa le scarpe da ballo.

«Sono corte, ma fin qui non si sono mai stancate» prosegue Teresa.

È sempre a questo punto, quando la nonna rifiuta le spiegazioni di Giulia, che lo sguardo di Ada si fa più perso.

Giulia le si avvicina. «Tutto bene?» chiede.

Ada però non fa neppure un cenno.

«Poi ti spiego tutto quello che faremo oggi» le dice Giulia. E allora Ada le dice grazie. Le dice grazie per qualsiasi cosa. Giulia non è a suo agio con tutti quei ringraziamenti.

«Lo hai visto?» domanda a Ada. Parla di "Penna".

Giulia non è certo come la nonna, che si accorge di tutto. Non era al fianco di Ada quando gli scambi di merendine all'asilo andavano male, non sapeva come convincerla a mettere il rossetto. Se si tratta di Matteo, però, qualcosa rende il viso di Ada stonato e non può fare niente per nasconderlo.

«Se ne sta andando» risponde, «se ne sta andando lontano da me.»

«Come fai a dirlo?» le domanda Giulia tenendo la voce bassa, mentre prende Teresa sotto braccio.

«Lo so e basta. Lo so quando la gente se ne va lontano da me.»

«Poi ne parliamo, ok?»

«Ok.»

Giulia è affezionata alla storia di Ada e del suo “Penna”. Come sarebbe affezionata ai personaggi di un piccolo film proiettato solo per lei.

12

Alla nonna i grossi regali non sono mai piaciuti. Lei è una fanatica delle cose piccole. Non lo dice, ma a forza di viverci insieme Ada lo ha capito. Deve essere stato per via della sua infanzia: Ada non crede più di tanto a questa faccenda che tutto quello che uno diventa da grande dipende dall'infanzia, ma a giudicare da quel che piace a sua nonna, qualcosa di vero deve pur esserci.

Per esempio, Teresa da piccola non ha mai avuto i colori a matita. A scuola c'è andata solo due o tre anni, e racconta di non aver mai preso voti che superassero in cifre il numero di gambe di una sedia. Sa scrivere, sa leggere e le tabelline le ricorda. La cosa che più di tutte ricorda della scuola, però, sono i colori a matita che i suoi compagni avevano e lei no. Ogni volta che da qualche parte vede una di quelle scatole di latta, con i colori tutti in gradazione e le punte perfettamente temperate, si ferma a guardarla.

Ada, dopo la prima seduta di chemioterapia, gliene aveva regalata una. Costava abbastanza, e aveva l'aria di essere professionale. Comunque, quando poi aveva dato la scatola di colori a sua nonna, lei si era commossa. Quando sta per piangere, Teresa inizia a guardarsi in giro per cercare qualcosa che le consenta di cambiare argomento. Il più delle volte sono cose stupide. Da piccola Ada non capiva perché cambiasse discorso così, all'improvviso, e iniziasse a parlare del bordo in pizzo della tendina o dello zucchero che stava finendo. Poi con gli anni lo aveva capito.

La volta della scatola dei colori, tornate a casa dopo la prima chemio, Ada le aveva dato il regalo e l'aveva lasciata indugiare con lo sguardo sulle mattonelle dietro il lavandino della cucina, mentre si lamentava di quanto fosse stata dura togliere lo sporco da lì. Sporco che vedeva solo lei, tra l'altro, perché in quella casa, se c'era una cosa di cui potevi star certo, era il pulito. Comunque, quello era il suo modo di commuoversi, e non potevano esserci dubbi.

Se le era persino portate all'ospedale, le matite, quando si era dovuta ricoverare. Aveva incartato la scatola dentro dei fogli di giornale, per non rovinare la latta. Poi l'aveva messa in una busta. Ogni tanto la tirava fuori, la guardava e passava la mano su tutti i colori. Non ci aveva mai colorato niente, però: diceva che non voleva consumarli. E ogni volta che lo diceva, a Ada si spezzava un po' il cuore, perché non ci si abituava mai alla passione della nonna per le cose piccole.

Anche dopo questa nuova terapia, per la nonna servirà un regalo. Uno di quelli piccoli, capaci di commuoverla. Uno di quelli da conservare. Anche se ora non è più come all'inizio delle cure, quando si poteva sperare che il linfoma si fermasse al mediastino: adesso è quasi ovunque e Ada, anche se nessuno glielo ha detto, ha capito che, con o senza la nuova terapia, il tempo della nonna è quasi finito.

Guarda fuori della finestra. Da lì può vedere uno degli enormi parcheggi dell'ospedale. Ha imparato a riconoscerne i ritmi: le piace in particolare di notte, quando le macchine sono poche. Le piace anche all'alba, quando, mentre guarda le persone muoversi, può vedere la notte spegnersi nel giorno.

Tra una zona del parcheggio e l'altra ci sono delle aiuole. È inverno, ma sono verdi al punto da far pensare che siano finte. In mezzo a quel verde, su una delle aiuole, Ada scorge qualche puntino bianco: sono margherite. Da quell'altezza, è difficile vedere bene, ma sulle margherite Ada non può sbagliarsi. Soprattutto da quando Matteo gliene ha lasciata una al tavolo del bar.

Non poteva considerarla un regalo perché, in un certo senso, era stata lei a chiedergliela, la sera in cui si erano conosciuti. Dopo che gli aveva lanciato il rum di sotto, Matteo non aveva smesso di sorriderle.

«Che lavoro fai?» chiese quella sera.

Lei non rispose. Del lavoro non le era mai importato un granché. Ne aveva fatti diversi, comunque, per brevi periodi era stata segretaria, cassiera, animatrice, magazziniera. Tutte le volte aveva avuto l'impressione di essere la persona sbagliata nel posto sbagliato.

«Lavori qui?» le chiese allora Matteo, mentre cercava il pacchetto di sigarette tastandosi prima le tasche della giacca e poi quelle dei pantaloni.

Lei fece no con la testa, anche lui fece no con la testa, e per un attimo le parve uno di quelli che, parlando con uno straniero, per essere sicuro che l'altro abbia capito, aspetta una risposta per poterla ripetere. A quel punto sorrise, perché non era la prima volta che qualcuno la faceva sentire una straniera. Ma anche lui sembrava sentirsi un po' straniero, e allora andava bene.

«E che ci fai all'ospedale, allora?»

Nel frattempo Matteo aveva trovato le sigarette. Ada vide che erano Marlboro rosse, il pacchetto morbido. Si sentì felice per aver scoperto cosa lui fumasse.

Con la mano indicò verso l'alto, e disse che sua nonna era ricoverata. Non specificò in quale reparto, solo che era ricoverata e lei stava provando a prendersene cura.

Poi tese la mano a quello che, ancora per poco, sarebbe stato il ragazzo del riflesso. Era strano che fosse lei a presentarsi per prima, non era convinta che sapere il nome di qualcuno fosse poi così importante. Eppure quella volta sentì il bisogno di far sapere il suo nome e di scoprire quello del ragazzo. Come se sapere i rispettivi nomi fosse un modo per poi ritrovare la strada più facilmente, per mantenere un punto fermo. Lui così avrebbe smesso di starsene nel riflesso dello specchio, e non sarebbe più tornato indietro.

«Io mi chiamo Ada.»

Lui per un po' rimase in silenzio e si guardò intorno. Lei la considerò un'esitazione di troppo, come se volesse rimanere solo quello dello specchio e niente altro. E allora un po' ci rimase male, ma cercò di tenere lontano la delusione dal suo viso e da tutto il resto.

«Matteo» disse infine lui, senza guardarla in faccia.

«Tu invece che ci fai qui?» chiese Ada, e solo dopo averlo chiesto pensò che non le importava sapere che cosa ci facesse lì né che lavoro facesse. Bastava che ci fosse, lì. Per un attimo ebbe quasi voglia di dirglielo, tanto era felice per il fatto che finalmente ci stava parlando e che di sicuro quello era l'inizio di qualcosa – anche se come inizio non aveva fatto troppo rumore.

Però non disse niente, rimase semplicemente ad ascoltare la risposta del ragazzo del riflesso, che da allora in poi sarebbe stato Matteo, Matteo e basta.

«Incontro altre persone che lavorano qui» rispose, «medici, soprattutto.»

Ada annuì.

«Vado da loro, chiedo dove andranno in vacanza. Ascolto le loro risposte e cerco sempre di avere qualcosa da dire sul posto che visiteranno. A quel punto, quando loro sono lì che pensano a quanto sarà bello vedere la moglie in costume abbronzata e felice, diventa più facile convincerli a fare quello che gli vuoi far fare.»

«E sai sempre qualcosa a proposito dei posti dove andranno in vacanza?»

«Mi esercito» disse Matteo. «La sera, a casa, guardo su internet, e scelgo un posto a caso. Poi mi metto a leggere qualche informazione. Bastano due o tre cose» chiarì, e poi sorrise di gusto. Aggiunse che comunque i posti dove andava la gente erano quasi sempre gli stessi, e che anche le cose che lui voleva far fare loro erano sempre le stesse.

E allora Ada chiese quali fossero, senza specificare se si riferisse alle cose da far fare alla gente o ai posti dove la gente stava per andare in vacanza.

Lui rimase in silenzio più a lungo di quanto lei si aspettasse. «Rendo il loro lavoro più sicuro» continuò e, nel dirlo, iniziò a guardarsi intorno, come se cercasse un'ulteriore risposta da dare, e come se – tra le possibili risposte – non ce ne fosse nessuna buona. «Propongo loro assicurazioni» spiegò alla svelta, anche se per Ada non c'era bisogno che lo aggiungesse.

«Bello» commentò senza mentire.

Matteo sollevò le spalle e disse che lui non credeva che fosse bello.

«Migliora la vita a qualcuno?» chiese Ada.

Matteo pensò che sì, quello che faceva a qualcuno migliorava la vita. E allora rispose: «Sì».

«Se migliora la vita a qualcuno» disse ancora Ada, «allora è una bella cosa.»

Matteo pensò che quella era una buona prospettiva attraverso cui guardare il suo lavoro. Talmente buona che lui non ci faceva caso da non sapeva neanche quanto tempo. Quasi gli venne voglia di ringraziarla, e invece si limitò ad annuire ancora.

Le chiese di nuovo che lavoro facesse.

«Aspetto che qualcuno mi tagli la strada» rispose lei, senza pensare che nella sua lista quel lavoro non c'era ancora. «O che me la cambi.»

Poi Ada rimase in silenzio a chiedersi se, nella vita, fosse più importante che qualcuno la strada finisse per tagliartela o per cambiartela. O se, in fondo, non fosse la stessa cosa. Mentre ci rifletteva, si rese conto di aver detto una stupidaggine ed ebbe il timore che anche Matteo se ne fosse accorto.

Eppure lui pareva non averci fatto troppo caso, pareva averla già perdonata. Allora lei non lo sapeva ancora quanto fosse importante trovare qualcuno che ti perdona, qualcuno pronto a non scomporsi davanti a ogni tuo piccolo passo falso.

«E invece stasera che fai?» chiese Matteo.

Ada non riuscì a pensare niente e allora rimase in silenzio. Infine indicò di nuovo verso l'alto.

«Starò con la nonna» rispose, ma non si mise a spiegare nulla a proposito della qualità del suo sangue, della velocità a cui stava peggiorando senza far rumore.

Matteo si accorse che lei stava pensando a qualcosa, ma non le domandò niente. Per un attimo ebbe voglia di offrirle altro rum.

E alla fine lo fece: «Ti va un altro pochino di rum?».

Ada sorrise. «Non accetto cose da bere dagli sconosciuti.»

«Mi pare saggio» disse Matteo, «ma io non sono uno sconosciuto.»

Ada lo guardò a lungo. «Tutti sono sconosciti, fin quando non si regalano un fiore» le sfuggì poi, senza neanche sapere dove volesse arrivare.

Dopo averlo detto, alzò la mano per salutare e iniziò ad allontanarsi con lenti passi all'indietro, senza smettere di guardare Matteo. Poi si voltò e camminò sempre più alla svelta. Ada faceva così, quando sentiva che la cosa che stava aspettando da tanto era a portata di mano: era lei a fare un passo indietro, giusto per conservarne un pezzetto e fare una piccola scorta di tutto quello che aveva provato fino a quel momento.

Glielo aveva insegnato la nonna, quanto fosse importante fare una piccola scorta di tutto, anche del senso dell'attesa di qualcosa di bello che aspetti che arrivi, nel momento stesso in cui lo vedi arrivare.

Quando Ada, la mattina dopo, vide la piccola margherita al centro del tavolo dove era solita sedersi, non pensò più a niente. Non a quello che le aveva detto il giovane ematologo a proposito della condizione di sua nonna, e cioè che ormai tutta la vita che rimaneva alla nonna avrebbe avuto a che fare con la malattia, e forse con l'ospedale; e che certamente anche la morte della nonna avrebbe avuto a che fare con quel linfoma. Seppe, senza capirlo, che esistono cose irreparabilmente brutte, come quella che stava accadendo a Teresa, e a lei che la stava perdendo. Seppe anche, però, che ne accadono di irreparabilmente belle. Ed era strano che a lei accadessero insieme. O forse era proprio così che doveva andare: che le cose irreparabili, quelle oltre le quali tutto prende una piega inimmaginabile prima e indimenticabile poi, sono di una sola specie, né bella né brutta, solo molto potente e sorprendentemente fragile.

Come un linfoma. O come una margherita lasciata al centro di un tavolo, che guardi senza il coraggio di prenderla, senza il coraggio di chiederti se sia davvero per te.

Fissò lo specchio e lo vide. Vide che Matteo la osservava, ma non attraverso il riflesso: guardava proprio lei. Ada distolse gli occhi dallo specchio e li rivolse ancora alla margherita, ma era come se non riuscisse più a vederla.

L'attimo dopo, Matteo le era accanto.

13

Lasciare in giro fiori affinché qualcuno possa pensare che siano lì per lui: Ada mette anche questo nella lista. È il genere di piccola cosa che può rendere felice la nonna. E allora lo fa davvero: scende a raccogliere una margherita, e tutte le altre sparse nelle aiuole tra i parcheggi; ne lascerà alcune lungo il corridoio del reparto, e infine una, la più bella, sul comodino della nonna.

Mentre raccoglie le margherite, si sente come una specie di ladra, anche se intorno non c'è nessuno. Se anche ci fosse, di certo non farebbe caso a lei. Eppure si sente sempre come se tutti potessero guardarla, quando fa cose che non andrebbero fatte. Quando invece fa le cose giuste, non le sembra quasi mai che ci sia qualcuno a guardarla e forse è per questo che ha finito per credere che di cose giuste, lei, non ne avrebbe mai fatte.

Per la nonna ha trovato sei margherite. Le tiene in mano come se fossero di cristallo, esattamente come aveva fatto con quella ricevuta da Matteo.

«Non hai detto che doveva essere un bel fiore» le aveva detto allora Matteo, e lei non sapeva cosa rispondere, perché quello le pareva un fiore bellissimo e davvero non ne avrebbe voluto nessun altro. «Adesso non siamo più sconosciuti.»

«Io non ti ho ancora regalato nessun fiore» disse Ada.

«Ma io mi fido degli sconosciuti. Senti» continuò, «c'è un posto qua vicino. È in campagna ma vicino. A pranzo cucinano cose veloci ma le cucinano bene. Hanno le tovaglie a scacchi e sfornano sempre il pane.» Rise, mentre lo diceva, perché pensò che quelle per lui erano cose belle ma non era certo che lo fossero anche per lei. Poi si mise a cercare il pacchetto di sigarette con il solito modo. «Ci vieni con me?»

Ada prese la margherita per lo stelo, stando attenta a non sciuparla. Se fosse stata una piccola piramide di diamanti, pensò Matteo, non l'avrebbe maneggiata con più attenzione.

«Se vieni a pranzo, te ne porto un'altra.» Aveva tutta l'aria di chi non vede l'ora di dare un paio di tiri a una Marlboro rossa.

«Non ne voglio un'altra. Voglio questa.» Ada scosse appena la testa indicando verso l'alto.

«La nonna» capì Matteo, «ti ci riporto, dalla nonna. Promesso. Ascolta» disse poi, «io ora devo andare. C'è un dottore che mi aspetta e se arrivo anche solo un minuto dopo, quello sparisce. Tu pensaci, ok? A me basta che ci pensi.»

Prese un tovagliolo dal tavolo del bar. Sfilò una penna dal taschino. Scrisse un numero e poi prese a scrivere il nome. Non lo scrisse tutto. «So come ti chiami» disse Ada, e disse anche che non se lo sarebbe dimenticato. Fu allora che Matteo le prese la mano. La mano, e non il polso. Fece in modo che il palmo fosse verso l'alto; ci mise il tovagliolo con il numero appuntato, poi strinse il pugno di Ada. La guardò e vide che era arrossita; fu felice di vedere che qualcuno arrossiva ancora. Ada disse che gli avrebbe scritto. O telefonato. E che sperava che con il dottore andasse tutto come doveva. Disse grazie per la margherita. E quando lo disse, Matteo pensò che Ada era il genere di persona che diceva grazie per tutto. E pensò che non ce n'erano più di ragazze così.

La porta gialla del reparto adesso si chiude alle sue spalle facendo il solito rumore. Pare una ghigliottina, e in un certo senso lo è. Le sei margherite sembrano già sgualcite. A metà corridoio, Ada le lascia cadere una alla volta. Prova a prestare attenzione al rumore che fanno quando toccano terra. Non sente niente, però.

Nessuno, lungo il corridoio, si accorge delle margherite. Ada pensa che la nonna, invece, se ne accorgerà. Si accorge ancora di tutto, lei. O almeno, è quello che a Ada piace sperare.

Quando era tornata in reparto con in mano la margherita di Matteo, lei se n'era accorta subito.

«Che cos'è quella?» le aveva chiesto. «Te l'ha data quel giovane?»

Ada aveva annuito. «Mi ha chiesto di andare a pranzo insieme.»

«Ti pare un bravo giovane?» Ada aveva sorriso perché diverse volte aveva sentito la nonna farle quella domanda e lei non sapeva mai cosa rispondere. La nonna aveva criteri tutti suoi per stabilire cosa rendesse un giovane un bravo giovane. E di certo non stava lì a spiegarteli. Dovevi capirlo, se un giovane era bravo oppure no. Perché, se non lo capivi, poi non potevi lamentarti se lui te ne combinava delle belle.

«Com'era vestito?»

Ada aveva risposto, e la nonna l'aveva ascoltata attenta tutto il tempo e solo alla fine aveva fatto domande per scoprire se le cose che aveva indosso erano stirate e quanti bottoni fossero allacciati e quanti no. Ada si chiese cosa avessero a che fare queste cose con l'essere o non essere un bravo giovane. Ma non disse niente. Dopo tutto fu la stessa Teresa a precisare che comunque quelle erano cose secondarie.

«Che lavoro fa?»

«Incontra altre persone che lavorano in ospedale.»

«Fa il dottore?»

«No, nonna. Non fa il dottore.»

«E allora perché va negli ospedali?»

«Te l'ho detto, lavora anche con i medici. Viaggia molto. Magari non va solo negli ospedali.»

«Piccina, non hai chiesto bene.»

«Hai ragione, non ho chiesto bene. Ma ho ascoltato bene.»

Teresa aveva annuito.

«Propone cose alle persone. Assicurazioni. Cose del genere.»

«Come un impiegato?»

Ada sapeva che sua nonna, per impiegato, intendeva qualsiasi persona che non lavorasse né in campagna né in fabbrica. Poi, anche se non era sbagliato dire che era come un impiegato, le disse di no.

«È più come un commesso viaggiatore.»

Non aveva mai pensato di usare una parola come quella, ma le parve che così la nonna potesse capire. E infatti Teresa capì e smise di fare domande. Carezzò Ada. «Sei diventata più bella, adesso che hai parlato con lui.» Ada si accorse di arrossire e cercò un modo per cambiare argomento, ma non le veniva nessun altro argomento e rimase lì ad aspettare che il rossore passasse.

«Vai» aveva detto alla fine la nonna.

A quel punto Giulia era entrata nella stanza. «Dottoressa» disse Teresa, «Ada ha ricevuto un invito. Se lo ricorda che io l'avevo detto, che avrebbe incontrato un giovane? Lo ha incontrato qui sotto. Le ha regalato un fiore e l'ha invitata a pranzo, oggi.» Pareva avesse fretta di dirlo e sorrise. «Io le ho detto di andare» proseguì.

«Nonna, non è il caso che ti lasci da sola» disse Ada quasi sottovoce.

«Ma io non ho bisogno di nessuno! Non devo andare da nessuna parte. E in ogni caso c'è la dottoressa qui» proseguì la nonna. «Lei sa cosa fare.»

Giulia, che ancora non aveva smesso di dirle che non era una dottoressa, si affrettò a rassicurare Ada. Ci sarebbe stata lei, lì, per sua nonna. Quello che non le disse era che, dentro di sé, aveva già iniziato a fare il tifo per Ada e per il ragazzo del riflesso e delle margherite.

«Pettinati» aveva ordinato la nonna, «e mettiti il rossetto.»

Ada posa l'ultima margherita, la più bella, sul comodino della nonna. Poi si affaccia dalla porta. Aspetta di sentire il rumore dei suoi passi lungo il corridoio; inizia a chiedersi in quale punto della stanza la nonna fisserà lo sguardo per nascondere la commozione. Spera ancora che possa accorgersi di qualcosa che la riguarda. Le andrebbe bene persino se si accorgesse che Matteo se ne sta andando lontano da lei. Andrebbe bene qualsiasi cosa. Ada sa che, finché la nonna si accorge di tutto quello che le capita, allora significa che, linfoma o no, sta ancora bene.

Quando finalmente la vede apparire nel corridoio, però, non può sentire il rumore dei suoi passi né niente. È distesa su una barella, e con lei non c'è neanche Giulia.

Ada si sente come quando, in macchina, prende un sottopasso troppo alla svelta. Parte delle viscere rimane ferma e può sentirle in gola. Quando è in macchina, però, può pensare di essere sulle montagne russe, in qualche bel luna park. Invece nel corridoio non c'è niente che possa farle credere che questo sia un gioco. "Che razza di cura è" si chiede "una che prima di farla cammini e dopo no?"

Tutte le volte che la nonna torna dalle terapie, Ada si sforza di nascondere la preoccupazione. Passa il tempo cercando di farsi venire in mente cose di cui parlare, cose che un tempo, prima, alla nonna piacevano.

Adesso Ada non ha bisogno di nascondere niente, mentre guarda i portantini spingere la barella. Le rughe intorno alla bocca hanno fatto assumere alla nonna un'espressione sofferente. Ada si chiede se stia dormendo, o se invece quello non sia uno stato di incoscienza. Cerca con lo sguardo le margherite che ha lasciato per strada.

Quando Giulia finalmente la raggiunge nella stanza 9, tiene lo sguardo basso su una pila di fogli. Ha l'aria che hanno i bambini quando prima di una partita di biliardino si mettono a controllare che le palline ci siano tutte e dieci. Ada le palline non le ha mai contate: non si sentiva all'altezza del compito e di certo non era il tipo capace di andare a reclamare le palline mancanti. E poi era una che si fidava dei giochi, lei. Tuttavia è consapevole di quanto sia importante che ci siano dei bambini come Giulia, con il dito teso pronto a contare e con l'aria di chi, in caso, avrebbe il coraggio di chiedere il dovuto e di ottenerlo.

Per un po' Giulia rimane ferma lì, poco oltre la porta della stanza. Poi muove appena la testa come se sentisse il bisogno di soffiare qualcosa lontano da lei ma non avesse il tempo di farlo. Infine fa passi svelti verso il letto di Teresa, senza distogliere neanche per un attimo lo sguardo dai fogli. Giulia deve essere stata una che le palline del biliardino le contava addirittura due volte. Ada, quei bambini lì, rimaneva a guardarli senza neanche respirare per paura che, con la sua sola presenza di bambina non adatta a contare le palline, potesse disturbarli.

Non ha il coraggio di chiedere niente. Tiene la mano alla nonna, che sta ancora dormendo. La margherita, sul comodino, le pare sgualcita in modo definitivo. Giulia prende una sedia e si sfila la cuffia. Conigli con guantoni da pugili, Ada ci fa caso solo ora. Conigli pronti a combattere.

«Il sistema immunitario di Teresa funziona male. È come un esercito che smette di fronteggiare i cattivi e attacca i buoni.»

Una parte di Ada apprezza che Giulia si senta ancora in dovere di trovare metafore e spiegare.

L'altra parte pensa che questa è l'ora in cui si tornava a casa da scuola e lei, a scuola, si arrabbiava per qualunque cosa. Se la maestra chiedeva di non urlare, urlando. Se un compagno prendeva il suo temperino senza chiederglielo in prestito.

La nonna capiva subito quando era arrabbiata, da come distoglieva lo sguardo appena metteva un piede fuori dall'aula. Da come camminava a passo svelto. Dalla rabbia con cui si toglieva il peso dello zaino dalle spalle. Riusciva a lanciarlo a metri di distanza con una forza tale che Teresa se ne sorprendeva sempre un po'; e infatti, a un certo punto, aveva deciso che quello era un vizio che bisognava toglierle, e aveva preso a sfilarle lo zaino prima che potesse lanciarlo.

Allora Ada, che non poteva restare senza lanciare qualcosa, lanciava se stessa sul divano. E rimaneva lì, in silenzio. La nonna andava in cucina per dare gli ultimi ritocchi al pranzo, a cui lavorava dall'alba. Poi tornava dalla nipote, si inginocchiava davanti al divano e provava a sorriderle, mentre si accorgeva ancora una volta che, per quanto lunghe fossero le sue gambe, non riusciva ancora ad appoggiare i piedi per terra.

Quando poi le chiedeva cosa fosse successo, cercava di rimanere il più seria possibile. Con Ada bisognava andarci cauti: non riusciva quasi mai a finire il racconto senza mettersi a piangere e, quando a farla arrabbiare era qualcosa che riteneva davvero grave, oltre a piangere, finiva per chiudersi in camera sua.

Nel frattempo il pranzo si freddava e allora la nonna, dopo aver guardato un po' il divano vuoto, lo scaldava ancora una volta. Sapeva che a un certo punto Ada sarebbe comparsa in cucina, e per non tirare troppo la corda avrebbe iniziato comunque a mangiare quel che c'era. Non mangiava mai abbastanza, però.

Nel primo pomeriggio, Ada faceva i compiti e la nonna, senza smettere di sistemare la casa, la aiutava.

Ada ricorda le dita della nonna scorrere lungo le pagine del suo diario:

Ita: leggere e ripetere pag. 34-35. *Ex pag.* 36.

Mat: ex. N. 1 *e* 4 *pag.* 29. *Operazioni sul quaderno.*

Ogni volta che ascoltava la nonna leggere i compiti, iniziava a chiedersi se fossero davvero quelli, gli esercizi da fare. Forse il numero della pagina era sbagliato, o forse a essere sbagliato era il numero dell'esercizio. Magari a pagina 29 non c'era nessun esercizio. Nel chiedersi tutte queste cose, Ada sentiva una specie di paura. Non era la reazione della nonna, a farle provare quel che provava: era il fatto di non potersi fidare di quel che scriveva, a farle paura. Gli altri bambini aprivano il diario e ascoltavano la maestra e scrivevano quel che la maestra diceva. E non sbagliavano. Non sbagliavano quasi mai. Ada invece sbagliava, quasi tutte le volte.

«Ricorda: fare la brava bambina e mangiare quello che c'è da mangiare» continuava a leggere la nonna, anche se non era scritto da nessuna parte, mentre aveva già aperto il libro a pagina 29 e, pensando che Ada non se ne accorgesse, aveva anche iniziato a cercare nelle pagine a ridosso della 29 gli esercizi che lì non aveva trovato.

«Questo non c'è, nonna, non c'è scritto che devo fare la brava.»

«Comunque lo devi ricordare» sentenziava, dopo aver chiuso il diario e averle dato un bacio. «Devi ricordare di fare la brava bambina.»

Il più delle volte, la nonna trovava gli esercizi da fare anche quando non erano nel posto che Ada aveva segnato sul diario. Quando invece non ci riusciva, chiamava una compagna di classe, o la mamma di una compagna di classe, per scoprire grazie ai loro diari privi di errori quale fosse davvero il numero delle pagine da studiare, e quanti gli esercizi da fare.

A quel punto, di sicuro, non era più paura quella che provava Ada: era forse qualcosa di più simile alla vergogna. Comunque rimaneva seduta immobile sulla sedia, convinta che, se non si fosse mossa, quel momento sarebbe passato più in fretta.

Una volta finiti i compiti, uscivano sempre. Certe volte era così presto che i negozi erano ancora tutti chiusi e in giro non c'era nessuno. Allora andavano in cerca di una piazza con i chioschi dove vendevano il mangime per gli uccellini. Ada correva per tutta la piazza e la nonna si rimproverava di non vestirla mai abbastanza bene: era una bambina così magra e così alta che non c'era verso di comprarle vestiti che le stessero come si deve. Le era tutto troppo corto. O troppo largo. Quando correva, le si scoprivano sempre le caviglie e i calzini. A un certo punto, Teresa aveva pensato di decorarli, alcuni con pizzi, altri con piccoli brillantini, così che almeno quelli fossero piacevoli da indossare.

Con in mano il cartoccio di mangime, Ada era felice. Lo apriva piano e si metteva a contare i semini. Decideva da quale passerotto iniziare e ne lanciava una manciata alla volta. Gli uccellini le si fiondavano addosso ma lei non si scomponeva. La cosa bella di quei pomeriggi era che Ada non aveva paura. Le dispiaceva soltanto che gli uccellini si azzuffassero, e li invitava a fare piano. Loro non potevano darle retta, ma lei non smetteva di credere di poterli educare. Di tanto in tanto, batteva un piede per terra e cercava risposte nello sguardo della nonna.

«Mettetevi in fila» diceva, «c'è ancora un chicco per uno.»

Quando Ada era diventata più grande, la nonna non aveva smesso di ricordarle delle volte in cui aveva tentato di mettere in fila gli uccellini. Lo faceva per convincerla che aveva una pazienza di ferro. «C'è ancora un chicco per uno» le bastava dire, e Ada capiva.

"C'è ancora un chicco per uno" dirà Ada alla nonna, quando si sveglierà.

Giulia, nel frattempo, non ha smesso di spiegare.

«È come se, per fermare una frana, ne stessimo causando altre.»

Ada ha perso il filo. «Tra quanto si sveglierà?» chiede.

«È probabile che dorma a lungo. Le abbiamo dato un farmaco. Per sedarla. Come se le avessimo fatto un piccolo intervento.»

«Ha senso?» chiede Ada. Giulia a quel genere di domande non si è ancora abituata.

«Può farci guadagnare tempo» risponde.

"Tempo" pensa Ada. In fondo, per sua nonna non chiede altro. Ancora tempo per tenerle la mano, per riempire i suoi attimi di piccoli regali, come le matite e come le margherite.

«Quando lo vedrai?» domanda Giulia. Se dovesse giustificarsi con qualcuno, direbbe che lo fa per distrarre Ada. La verità è che sentirla parlare di Penna e dell'amore che prova per lui è la sola cosa che, in certi momenti, le fa ricordare che fuori dal reparto c'è ancora vita.

«Gli ho detto che lo avrei aspettato, stasera. Ma con la nonna così, non credo. Non credo che lo aspetterò.»

«Stanotte sono di turno. Controllo io Teresa.»

Ada rimane in silenzio.

«Ti assicuro che dormirà bene, stanotte. Il farmaco che le abbiamo dato serve anche a questo. Non sente dolore né niente.»

«Quando arrivi, stasera?» chiede Ada.

«Non più tardi delle otto e mezza.»

«Ci vediamo alle scale antincendio, prima del turno?»

«Certo.»

14

Se l'ospedale fosse un teatro, le scale antincendio sarebbero le quinte.

Ada e Giulia hanno iniziato a vedersi lì quando ancora la nonna non era ricoverata. Giulia le aveva chiesto se avesse voglia di parlare, anche fuori dal reparto. Aveva proposto locali dove sarebbero potute andare, magari a bere qualcosa. Ada non conosceva neanche la metà di quei posti, e si era un po' sentita in colpa. Non era abituata, lei, a dire di no. Ma non le andava di andarsene lontano da sua nonna, considerando che lei, invece, non sarebbe stata in grado di andarsene da nessuna parte.

Allora Giulia le aveva proposto di vedersi alle scale antincendio, in fondo al corridoio del reparto. Il resto dell'ospedale, aveva detto, non le piaceva un granché. Invece da lassù c'era una vista almeno gradevole, e di sicuro non avrebbero corso il rischio di perdersi. Però il buio iniziava a scendere presto, così come la nebbia, e la vista non era poi tanto gradevole; anzi, a dirla tutta, la prima volta che ci era andata, Ada aveva creduto di essersi persa. Lei, non Giulia: una come Giulia non riusciva a immaginarsela persa in nessun caso al mondo. E poi, se anche si fosse persa, non lo avrebbe mai dato a vedere.

Ada invece si perdeva quasi ogni minuto. E certe volte si dimenticava dove stava andando.

Quando aveva visto apparire Giulia dalla porta a vetri, ci aveva messo un po' a capire che era davvero lei. Non l'aveva mai vista con indosso qualcosa che non fosse la divisa da infermiera, o senza quelle cuffiette con le giraffe e i pinguini e tutti quegli animali sfacciatamente allegri. Le scale antincendio allora le erano sembrate scomode, ma non capiva da dove, esattamente, partisse quel senso di scomodità.

La porta antincendio si era chiusa e aveva fatto rumore e allora Ada aveva pensato che era successo di nuovo: aveva sentito il rumore delle cose che iniziano.

Giulia teneva in mano una sigaretta.

«Tu fumi?» le aveva chiesto Ada, un po' stupita.

«Solo a fine turno. E poi neanche alla fine di tutti i turni» aveva spiegato Giulia.

Il rumore che Ada aveva creduto di riconoscere quando la porta antincendio alle spalle di Giulia si era chiusa era il rumore di un'abitudine.

Che un'abitudine sia diventata un'abitudine te ne accorgi sempre dopo. E invece Ada se n'era accorta subito, che stava iniziando. Era merito di sua nonna, se riusciva ad accorgersi di tutte quelle cose che iniziavano.

Dopo quella prima volta, si erano viste praticamente alla fine di ogni turno di Giulia. Ada faceva ancora fatica a riconoscerla quando appariva da dietro alla porta; poi, quando quella si chiudeva e lei prendeva in mano una sigaretta, sapeva che era proprio Giulia. Non smetteva di apparirle ogni volta più aggraziata nei gesti, mentre lei in quelle scale si sentiva sempre più scomoda, come se, accanto a Giulia, scoprisse parti di se stessa che non aveva mai preso in considerazione e che non sapeva come tenere composte.

La scomodità comunque non le impediva di parlare. Parlavano di tutto, sedute sulle scale antincendio. Di quello che Ada avrebbe voluto fare da grande, per esempio.

Tante volte Giulia aveva chiesto a Ada cosa facesse, al di là dell'ospedale e della nonna. Ada non aveva il coraggio di dirle che c'era molto poco, nella sua vita, al di là di questo.

Davanti a quel silenzio, Giulia le aveva detto che doveva pur esserci qualcosa che volesse fare. Ada aveva pensato che quelli come Giulia, quelli che sanno sempre dove devono andare e che ci vanno di corsa, sono convinti che tutti siano esattamente come loro, e cioè in viaggio verso qualcosa. E quando poi glielo dici, che invece tu non stai andando da nessuna parte, loro provano come una specie di vertigine. Gliela leggi proprio in faccia. Ma la vertigine passa presto, e loro tornano a pensare che tutti sappiano dove stanno andando; così certe volte insistono, finché non sei costretto a inventartelo, quello che stai facendo. Certe altre volte, invece, continuano a parlare di quello che stanno facendo loro, e Ada preferisce queste, di volte.

A un certo punto, durante una di quelle chiacchierate, Ada aveva detto a Giulia della lista dei lavori che avrebbe voluto fare da grande. Sapeva che erano solo fantasticherie, ma era in quelle che lei trovava la forza per andare avanti.

Quando Giulia le aveva chiesto di dirle almeno uno dei lavori della lista, Ada le aveva risposto che una volta aveva visto un documentario sui camionisti dell'Himalaya. Veramente era una gara tra camionisti dell'Himalaya, ma questo non importava. Fatto sta che quelle erano tra le strade più pericolose del mondo, e proprio nel punto più pericoloso di quelle strade c'era una capanna, tutta colorata. Dentro la capanna c'era un uomo. Ogni volta che i camionisti passavano di lì, dovevano fermarsi, perché l'uomo dava loro caramelle che servivano da benedizione. A Ada questa cosa delle caramelle date per benedizione a gente che rischiava di finire in burroni alti migliaia di metri era piaciuta da matti, al punto da averla messa nella sua lista: distribuire benedizioni, sotto forma di caramelle, a gente che rischia di finire dentro burroni alti migliaia di metri.

Giulia aveva riso. Aveva un modo composto di ridere; il suono era quello della risata, ma la bocca non prendeva mai una piega strana, e i denti non si scoprivano mai troppo e, anche se si scoprivano, non avevano mai nessun difetto. Il resto del viso e del corpo rimaneva immobile, eppure lo capivi che stava ridendo.

Ada ha sempre pensato che ci sono momenti in cui le risate scomposte servono. Uno non se ne accorge mai davvero, fin quando poi ripensa a quella volta che una risata tutta scomposta, di quelle che fanno sentire male agli addominali, gli ha salvato la vita. È il genere di cosa di cui ci si ricorda da vecchi. Ada invece ci fa caso già adesso, perché le è sempre parso di essersi salvata la vita molte più volte di quante avrebbe voluto.

Forse quelli come Giulia, quelli che sanno dove stanno andando, hanno altri modi di salvarsi la vita. O forse la loro vita non è mai nello stesso genere di pericolo di quella di Ada. Loro non si immaginano quanti burroni alti migliaia di metri ci sono, anche quando non li vedi. Non capiscono l'importanza di distribuire benedizioni sotto forma di caramelle. Loro ci ridono su. Le persone, pensa Ada, hanno riso su cose che la riguardano talmente tante volte che se lei avesse ceduto a ogni risata, adesso non le rimarrebbe niente. E, in effetti, niente è quello che ha.

Giulia accompagna la porta antincendio perché non faccia rumore. Non ha ancora indosso la divisa e i capelli sono sciolti. Ha già in mano una sigaretta. Quando l'accende, Ada guarda l'anello sul suo anulare sinistro.

«Dovresti portarlo sempre. È talmente bello.»

L'anello di fidanzamento che il futuro marito di Giulia le aveva regalato era comparso sulla sua mano qualche settimana prima. Giulia era entrata nella stanza 9 e la nonna aveva assunto la sua aria da sentenza. Ada pensava già a come arginare i suoi racconti su rossetti e scarpe da ballo.

Teresa si era rivolta invece direttamente a Giulia, che, dopo la fine del turno, era passata a salutarla: «Sembra stanca, dottoressa. Sa, si dovrebbe sempre fare in modo di non tornare a casa troppo stanchi, se si ha la fortuna di avere qualcuno che ci aspetta». L'aveva detto guardandosi intorno, come quando cercava il giusto riconoscimento per aver notato qualcosa che nessun altro aveva notato. «È un bene che lei faccia un lavoro in cui è così brava. Ma è altrettanto bene non stancarsi troppo.»

Giulia non ricordava di aver detto di avere qualcuno a casa ad aspettarla. Doveva, forse, aver accennato al fatto di avere un compagno, ma era certa di non aver mai detto che lui era il tipo da stare a casa ad aspettarla. Neanche lei lo aspettava. Entrambi arrivavano a casa molto tardi e da tempo avevano smesso di vivere i loro rientri in attesa.

«No, Teresa, non c'è nessuno che mi aspetta» aveva replicato Giulia.

«E allora quello glielo ha dato senza aspettarla?» aveva chiesto Teresa indicando la mano di Giulia.

Lei aveva sorriso. «Non questa sera. Questa sera non mi aspetta nessuno.»

Allora Ada aveva visto l'anello. Ci aveva messo un po' a capire che era uno di quelli che si danno a una donna quando si fa una proposta di matrimonio. Aveva solo pensato che era il tipo di anello che in certi spot fanno indossare alle donne per dar loro il giusto grado di lucentezza e di eleganza. Quel tipo di anello, aveva pensato, che finisce in mano a donne che non ne hanno bisogno. Nel caso di Giulia, per esempio, non si capiva bene se fosse lei a brillare della luce dell'anello o l'anello a brillare della luce di Giulia.

Ada aveva pensato che Matteo non avrebbe mai scelto un anello così.

«Non è il caso che i pazienti lo vedano» spiega Giulia, ora che il turno deve ancora iniziare. Ha iniziato a fumare nel modo composto che le si addice. «Lo hai sentito?» chiede poi, a proposito di Penna.

«Mi ha mandato un messaggio quando è partito. Ha detto che farà tardi. Dice sempre che farà tardi.»

«Non ti ha mica detto di non aspettarlo, però.»

Ada invidia quelli come Giulia, il loro ottimismo pacato.

«Credo sappia che lo aspetterei comunque. Il fatto è che pare sempre che abbia un altro posto dove andare. All'inizio non era così.»

Giulia vorrebbe dire a Ada che, con Matteo, sono ancora all'inizio. La loro, del resto, è una storia di pochi mesi. Ma, da spettatrice troppo affezionata al film, questa volta non dice nulla.

Nonostante il pacato ottimismo che Giulia mostra di avere, è stata lei a insinuare in Ada i primi dubbi sulla genuinità delle intenzioni di Matteo. Aveva iniziato facendo notare a Ada che, fino a un certo punto della storia, lui non le aveva mai mostrato la sua casa. Si vedevano sotto un ponte della strada statale.

C'era un parcheggio, lì; Ada, nel raccontarlo, l'aveva fatto anche sembrare romantico. Aveva detto a Giulia di aver letto sul giornale che su quel ponte passavano cinquemila auto ogni ora. Si era immaginata il cronista del giornale locale fermo all'inizio del ponte, a contare le macchine che passavano, mentre qualche metro più sotto loro due si promettevano cose e magari finivano per fare l'amore.

Dopo un po', Matteo aveva portato Ada a casa sua, ma Giulia aveva avuto modo di esprimere le sue perplessità anche su questo. Comunque, continuava a fare il tifo per loro, anche quando, di tanto in tanto, riprendevano a vedersi sotto il ponte.

«Senti» dice ora Giulia, «perché non glielo chiedi e basta?»

«Chiedergli cosa?»

«Se ha un'altra.»

«Perché non è possibile che abbia davvero un'altra. Io a queste cose non ci credo, non ci voglio credere.»

«A cosa non vuoi credere? Al fatto che la gente tradisca altra gente?»

Ada per un po' rimane in silenzio. Non che pensi davvero che le persone non tradiscano. Ma è come se si sentisse in dovere di credere che possono anche non farlo. Lo ha messo nella lista qualche tempo fa: sforzarsi di credere che al mondo le persone possono anche non tradire. A forza di crederlo, si era detta quando lo aveva messo nella lista, poteva anche darsi che le capitassero cose che non la smentissero.

Giulia la guarda come se fosse stata spedita in questo secolo da un posto lontano. Un posto dove le persone hanno i capelli di un colore indefinito e dove, per quante cose brutte piombino loro addosso, non si smette di vivere come se si fosse in dovere di far sembrare tutto una favola. Giulia vorrebbe dirle che invece lei sa che, quando ci sono di mezzo i sentimenti, la gente fa spesso la cosa sbagliata, quella che non andrebbe fatta. Che ha smesso di credere ai santi e ai martiri, quando si tratta di sentimenti. Non tutti si sacrificano e, se qualcuno vuole fare una cosa, è molto probabile che finisca per farla, anche se è sbagliata. Questo prova a dirglielo: «La gente sbaglia, Ada, tradisce. Tradisce se stessa, tradisce chi ha accanto. È vero, la maggior parte delle storie finisce per questo motivo. Ma altre ne iniziano».

«Come la tettonica a placche» conclude Ada. «Per tirare su una montagna serve che qualcosa sprofondi nell'abisso.»

«Sì» ride Giulia, «come la tettonica a placche, quasi. In scala più piccola. Molto più piccola.»

«Be', io non voglio che niente sprofondi» ribatte Ada senza ridere. «Se qualcuno sprofonda, non può venirne fuori niente di buono.»

«Neanche io voglio che niente sprofondi. Non so davvero come facciano, ma qualcuno le lascia sprofondare, le cose.»

Ada la guarda come se su questo fosse disposta ad ascoltarla, come se ora fosse pronta a fare un passo fuori dalle favole in cui mostra di credere.

«Non è facile» continua Giulia. «Non è facile far funzionare le storie. Serve sempre che uno sia disposto a lasciare il giusto spazio all'altro. Come quella storia dei ricci. Non troppo vicini da farsi male né troppo lontani da perdersi.»

«Tu al tuo compagno glielo concedi, lo spazio?»

«Certo» risponde Giulia. Pare sempre che debba dimostrare di non aver bisogno di tempo per pensare prima di parlare, lei. «Siamo stati bravi, in questo. Ci lasciamo i nostri spazi.»

Le sue risposte paiono sempre e comunque ben pensate.

«Cioè? Cosa fai?»

«Gli lascio del tempo libero. Del tempo solo per lui. Di cui io non voglio sapere niente.»

Ada rimane in silenzio.

«Mi fido» spiega Giulia, «mi fido di quello che fa. So quello che fa. Per esempio il mercoledì...» Ada adesso ascolta con attenzione. Le piace quando i discorsi di Giulia si riempiono di esempi. Lei di discorsi così pieni di esempi non ne fa mai, e arriva al punto in cui ha bisogno che qualcuno li faccia al suo posto. «... il mercoledì lui va a fare una partita di basket. È una vita che lui e i suoi amici hanno questa partita, la chiamano "spezzasettimana". Si sono fatti le divise e tutto. Poi vanno a bere una birra, o qualcos'altro.»

Ada annuisce. Non è del tutto sicura che questo sia davvero lasciare all'altro la giusta distanza. Del resto, per lei, la distanza giusta non esiste. È proprio l'idea di distanza, a metterla a disagio. Ma Giulia pare così convinta, ha un anello di fidanzamento bellissimo e sta per sposarsi. Deve aver ragione lei per forza.

Il fatto è che Giulia non sa neanche da quanto tempo la borsa da basket del mercoledì riappare a casa come se nessuno l'avesse mai aperta. Forse il suo compagno non ci gioca neanche più, a basket. Forse va semplicemente a bere una birra con gli amici. Questo Giulia non lo chiede. È il tipo di donna che si fida, lei, non come quelle che controllano i telefoni o le borse da basket. Quando poi, dopo la partita o la birra, o Dio solo sa cosa, lui torna a casa e si infila nel letto convinto che Giulia dorma, lei gli passa una mano sulla spalla. È il suo modo di congratularsi, per la partita o per gli amici. Si congratula con entrambi, per gli spazi che sono ancora capaci di concedersi. Come dei bravi ricci. Né troppo lontani né troppo vicini.

«C'è chi non lo fa» dice a Ada, «c'è chi sta troppo vicino, o troppo lontano.»

«Ed è per questo che la gente tradisce?»

«In un certo senso, sì. Se non mantieni le persone alla giusta distanza, è probabile che quelle se ne vadano lontano. Metti che Penna abbia una compagna. Magari non lo lascia andare da nessuna parte. Magari l'ha lasciato andare troppo distante. Tu questo non puoi saperlo.»

La scomodità, il freddo e i dubbi stanno rendendo quella conversazione impossibile da portare avanti, per Ada.

«Comunque voi l'avete scelta, la data?»

Parla del matrimonio di Giulia. Pensare a quello è come un ritorno al suo mondo delle fiabe.

«Sì... Lui ha ancora questa idea di andare su un'isola, per la cerimonia. Solo io e lui, al massimo i testimoni.» Giulia si aggiusta i capelli in uno chignon improvvisato e perfetto. «Questa faccenda dell'isola rende tutti nervosi. Rende mia madre nervosa. Comunque abbiamo i fiori.»

«Avete i fiori per la cerimonia sull'isola?»

«No. Abbiamo quelli per il ricevimento. Mia madre, per resistere al nervoso, ha dovuto organizzare almeno quello. Ha messo in piedi una grande festa, la sera prima della cerimonia. Dice che in America va di moda, fare la cena prima del matrimonio. “Cena di prova” dice che si chiama. Faremo questa cena con tutti, una specie di ballo. La mattina dopo, secondo lei, dovremmo andarcene in chiesa e fare il matrimonio vero lì. E a quel punto lei organizzerebbe un ricevimento nuovo di zecca. La nostra idea, invece, è quella di andare al massimo in Comune, e poi partire per l’isola.»

Ada sa che quella di Giulia è una famiglia importante, anche se non ha mai chiesto nulla in proposito. Quando pensa che è così importante da dover fare due feste e tenere una chiesa allertata quasi fino all’ultimo per un eventuale matrimonio, si sente a disagio.

«Comunque, per la cena di prova abbiamo scelto le ortensie, oltre alle peonie.»

«Lui è contento delle ortensie?»

«Oh, sì. Credo di sì. Insomma ha annuito e sorriso tutto il tempo. Non penso che abbia realmente capito dove andranno le ortensie, le peonie e tutto il resto. Ma è contento del clima, ha detto. Il clima gli piace.»

Stare insieme da dieci anni, pensa Giulia, ed essere contenti del clima. Non le pare poi poco.

«Vado» dice. Abbraccia Ada e la scuote appena. «Parlaci, Ada. Chiedigli chiaro e tondo se ha un’altra donna o no.»

Ada non annuisce né niente. «Terrò il telefono acceso. Se la nonna dovesse svegliarsi e chiedere di me, chiamami.»

«Certo.» Giulia sa che Teresa non si sveglierà. La radioterapia inizia a essere troppo forte per lei e quello che le hanno somministrato per farle sentire meno dolore è quasi più un anestetico che un sedativo. È quello che si fa quando iniziano a esserci poche alternative. Questo Giulia non lo dice.

«Non pensare a questo, Ada. Mi prendo io cura di lei.»

15

Ada odia stare a casa di Matteo quando lui non c'è. Non c'è nessun rumore lì. Se non c'è lui, niente può iniziare.

E poi tutto glielo ricorda. L'anta del frigo montata storta. Lo specchio del bagno incrinato nell'angolo in alto a destra. La sedia a dondolo troppo tarlata perché ci si possa sedere, ma ancora abbastanza solida da poterci accatastare vestiti sopra. Tutte queste cose, dentro la casa, ce le hanno portate loro due, dopo averle scelte con perizia in giro per mercatini e negozietti vari. All'arredo vero – gli armadi e i pensili della cucina e cose di questo genere – non hanno ancora pensato.

Ada ricorda le mani di Matteo muoversi su tutte quelle cose, e il fatto che ci siano loro e non lui le fa venire un gran freddo. Non ha voglia di guardare niente tranne la porta, finché la porta si aprirà e Matteo sarà di nuovo lì con lei e respirare smetterà di risultarle complicato.

C'era stato un periodo durante il quale, quando Matteo guidava verso casa, la chiamava al telefono. Ada stava ad aspettarlo e a lui piaceva immaginarsela seduta a letto con le gambe incrociate, con addosso il suo vecchio maglione da regata blu.

Durante quelle telefonate, non parlavano molto, ma a entrambi piaceva poter ascoltare il silenzio dentro il quale l'altro respirava. Era stato in quel periodo che Ada si era inventata il gioco della radio.

Lei chiedeva a Matteo su quale stazione fosse sintonizzata l'autoradio, che di solito aveva il volume bassissimo. Matteo glielo diceva, e allora lei metteva il vivavoce e gli chiedeva di aspettarla. Ripeteva tra sé il numero della frequenza per non dimenticarsela, anche se il più delle volte se la dimenticava comunque prima di raggiungere la vecchia radio poggiata sul baule, di fianco all'ingresso. Matteo la correggeva. Le piaceva immaginarsela che attraversava tutta la casa in punta di piedi e a passo spedito, per prendere meno freddo possibile. Si sorprendeva sempre un po' quando la vecchia radio di casa riusciva a sintonizzarsi su tutte le stazioni. Era enorme, tanto da occupare quasi l'intera parete sopra il baule. Ma funzionava alla grande: grazie a Ada, gli oggetti per la casa erano stati scelti con una tale cognizione che difficilmente li avrebbero cambiati.

«Non è una radio meravigliosa?» ripeteva spesso Matteo, e Ada diceva che sì, era una radio meravigliosa e loro non l'avrebbero mai cambiata.

È passato diverso tempo dall'ultima volta in cui Ada e Matteo hanno fatto il gioco della radio. Così ora lei lo aspetta fissando la porta, senza ascoltare certe vecchie canzoni d'amore che la gente dedica ad altra gente. Non ascolta neanche le frasi che la gente manda, sperando che lo speaker le legga prima di mettere in onda la canzone. Quelle cose tipo "vorrei essere l'arcobaleno che scaccia via il tuo temporale". Cose così.

La prima volta che Matteo l'aveva portata in quel posto, Ada aveva notato che non c'era quasi nulla, lì dentro. Eppure aveva preferito non farci caso e ammirare il letto poggiato su dei bancali che parevano usati, anche se Matteo le aveva garantito che erano nuovi. Poi aveva visto la vasca interrata. All'inizio non lo aveva neanche capito, che era una vasca. Le pareva un'inspiegabile enorme conca nel pavimento. Aveva chiesto a Matteo cosa fosse e a quel punto aveva osservato che era grande quasi quanto una piscina.

Lui le aveva detto che la riempiva d'acqua, gli piaceva immergersi e poter credere di essere in un posto più grande. «Non grande come il mare» aveva detto, «ma almeno un po'.»

Lei aveva annuito. «Fai anche immersioni vere, con le bombole d'ossigeno e tutto il resto?»

Lui aveva detto di sì, ma non era stato lì a dare troppe spiegazioni. Ada lo aveva guardato cercare il solito pacchetto di sigarette: ormai aveva capito che sapeva sempre dove stavano, però le cercava comunque.

Poi aveva notato il quadro appeso sopra al letto. Era tutto blu. In basso a sinistra c'era un uomo semiseduto, pareva galleggiasse.

«Mi piace stare come sta quello lì» aveva spiegato Matteo. Teneva in mano il pacchetto di Marlboro rosse, ma non pareva avesse intenzione di fumare. Un po' si era sforzato di ridere, ma Ada lo aveva capito subito che era serio. «Sospeso» aveva continuato. «A sentire il rumore che fa l'acqua quando ci stai dentro.»

Ada si chiese che rumore fosse quello lì. Se era uno di quelli che fanno le cose che iniziano.

Giulia, dopo aver fatto quelle osservazioni su quanto fosse poco limpido che si vedessero sotto un ponte, le fece notare qualcosa anche a proposito della casa: «Non può essere davvero il posto in cui vive. Dove pensi che tenga i vestiti e tutto il resto?».

«Dovresti vedere i soffitti» le aveva risposto Ada, «sono altissimi. E a crociera. E i mattoni sono a vista e le finestre hanno vetri enormi. Dovresti proprio vedere quei soffitti.»

«Ada, ascoltami. Deve esserci un posto dove tiene i suoi vestiti, accidenti. E poi dovrà pur mangiare.»

Ada allora ci aveva pensato, solo per un attimo, che quella potesse non essere la sua vera casa. Poi le era venuto in mente il baule, quello poggiato di fianco alla porta d'ingresso. Quello con la radio sopra.

«C'è un grosso baule! Forse i vestiti sono dentro il baule. E poi nel bagno c'è tutto. Tutto quello che serve. Chi tiene tutto quello che serve nel bagno di una casa in cui non vive?»

Comunque, da quando Ada ha preso a frequentare la casa di Matteo, tutto il necessario ha trovato un suo posto. La cucina a gas, con forno e così via. E un grosso lavello è stato posato su una lastra di cemento che Matteo ha fatto costruire da operai di sua fiducia. All'inizio la lastra la voleva fare lui. Ada aveva adorato l'idea che potesse farla lui. Poi però avevano capito che il lavandino serviva in fretta, e allora Matteo aveva chiamato gli operai e quelli erano subito venuti e avevano completato il lavoro velocemente.

A parte il lavandino, ci sono ancora tante altre cose da sistemare. Tutti i completi che Matteo indossa per lavorare, quelli blu che a Ada piacciono tanto: quelli ancora non hanno un posto. Le magliette scolorite con i supereroi che Matteo indossa a casa, quelle sì, sono tutte sopra la sedia a dondolo. E dentro il baule. I completi blu no. Quando Matteo arriva a casa, toglie la giacca e i pantaloni e li mette sopra la sedia a dondolo. La mattina successiva li indossa di nuovo e poi di quel completo non c'è più traccia. In fondo, a Ada, questo non dispiace: quando incontra Matteo in ospedale, o quando torna a casa senza che si siano incrociati durante il giorno, la diverte scoprire una giacca che non ha mai visto. Le giacche hanno sempre un odore come se qualcuno avesse da poco finito di spremerci vicino un'arancia o un pompelmo, ed è tutto così fresco e pulito che Ada pensa sempre che di vestiti così belli freschi e puliti come quelli mai ne ha visti e mai ne vedrà.

Forse è in una qualche tintoria che Matteo porta i suoi completi da lavoro. Deve essere così. Per un attimo, Ada pensa di fare il giro delle tintorie di quartiere e cercare l'odore di arance e di pompelmo che trova sui vestiti di Matteo. Cercherà la tintoria giusta e, una volta trovata, dirà alla signora che la gestisce il proprio nome e chiederà alla signora il suo. Dirà che lei è la ragazza di Matteo, l'uomo che le porta tutti quei bei completi blu e le camicie. Le dirà che ama quell'uomo e l'odore che i suoi vestiti hanno. Così, quando chiederà alla signora come fa a dare quell'odore agli abiti, lei non potrà non rivelarle il segreto. Perché di sicuro deve trattarsi di una specie di segreto.

Diventeranno amiche, lei e la signora, e per qualsiasi dubbio la consulterà. Nel giro di poco, diventerà così brava con il bucato che Matteo non avrà più bisogno della tintoria. Faranno un altro giro al mercatino e troveranno un armadio e allora i vestiti blu staranno a casa loro e Ada non dovrà mai più chiedersi se da qualche parte c'è un'altra donna da cui torna Matteo, una donna che ha la fortuna di lavare e di stirare quelle camicie e quei vestiti e riporli in qualche armadio dove trovano quell'odore così buono che può essere fatto solo di amore e dedizione, pensa Ada, e se non è una vecchia signora che gestisce una qualche tintoria da quelle parti, a darglielo, può essere solo un'altra donna che lo ama.

"Occorre che trovi la tintoria" pensa Ada. Se non fosse così tremendamente tardi, inizierebbe la ricerca in quello stesso momento. Ma è sera inoltrata, e non troverebbe aperta nessuna tintoria. Ada teme che questa delle tintorie possa essere una di quelle idee che, quando fuori è buio e freddo e lei è sola, le paiono perfette ma poi, quando la mattina si sveglia, le appaiono per quello che sono: stupide e perlopiù irrealizzabili.

Eppure la paura che ci sia un posto dove Matteo torna e tiene i suoi completi, la paura che ci sia un'altra donna che lo ama al punto da dare quell'odore così perfetto ai suoi vestiti, quella paura sarà ancora lì domani mattina. È una certezza così tagliente che Ada non riesce neanche più a guardare la porta.

Chiamerebbe Matteo, se potesse. Non che qualcosa glielo impedisca davvero. Lui risponde quasi tutte le volte e lo fa quasi sempre in modo garbato.

Nonna Teresa dice sempre che gli uomini non vanno chiamati e bisogna aspettare che chiamino loro. Ada ha provato a spiegare alla nonna che lei ha bisogno di sapere dove sta andando Matteo, che le ore che lui passa in macchina la terrorizzano. Anche se poi la sua paura non è davvero quella. Certo, le autostrade non le sono mai piaciute e certe volte le è parso che Matteo avesse un modo di sorpassare e di immettersi nelle corsie non sempre prudente. Eppure, a farle davvero paura, per quanto si sforzi di credere che non sia possibile, è il timore che lui abbia un'altra casa, con un'altra donna, a cui tornare.

Questo a sua nonna non può dirlo. Un uomo che ha due case e due donne, per Teresa, è inconcepibile. O almeno, così pensa Ada. E allora, si limita a dirle dei pericoli della strada per spiegare il suo bisogno di sapere dove lui vada per tutto quel tempo. Ma quando prova a spiegarglielo, Teresa le ripete sempre la stessa cosa: «Vedi piccina, non importa dove sta andando Matteo. Importa da chi torna. E se torna da te, non importa dove è andato fino a quel momento».

Naturalmente, Teresa usa il tono profetico e solenne di chi non ammette repliche. E allora Ada non replica mai.

Tuttavia Ada ora fissa la porta e Matteo non arriva e nonna Teresa ha il sangue ridotto talmente male che, se Ada ora la chiamasse, lei non risponderebbe e, se anche rispondesse, non ricorderebbe niente di quello che era solita dirle a proposito dell'importanza di dove si va e da chi si torna.

Le cose, intorno a Ada, precipitano a velocità lenta ma costante e lei sente freddo e fa fatica a respirare.

Altre volte è riuscita a non chiamare Matteo. Ci è riuscita facendo piccoli servizi in casa. Ci sono talmente pochi oggetti, in quella casa, che è difficile trovare qualcosa da fare. Ma c'erano state sere in cui Ada aveva trovato qualcosa da fare. Certe volte aveva comprato dei fiori e allora era riuscita a non chiamare Matteo perché aveva i fiori da sistemare. Altre volte aveva cucinato. Altre ancora aveva piegato le sue magliette scolorite in file diverse a seconda dei supereroi.

Adesso Ada fissa la porta e pensa che potrebbe alzarsi e avvicinarsi alla sedia a dondolo, prendere le magliette di Matteo e piegarle. Passerebbe del tempo e lei non lo chiamerebbe. Se lo facesse, magari sarebbe lui a chiamare e di sicuro nonna Teresa approverebbe che lei faccia qualcosa di garbato e cortese per lui: piegare le magliette è proprio il genere di gesto che nonna Teresa considera garbato e cortese. Ada guarda la maglietta grigia con i bordi rossi, quella di Capitan America. Sente ancora più freddo.

«Dove sei?» chiede Ada al telefono. Tiene la voce bassissima.

«Non lo so.»

«Come non lo sai? Lo sai sempre.»

Matteo sorride nel buio.

«Questa volta non lo so.» Inizia a cercare il pacchetto di sigarette. Ada non può vederlo, ma se lo immagina.

Mente. Sa benissimo dov'è. Fermo nel parcheggio dell'ultimo autogrill prima dell'uscita che lo porterebbe dritto a casa. Sul sedile del passeggero c'è una busta e dentro la busta due panini che potrebbero essere ancora caldi.

«Hai la radio accesa?»

Per un po' nessuno parla e allora Ada pensa di aver detto una cosa stupida. Pensa che dirne un'altra potrebbe solo peggiorare la situazione, e allora rimane in silenzio per un bel pezzo.

«Ascolta, ti richiamo tra un po'. Solo tra un po'. Ci sono dei lavori e mi hanno fatto prendere un'uscita che non è la mia e non so dove sono.»

Dove diavolo ha imparato a mentire così in fretta? Matteo se lo chiede e pensa che anche Ada se lo possa chiedere. Eppure sa che lei non gli direbbe niente. A lei basta che sia vero che prima o poi la richiamerà. E richiamarla è quello che farà. Su questo non ha mentito, neanche questa volta.

«Certo. Basta che torni. Torna e basta» risponde Ada.

Si alza e va verso la sedia a dondolo. Piega la maglietta di Capitan America. Non le pare che la piega sia venuta un granché e piegare le cose è il solo mestiere domestico che le riesce bene. Ogni volta che ci pensa, le viene da ridere: agli indumenti riesce a far prendere la piega giusta, a tutte le altre cose no. Comunque, stende la maglietta di Capitan America e la piega di nuovo. Ora è perfetta.

Guarda le altre magliette sopra la sedia a dondolo. Sono piegate, ma sono lì da qualche giorno. Decide allora di piegarle di nuovo, con cura. Prima quelle di Hulk, poi quelle di Spiderman e tutte le altre.

Ora che è tutto in ordine, le verrebbe voglia di ricominciare a guardare la porta. E allora le salta in mente che la chiave che Matteo le ha dato, quella di casa, è in mezzo alle altre chiavi. Non c'è possibilità che lei le confonda, tuttavia, ogni volta che si trova davanti alla porta, un po' le dispiace che sia lì, uguale alle altre.

"Una graffetta" pensa. Le servirebbe una graffetta. Se solo ne trovasse una, potrebbe darle la forma di un cuore e infilarla nella chiave. Certo, non sarebbe un portachiavi all'altezza della situazione, ma sarebbe lo stesso meglio di niente. In casa comunque non c'è neanche un armadio e sperare di trovare una graffetta va oltre ogni ragionevolezza, persino per Ada che di speranze ne ha sempre di sfacciate.

Le vengono allora in mente i biscotti. Da qualche parte aveva letto di queste donne che, per non pensare, preparano biscotti a qualsiasi ora del giorno e della notte. Alcune di loro, aveva letto Ada, raccolgono una serie di scatole di latta e ne usano una diversa per ogni tipo di biscotto. "Chissà se basta questo per riuscire a non pensare" si chiede Ada mentre si dirige verso l'angolo della casa dedicato alla cucina.

Apre l'anta storta del frigo in cerca di uova. Vorrebbe delle uova fresche, per i suoi biscotti. In quella casa non c'è un armadio, non ci sono graffette e non ci sono uova fresche. "Chissà poi chi se li mangia tutti i biscotti che preparano le donne per non pensare" si domanda Ada. "Finiranno per marcire nelle scatole di latta?"

Sente la serratura dell'ingresso aprirsi. Matteo varca la soglia, lo sente chiudere la porta piano. Si affaccia dall'anta storta del frigo.

«Domani compro le uova» dice Ada. Sente meno freddo ora, ma fa ancora un po' fatica a respirare. «Comprerò uova fresche e scatole di latta. Farò biscotti. Sarò una donna di casa migliore. Promesso.»

Matteo l'ascolta e pensa a quanto stupida sia stata l'idea di non tornare da lei, quella sera. A vederla lì, illuminata dalla luce del frigo, gli sembra proprio stupido averle mentito.

«Scatole di latta. Non vedo come potremmo farne a meno.»

Ada chiude l'anta del frigo. Una parte di loro si è già corsa incontro. L'altra rimane a guardarsi ancora un po', incerta sul da farsi.

Alla fine è Ada a corrergli incontro. Le gambe esili si muovono dentro il maglione troppo largo. Tutto, per Matteo, ha l'aria di una benedizione.

La abbraccia, respira sul suo collo. Poi fa quel gesto per lasciarle intendere che si aspetta un bacio sulla guancia. Ada gli dà il bacio che lui aspetta e sente il suo profumo. Arancia. Pompelmo. Fresco e pulito. Chiunque sia la donna della tintoria, ha tutta la sua gratitudine.

Matteo la stringe. Forse passa un attimo, forse qualche minuto. Comunque, poi, il loro abbraccio si scioglie. Ada fa un passo indietro e si sistema i capelli come dopo aver corso, come se si volesse di nuovo rendere presentabile, anche se non ha mai smesso di esserlo.

«I tuoi completi blu.» Respira solo un poco più a fondo. «Dov'è che li tieni, tutti i tuoi completi blu?»

16

Quando Ada la mattina dopo torna in ospedale, non è del tutto giorno. Matteo è partito per uno dei suoi incontri di lavoro.

Non fa caso a niente. Non alla penombra, non al silenzio lungo il corridoio. Non al fatto che in giro non c'è nessuno. Ada è come sua nonna, quando è inverno ed è quasi sempre buio, fatica a distinguere le ore che passano.

Arriva davanti alla porta gialla del reparto, con l'etichetta scritta a mano attaccata al campanello: "Suonare solo in caso di emergenze". Durante i primi tempi all'ospedale, non aveva mai suonato. Anche se ogni volta si ripeteva che prima o poi lo avrebbe fatto: avrebbe smesso di dar retta agli ordini. Solo che lei era una che non faceva le cose prima di averle rimandate almeno una trentina di volte.

Pensa a Giulia. È talmente abituata a vederla indaffarata con la nonna, che il pensiero che debba staccarsi da lei, o da qualsiasi altro paziente, la paura di toglierle tempo anche solo per aprire una porta la trattiene.

Quando alla fine, seppur piena di sensi di colpa, suona il campanello, si accorge che in realtà è una specie di apriporta automatico. Nessun allarme, nessuna corsa, nessun infermiere distolto dal suo lavoro. Nonostante questo, Ada si sente ancora come se stesse infrangendo una regola.

Davanti alla stanza 9, si ferma in un punto da cui non può essere vista. Osserva nel riflesso di una delle finestre del corridoio una porzione del letto, guarda la nonna: dorme ancora.

È probabile che anche Giulia dorma: manca poco al cambio turno. Ada decide di aspettarla sulle scale antincendio.

Le scale sono larghe più o meno due metri e da lassù si vedono un sacco di cose. Prima di tutto, il quartiere intorno all'ospedale. L'ospedale risale a una decina di anni prima e, finché non è diventato così grande, il quartiere è rimasto popolare. Certe case erano unifamiliari, su uno o due livelli. Poi, insieme all'ospedale, sono arrivati grossi palazzi alti cinque, sei piani.

Le case più basse si possono vedere ancora, se si ha la pazienza di cercarle. E Ada è proprio il tipo di ragazza che, dall'alto delle scale antincendio, cerca le case a uno o due piani e si chiede chi diavolo curi i fiori alle finestre.

Oltre i palazzi alti e le poche case basse rimaste, comunque, si può vedere persino il mare. Prima del mare, la ferrovia che corre parallela alla riva. Adesso è dicembre e c'è un'umidità densa; fino al mare non si riesce a vedere. Eppure la gente lo sa che oltre le case e la ferrovia e l'umidità c'è il mare. È abituata, la gente, a vivere dentro quel genere di pioggia perenne e sottilissima quanto il vapore, che pare non ti bagni mai davvero e invece forse finisce per annegarti. Ada, certe volte, si sente come se fosse fatta di quella pioggia e di quel freddo che le era entrato fin dentro le ossa. Lei l'odore del mare lo sente ovunque, anche quando all'orizzonte il mare non c'è. E qualche volta le viene voglia di cercarlo, il mare, con tutta la fretta che ha nelle gambe, anche a dicembre, anche se di forza nelle gambe non ne ha.

Quando la porta antincendio si chiude alle sue spalle, Giulia, sotto il cappotto, porta ancora la divisa.

«È andata bene la notte?» chiede Ada mentre aggiusta la sua posizione in modo da lasciarle abbastanza spazio.

«Bene. Teresa ha riposato. Riposa ancora.»

«Sente niente?»

«No. Non dovrebbe, i sedativi che le diamo servono a questo. A rendere la terapia sopportabile.»

«La terapia o la malattia?» domanda Ada, e Giulia si rende conto che a un certo punto diventa impossibile capire dove finisce una e inizia l'altra.

«Entrambe» dice. Tira fuori la sua sigaretta. «Ci hai parlato?»

Ada rimane in silenzio.

«Andiamo, confessa.»

«Una cosa gliel'ho chiesta. Gli ho chiesto dov'è che tiene tutti i suoi completi blu.»

Giulia sorride soffiando via il fumo.

«E che ha risposto?»

«Che li lascia in lavanderia. Ha detto che per lui è più comodo. E poi ha aggiunto che i completi appesi uno dietro l'altro gli mettono tristezza.»

Giulia scuote la testa. «E tu ci credi?»

«Che ci guadagno a non credergli?»

«Ci guadagni che forse sei ancora in tempo per tirarti indietro. Non è bello fare l'amante. Non te lo meriti.»

È uno di quei momenti in cui Ada ricorda di sentirsi scomoda, seduta sulle scale antincendio. Forse sono le zigrinature impresse sulle scale, quelle per impedire alla gente di scivolare, a farla sentire così.

«Ci ho pensato, stanotte» continua Giulia. «Ci sono persone che rimangono immobili in storie per anni. Ti è capitato mai di sentir parlare di quelli che "o si lasciano o si sposano"?»

«Lo dice nonna, ogni tanto. È una di quelle cose che lei dice e che io non capisco. Quelle cose che non ti spiega. Le dice e si aspetta che tu le creda e basta. Come si fa? Se stai con qualcuno, e ci vivi, non può essere che quella stessa vita ti faccia venire voglia di lasciarlo o di sposarlo... Tu ti sposi, no? E se non ti sposassi, ti lasceresti? Io non credo. Non ci posso credere. È da matti.»

«Io mi sposo, e non ho mai pensato di lasciarlo» spiega Giulia. Ora fuma. «Ma ci sono persone che rimangono ferme dentro le storie talmente tanto tempo che finiscono per non sapere più niente. E allora alla fine magari si sposano. Però, nel mezzo, nell'immobilità, per muovere le acque, può darsi che uno dei due si butti su qualcos'altro. Per distrarsi.»

Giulia prende ampie boccate di fumo. A vederla fumare così, pare che non faccia altro tutto il giorno.

Ada inizia a credere che Giulia stia provando a dirle che lei, per Matteo, potrebbe essere solo una distrazione. È il genere di pensiero che è abituata a combattere fin da piccola, fin da quando sua madre, abbandonandola, la convinse di essere un peso, qualcosa da tenere fuori dalla propria esistenza.

Le zigrinature delle scale iniziano a farle male e le viene voglia di alzarsi. Rimane ferma, comunque.

«Vedi, la vita che fate tu e Penna è un pochino fuori dalla realtà» dice Giulia. La sigaretta non si consuma mai. Tra l'altro, lei forse è capace di usare le cose senza consumarle. «Magari anche lui è così. Magari è un po' fuori dalla realtà. Non fraintendermi, mi piace che sia fuori dalla realtà. Voglio dire, a chi non piacerebbe. Ma è proprio questo il genere di cose che finiscono per fare quelli che vogliono distrarsi: prima si accomodano in una storia senza sapere a che punto sono, poi cercano qualcuno per distrarsi, e in quel qualcuno trovano la forza per portare avanti la storia che già hanno.»

Ada pensa che, con la nonna in quello stato, la sua vita è per forza fuori dalla realtà. Poi pensa che in fondo, dentro la realtà, lei non c'è mai stata e non c'è mai voluta stare. La realtà non è stata buona, con lei. Ma questo la gente come Giulia non può saperlo.

«Non siamo poi così fuori dalla realtà. Lui ha il suo lavoro e io non faccio altro che buttargli addosso tutta questa storia della nonna che vorrei non fosse vera e invece è vera eccome. Non sono così appetibile, come distrazione, credo.»

«Parlate della nonna?»

«Certo che parliamo della nonna. Gli parlo anche di te. Di tutto quello che fai per noi.»

Giulia ora si sente in colpa, per aver detto quello che ha detto. Sapere di avere un posto nei discorsi di Ada e Penna le ricorda che fare il tifo per loro due è un modo come un altro di prendersi cura di Ada. E prendersi cura di Ada è un modo come un altro di prendersi cura di Teresa.

«Comunque» continua Ada «ho deciso cosa gli regalerò per Natale: un casco da palombaro. Uno di quelli vecchi. Quelli tondi.» Ada, nel dirlo, allunga le gambe come dopo uno sforzo.

«Magnifico» commenta Giulia, «e perché?»

«Perché dice sempre che gli piace stare sott'acqua, dice che lì non c'è gravità né niente. E non c'è bisogno di parlare. E gli piace il rumore che si sente sott'acqua.»

«Ma fa vere immersioni? Nel mare, intendo, ha il brevetto da sub?»

Ada si intristisce sempre un po' quando la gente mette tutto sul piano pratico. Ogni volta che lei ha una buona idea, la gente non fa altro che buttare l'intera faccenda sul piano pratico.

«Non lo so. Non importa, comunque. Non è realmente per andare sott'acqua che glielo prendo.»

«E allora perché?»

«Perché voglio che pensi che se vuole andare, può andare. Che io lo lascerei andare. Che mi piace quello che fa. Tutto quello che fa. Incluso voler stare sott'acqua, in silenzio.»

Lo dice tutto d'un fiato, come quando a scuola le chiedevano qualcosa che non sapeva. Altri facevano finta di non aver capito la domanda e rispondevano citando qualcosa che ricordavano bene. Ada no. Lei ammetteva di non saperlo, e per ammetterlo cominciava a parlare velocissimo.

Allora Giulia, proprio come certi professori, ride, con il suo modo composto di ridere. "Deve esserci un posto" pensa Ada "in cui certi professori e quelli come Giulia imparano sin da bambini a non scomporsi mentre ridono."

«Come i porcospini» continua Ada poi.

«I ricci» dice Giulia.

«I porcospini, i ricci. Voglio che capisca che possiamo prenderci la giusta distanza.»

Per un po' nessuno parla.

«Ho pensato anche al pacchetto. Il pacchetto è molto importante per i regali, credo. Gli farò una grossa scatola. Prenderò dei fumetti e ritaglierò tutti i supereroi. Te l'ho detto che gli piacciono i supereroi? Poi prenderò anche delle foto di altre cose che gli piacciono. Una volta mi ha detto il nome di una moto, per esempio. Prenderò le foto di tutte queste cose che a lui piacciono, e che io vorrei regalargli, e le appiccicherò sulla scatola.»

Giulia pensa che Ada sia fuori dalla realtà. In modo irresistibile, ma fuori dalla realtà.

«Tu al tuo fidanzato cosa regalerai?»

«Non lo so ancora.»

«Non è possibile.» Il tono di Ada è più serio di quanto avrebbe voluto. Non è riuscita a controllarsi. Lei è certa di poche cose, ma di questa lo è al cento per cento: se ami qualcuno, sai sempre cosa regalargli. Basta ascoltarlo.

Per compensare il tono troppo serio tira fuori la faccenda dei lavori che vuole fare da grande: «Nella mia lista dei lavori comunque c'è anche questo: consulente per regali di Natale. Mi basta un niente per capire cosa regalare alle persone. Se vuoi, te lo posso insegnare».

Giulia si alza dalle scale. Prova a stendere la piega che ha preso il cappotto. «Lo terrò presente» dice.

«Quando torni?»

«Domani mattina, alle sei. Ma se hai bisogno, chiama. Lascio il telefono acceso.»

«Ok, grazie, grazie davvero.»

«Figurati. È il mio lavoro.»

Quando la porta antincendio si chiude alle sue spalle, Ada fa un respiro profondo e ripensa alla sera prima.

Dopo aver chiesto a Matteo spiegazioni sul posto dove tiene i suoi vestiti blu, gli aveva chiesto un'altra cosa. Era stato difficile, ma lo aveva fatto, aveva fatto come le aveva detto Giulia, solo che a Giulia non aveva avuto il coraggio di dirlo.

«C'è un'altra?»

Si era sforzata di mantenere un tono fermo e calmo. Lui si era seduto sulla poltrona. Ada credeva che avrebbe iniziato a cercare le sigarette, invece non aveva cercato proprio niente. Era rimasto fermo e in silenzio, e anche lei era rimasta ferma e in silenzio.

Poi Matteo aveva iniziato a parlare.

Le aveva detto che la sua era una situazione difficile. Che effettivamente un'altra c'era, da tanto, troppo tempo. Che era una storia che stava finendo e che lui da un po' si chiedeva se non fosse stato uno sbaglio anche solo iniziarla, quella storia che ora stava finendo. Le aveva detto che fargli altre domande, adesso, avrebbe solo reso tutto più complicato. Che doveva fidarsi di lui, perché era da lei che tornava, dopo tutto.

Ada, mentre Matteo le diceva queste cose, si era sentita come le prime volte che i medici le avevano parlato di sua nonna: non capiva davvero cosa dicessero, ma capiva che non era niente di buono e allora preferiva non ascoltarli e continuare a guardare e ad ascoltare solo Teresa. Avrebbe continuato a guardare e ascoltare solo Matteo: con l'altra donna stava finendo, forse era già finita. E lei si sarebbe fidata. Non avrebbe fatto domande.

Si alza dalle scale e pensa che quelle zigrinature le odia. Chi si sarebbe preoccupato di scivolare, se l'intero ospedale fosse andato a fuoco? Nessuno, pensa Ada. Che poi non possono essere certo delle stupide zigrinature a non farti cadere mentre scappi da un incendio. Se non devi cadere, non cadrai. Se invece sei uno che cade dappertutto, cadrai comunque, con o senza zigrinature. Cadere da certi posti è una vocazione, quasi, e Ada pensa di avercela. Le zigrinature potrebbero salvarla, eppure le odia.

«Non importa da chi si va» le ripete sempre Teresa, «importa da chi si torna.» Matteo diceva che sarebbe tornato da lei, e lei, con la nonna che stava morendo e tutto il resto, non poteva far altro che sforzarsi di pensare alle persone che sarebbero tornate, e non a quelle che erano sul punto di andarsene.

17

Nella stanza 9, la nonna è sveglia. Appena Ada entra le dice buongiorno.

«Ti ho preparato quelle cose.»

Ada guarda il comodino e vede, su un piatto, le fette biscottate scartate e impilate una sopra l'altra. Dopo aver baciato la fronte della nonna, si siede accanto al letto e inizia a mangiare.

«È tardi per fare colazione, ma è sempre meglio farla.»

«Nonna, non è tardi. Sono le sette e mezza. Siamo in perfetto orario.»

La nonna guarda fuori. «Pensavo fosse pomeriggio. Deve essere questa luce, fuori. La luce a dicembre mi confonde sempre.»

A confondere la nonna, pensa Ada, è il fatto che è stata sedata per oltre dodici ore.

«Quanto ho dormito, piccina?» La nonna non ha mai dormito più di sette ore di seguito in vita sua. Dormire troppo, secondo lei, è la causa di tutti i mali. Anche dormire troppo poco causa mali, ma quelli sono meno seri.

«Il giusto, nonna.»

«E da quando sai quant'è il giusto?» Nel dirlo accenna un sorriso. «Non ti pare faccia freddo?»

«No, nonna. Non fa freddo.»

«Io ho freddo.»

Ada le sente le mani. Sono gelide. Si chiede se è un effetto della sedazione.

«Ti prendo una coperta.» Quando apre l'armadietto, però, si accorge che sono state già prese tutte. «Ne vado a chiedere un'altra, giù al gabbiotto degli infermieri.»

«Non c'è la dottoressa?»

«No, Giulia non c'è.»

«Allora non stare a chiedere niente. Piuttosto passa a casa. Ho delle vestagliette più pesanti, dovresti portarmele. E poi, dato che ci sei, fai una foto all'ulivo. E portami anche il rosario.»

Teresa il rosario non lo aveva mai usato. Di sicuro aveva pregato, in vita sua, ma il rosario Ada non ricorda di averlo mai visto.

«Lo sai dove sta?»

Ada fa no con la testa.

«È nell'armadio. Nell'astuccio vicino alle forcine per i capelli.»

È lì che la nonna tiene le cose preziose, tutte intorno alla scatola dei rossetti – dei quali è sempre necessario avere una scorta – e ai cartoncini con le frasi che si appuntava. Teresa le cose non le ha imparate e poi rimesse sullo scaffale tramite i libri; lei è fatta, in pratica, di tutto quello che sa. Nonostante questo, nonostante non abbia particolare cura per le cose scritte, certe volte le capita di ascoltare una cosa che le piace, e allora prende appunti. Anni prima, per esempio, le era capitato di sentir dire che "più l'intelligenza è vasta e più soffre dei suoi limiti". Era tornata a casa di corsa e se l'era segnato su un cartoncino – uno di quelli che ricavava dalle scatole di pasta, perché i fogli di carta normale per lei erano uno spreco usati in quel modo. Di frasi come quelle, nell'armadio, ce n'erano tante. I cartoncini erano tenuti insieme da una molletta per i panni, e nonna Teresa era la sola a poterla togliere.

Fra i cartoncini, tiene anche le foto della nipote: la recita all'asilo, la sola in cui non ha fatto la parte dell'angelo. Lei con il gesso al polso. La prima comunione con la tunica troppo corta. A Ada quelle foto non sono mai piaciute: alcune sono fuori fuoco, altre storte, e lei non è mai in posa.

«Certo, nonna. Aspetto che ti vengano a prendere per la terapia e poi vado.»

«Quale terapia?»

«La stessa di ieri, nonna.»

«I pazienti devono avere pazienza.»

A prendere la nonna arrivano due giovani infermieri. O forse non sono infermieri, hanno una divisa di un colore che a Ada non è ancora capitato di vedere. Quando chiede quanto durerà la seduta, non fa neanche in tempo a finire la domanda che uno dei due le dice: «Non lo sappiamo, signorina».

Quelli così Ada non li sopporta. Non pretende che siano tutti come Giulia, ma che almeno le lascino finire una domanda.

La nonna, lasciando la stanza, la invita a non preoccuparsi.

Rimasta sola, Ada prova a mettere un po' in ordine. Non che ci sia qualcosa realmente fuori posto, ma le piace l'idea che la nonna, tornando, trovi il letto sistemato a dovere. Ada non è mai stata un portento a rifare il letto perché al suo ci ha sempre pensato la nonna. In più, le coperte dell'ospedale sono spesse e rigide e la nonna ne ha volute mettere così tante che è quasi impossibile muoverle senza che qualcuna finisca fuori posto.

Quando squilla il telefono, Ada ci mette un po' a rendersene conto, tanta è la concentrazione. Il nome di Matteo lampeggia sullo schermo.

«Pranziamo insieme?» chiede.

Va sempre dritto al punto, lui.

18

La prima volta che erano andati in quella trattoria non lo sapevano ancora che sarebbe diventata una tradizione, il loro posto in cui tornare. Ada potrebbe metterlo nella lista: accorgersi dei piccoli riti che due innamorati rendono tali senza neanche dirselo, e ricordare loro che, quando tutto sembra andare male, potrebbero ricominciare proprio da lì.

La trattoria è poco lontano dall'ospedale. Non c'è un'insegna né niente. Quel posto non ha un nome se non quello del proprietario, che si chiama Paolo. «Andiamo da Paolo» dicono tutti quelli che ci vanno. Anche Matteo e Ada dicono così, perché sanno che è lui che cucina, anche se lo hanno visto solo una volta e non erano del tutto certi che fosse lui. Basta solo qualche minuto per raggiungere quel posto, ma è comunque fuori dalla città. Le tovaglie a scacchi sono di stoffa e i tovaglioli di carta. Né Ada né Matteo ci hanno mai fatto troppo caso.

La prima volta che avevano mangiato lì era ancora fine estate e alcuni dei tavoli erano sistemati fuori, sotto il pergolato. Matteo aveva lasciato scegliere a Ada dove sedersi. Lei si era presa il giusto tempo, cercando quello con la luce e la vista migliori, dato che da lì si poteva vedere la campagna e la campagna era bella in quel periodo dell'anno. Era stata una strana estate, quella. Non aveva fatto mai davvero caldo e le foglie avevano iniziato a cadere prima del tempo. Di sera, comunque, il fresco continuava a odorare d'estate.

Un giovane cameriere aveva portato loro i menu. Fogli plastificati sui quali, a penna, erano state riportate diverse correzioni, con caratteri incerti che a Ada avevano fatto venire in mente il modo di scrivere della nonna, la grafia solenne che usava sui biglietti che poi lasciava accanto alle forcine e ai rossetti e alle foto. Anche i caratteri sul menu avevano una loro solennità e Ada iniziò subito a chiedersi chi li avesse scritti.

Matteo aveva chiesto al cameriere se ci fosse qualche piatto fuori menu.

Ada fu felice di sapere che non c'era nessuno di quei crostacei difficili da tirare fuori dal guscio né quelle zuppe che ti costringevano a fare strani rumori con il cucchiaio. Le erano piaciuti da subito, i piatti di Paolo, perché erano simili a quelli che le preparava la nonna. La nonna la prendeva come una specie di offesa se Ada mangiava qualcosa di non preparato da lei, ma se a cucinare era una persona simile alla nonna, uno di quelli che scrivono allo stesso modo in cui cucinano, allora andava bene.

Dopo aver mangiato l'ultimo pezzo di dolce, Ada aveva posato con un po' di indecisione il cucchiaino sul bordo del piatto. Matteo aveva guardato l'orologio. Non voleva farlo: era uno di quelli a cui di solito basta guardare la luce per capire l'ora.

Ada era lì, che non sapeva dove sistemare le mani, ora che aveva finito di mangiare, e non riusciva a smettere di guardare Matteo in un punto imprecisato tra la guancia e le labbra. Lui forse se ne accorgeva, forse no. Comunque, anche se era tardi, lei gli metteva addosso una gran voglia di parlare. Avrebbe voluto avere qualcosa di bello da raccontare, battaglie o battute di pesca di quelle che finiscono nelle storie di certi scrittori americani, e invece aveva finito per parlare di come lo rendesse triste, certe volte, fermarsi a mangiare negli autogrill e accorgersi troppo tardi che nella zona ristorante stavano facendo dei lavori, o di quando, passando sotto le scuole, non sentiva più le voci dei bambini, e allora capiva che la scuola era finita e pensava che quando era piccolo, era felice che la scuola finisse, e invece adesso non era felice per niente.

Ada era rimasta ad ascoltarlo come se non ci fosse stato altro di più importante al mondo, e si vedeva che lo faceva perché le interessava quello che aveva da dire. Lei pareva ascoltarlo anche quando lui non parlava.

A dicembre inoltrato, i tavoli fuori non ci sono. Quelli dentro hanno le stesse tovaglie a scacchi, ma la luce pare sbagliata. Matteo ordina un risotto al radicchio e zafferano e Ada anche. Con le posate e il tovagliolo non è più impacciata, ma ordinare la mette ancora un po' in soggezione.

Matteo pensa anche al secondo. Non per lui, che non ha fame, ma per lei. Mangia sempre meno, ultimamente. Ada accetta il secondo ma non si lascia convincere sul dolce. Matteo prende comunque un caffè. Quando escono, lui inizia a cercare il pacchetto di sigarette.

«Facciamo il giro?» gli chiede Ada. Lui dice di sì.

Il giro è una loro altra piccola tradizione. Oltre il parcheggio di Paolo, la strada va avanti. A un certo punto diventa sterrata e prosegue in mezzo a un bosco.

La prima volta che erano stati a pranzo lì, non si erano neanche accorti di aver fatto il giro sbagliato, uscendo dal parcheggio. Quando se n'erano resi conto, non c'era stato più modo di tornare indietro. Dopo poco, gli alberi si erano fatti meno fitti e si era aperta una radura. Dovevano essere molto più in alto di quanto pensassero, perché da lì potevano vedere l'ospedale e il quartiere che ci era cresciuto intorno troppo in fretta. E poi il mare.

Era lì che si erano dati il primo bacio. Erano scesi dalla macchina senza dire niente e Ada si era seduta sul cofano. Matteo le si era messo accanto e a un certo punto le aveva dato un bacio. Aveva messo le sue labbra su quelle di Ada ed era rimasto lì, senza aprire la bocca. Ada si rendeva conto che a raccontarlo poteva sembrare un bacio da nulla. Ma tanto da nulla non doveva essere, perché poi era stata lei a baciarlo. Gli aveva dato tanti piccoli baci prima sul collo, e poi su quel punto dove il collo smette di essere collo e diventa viso. Su quel punto, aveva imparato poi Ada, dove lui si aspettava dei baci quando piegava la testa in un certo modo.

Quella prima volta, Ada aveva lasciato la bocca per ultima, come per fare scorta del senso di attesa. Comunque poi alla bocca ci era arrivata, o forse era stato Matteo a trovarla, e per un bel po' non l'aveva lasciata.

Il giorno dopo, lui l'aveva di nuovo invitata a pranzo da Paolo, ma al ristorante non ci erano mai arrivati: erano tornati dritti alla radura. E avevano fatto l'amore.

A Ada pareva che non le bastasse la pelle, che non le bastasse il cuore, che non le bastasse il respiro. Matteo aveva fatto tutto molto piano, come se non lo avesse mai fatto, o come se non avesse mai fatto altro. Come se non volesse mai più lasciare andare niente di lei.

Oggi nella radura fa freddissimo ed è scesa una nebbia tale che non si vede niente. Non sono usciti dalla macchina, ma Ada, così come facevano quando non c'era tempo di arrivare fin lì e si vedevano sotto il ponte della statale, si è seduta sulle gambe di Matteo. Lui ha steso lo schienale e le accarezza la testa. Le porge la guancia con quel modo che ha di chiederle un bacio. Lei gli dà il bacio e poi fa un gioco, un'altra delle loro tradizioni.

Anche questa era iniziata lì nella radura, dopo aver fatto l'amore. Lei con l'indice aveva percorso il profilo di Matteo, come fosse una specie di metro per misurare il bene che lui le voleva. Ada sapeva che quello non era il momento per fare domande di quel tipo. Ma l'aveva fatto e basta.

«Quanto mi vuoi bene?» aveva chiesto, con l'indice fermo a metà del mento di Matteo. «Tanto così?»

Lui aveva scosso la testa. Lei aveva continuato a far scivolare l'indice fin sulle labbra. «Dimmi stop.»

«Stop» l'aveva fermata Matteo, quando con l'indice era arrivata a metà naso.

Da allora, ogni volta l'aveva lasciata arrivare sempre un pochino più in alto.

Adesso Ada ha già percorso tutto il profilo e Matteo non ha ancora detto stop. Allora lei ricomincia. Prima il collo, poi il mento, poi il naso. Infine la fronte. Matteo non l'ha mai lasciata arrivare fin lì.

«Stop!» dice, quando l'indice di Ada è oltre la metà della fronte.

«Ma allora mi ami?» chiede ridendo. È seria anche quando non lo sembra, lei. O forse non lo è neanche quando si sforza di sembrarlo.

Matteo non risponde. Sa che quel silenzio Ada potrebbe interpretarlo come un sì. Non fa niente per impedirlo. Non è detto che si sbagli.

Durante il tragitto verso l'ospedale, lei non smette di tenergli la mano libera dal volante con entrambe le sue. Non gliela lascia neanche quando deve cambiare le marce. Matteo accosta lontano dall'ingresso e Ada gli dà tre baci. Uno in fronte, uno sul naso, uno sul mento. È la regola dei tre bacini. Quando invece lui parte per un viaggio, lei di baci gliene dà sei. Tre per l'andata e tre per il ritorno. Dice che sono per proteggerlo, per ricordargli di andare piano.

Distribuisce benedizioni, lei, e Matteo la lascia fare.

19

Dopo la notte di turno all'ospedale, Giulia è tornata a casa. E ora prova a prendere sonno, ma non riesce a smettere di pensare alle parole di Ada. «Basta pochissimo per capire cosa regalare alle persone, basta ascoltarle.» Ha forse smesso di ascoltare? Non le pare.

Nel pomeriggio, esce in cerca del regalo. Non è una che guarda le vetrine per trovare ispirazione, sua madre l'ha abituata così. Loro non guardano vetrine. Vanno solo in negozi selezionati e non hanno bisogno di cercare niente. I commessi sanno cosa va bene per loro e glielo portano. Nonostante questo, nonostante non lo abbia mai fatto, questa volta un po' le vetrine le guarda. Prova a pensare a quali libri ha il suo compagno nella libreria. Magari qualcosa come quelli che ha il tizio di Ada, uno di quelli grandi, di qualche fotografo o illustratore... Non le viene in mente niente. Alla libreria ha smesso di far caso molto tempo fa, non ha idea di cosa ci metta il suo futuro marito.

Entra in un negozio di quelli in cui i commessi sono soliti andarle incontro. Uno di loro la saluta, la invita a sedersi su una poltrona del reparto donna. Giulia spiega che non è lì per lei, ma per il suo futuro marito. Il commesso le chiede cosa desidera e lei rimane in silenzio. Va così tutti gli anni.

«Se ha un minuto, la seguo in reparto» dice al commesso.

Si ferma davanti allo scaffale dei maglioni in cachemire. Vorrebbe essere altrettanto brava a disporli nell'armadio di casa loro. E invece, nell'armadio di casa loro, qualcosa finisce sempre per stonare con il quadro generale. Di maglioni, nel corso degli anni, ne ha regalati diversi, quasi tutti in toni scuri. Molti nelle diverse tonalità di grigio. Il suo compagno neanche se ne accorge, che i grigi e i blu e i marroni sono diversi. È anche per questo che nella loro cabina armadio Giulia tiene più in ordine che può, così che lui possa accorgersi delle diverse gradazioni di grigio. Giulia guarda i maglioni del negozio e si chiede cosa non funzioni in quelli che lei ripiega quasi tutti i giorni.

I vecchi maglioni del suo fidanzato: forse sono quelli a stonare, nel quadro. Ce ne sono tre o quattro fatti da sua madre qualcosa come quindici o vent'anni fa. Sono di lana grossa, bitorzoluti, e lo vedi lontano un miglio che sono fatti a mano.

Una delle prime volte che lui era passato a prenderla, ne aveva indosso uno, e continuava a grattarsi nel punto in cui il filo di lana appartenente a un gomitolo si legava con quello appartenente a un altro gomitolo. Forse c'erano dei nodi, e lui non la smetteva di grattarsi. Giulia aveva capito che provava a non farle notare il prurito e i bitorzoli del maglione, ma lei si era accorta lo stesso. Pochi giorni dopo, gli aveva regalato il suo primo maglione in cachemire, grigio ardesia, e poi un altro grigio cenere e un altro ancora, grigio perla. Così lui aveva finalmente smesso di indossare quei maglioni di lana grossa e di grattarsi e di vergognarsene. Però non li ha mai buttati, e bisogna tenerli impilati insieme a quelli sottili di cachemire come vuole lui.

Sono quelli a stonare nel quadro. E Giulia lo capisce solo ora.

Mentre pensa a tutte queste cose, cammina avanti e indietro lungo lo scaffale. Il commesso ha smesso di seguirla, ma resta lì, nel caso lei si voltasse a fargli una domanda, anche solo con lo sguardo. Con i clienti come Giulia, i commessi non si stancano mai, anche quando loro fissano maglioni per ore, e rimangono sempre senza guardarsi intorno o chiedere se serve aiuto. Giulia questo non lo ha mai notato finora. Adesso invece vorrebbe chiedere al commesso di andarsene e di lasciarla da sola davanti ai maglioni.

«Vuole vedere le camicie?» le chiede invece lui.

In cassa, un addetto ai pacchetti confeziona la sua camicia. Giulia non ci ha messo molto a sceglierla. Il commesso le ha chiesto quale fosse la taglia e lei è rimasta in silenzio; poi il commesso ha detto che la solita sarebbe andata benissimo e allora lei ha detto che certamente sarebbe andata bene. Avrebbe voluto chiedere quale fosse, la solita taglia, ma non era abituata a chiedere niente ai commessi, lei. E poi, a prescindere dalla taglia, Giulia è certa che quello fosse un buon regalo. Niente di originale, ma buono. Le è capitato altre volte di regalare camicie al suo compagno, e ogni volta lui era contento di riceverle. Era contento di ricevere sia le camicie sia i maglioni, soprattutto a Natale, quando, dopo aver scartato il pacco, spiegava il maglione, o la camicia e la guardava a lungo, poi guardava Giulia e diceva «che bello» e lo diceva in un modo che non poteva essere finto. «La metto a Capodanno» diceva, e dava un bacio a Giulia, «a Capodanno bisogna mettere sempre qualcosa di nuovo.»

L'addetto ai pacchetti prende una scatola blu e un grosso foglio di carta velina. Giulia pensa a quello che le ha detto Ada a proposito del modo in cui i regali vanno incartati. È incredibile come quella ragazza abbia una teoria praticamente su tutto.

Si immagina una scatola come quella che Ada ha preparato per Penna e immagina di metterla sotto l'albero di Natale di sua madre, quello bianco e argento, sottile, che sta all'ingresso della villa e sale fino al primo piano. Lì sotto, una scatola diversa da quella che sta preparando il commesso stonerebbe, tutti ci farebbero caso. Questo pacchetto, con la scatola blu, va benissimo, invece. Pare persino in tono con gli addobbi nuovi che sua madre ha comprato online. Nessuno chiederà niente e il suo compagno vedrà la camicia, ne sarà contento e la ringrazierà. La sera stessa, forse, deciderà anche di provarla. E magari deciderà di indossarla, senza neanche aspettare Capodanno, sotto uno dei maglioni in cachemire grigi, di quelli senza bitorzoli.

20

Tornata dalla terapia, la nonna non si è ancora svegliata. Ada è dispiaciuta perché non era in stanza quando gli infermieri l'hanno riportata. Probabilmente dormiva già. Ma lei avrebbe preferito esserci, comunque.

Se fosse sveglia, le racconterebbe che ha mangiato, che il pranzo in trattoria non era buono come i suoi, ma quasi. Poi le racconterebbe che Matteo non dice più di non amarla. Il problema, aggiungerebbe, è che non nega più neanche di avere un'altra. Ada vorrebbe chiedere alla nonna se sia sbagliato continuare ad amarlo anche se lui ha un'altra. Il punto è che lei non riuscirebbe a smettere. Se lo avesse saputo subito, forse, non avrebbe neanche iniziato. Ma adesso non può smettere, teme.

Un medico bussa piano alla porta della stanza 9.

«Ha un minuto, signorina?»

Ada segue il medico nel suo studio, in fondo al corridoio del reparto. Da lì la vista è persino migliore che dalle scale antincendio. Lui la invita ad accomodarsi e libera la scrivania da quasi tutti i fogli.

«Purtroppo la signora non sta reagendo alle terapie come speravamo» esordisce. «L'evoluzione della malattia è più veloce di quanto ci aspetteremmo in pazienti dell'età della signora.»

Ada sente la testa vuota, come quando con la macchina le capita di prendere dei sottopassi troppo velocemente.

«Inoltre, le condizioni generali sono troppo compromesse per tentare ancora con la radio.»

Ada non ha la forza di parlare né di pensare che, a questo punto, lui si aspetta da lei la domanda che non ha mai avuto il coraggio di porre.

«Noi non possiamo fare più niente» dice il medico, «ora è solo questione di settimane.»

Nessuno gli ha chiesto nulla, ma lui si è sentito in dovere di rispondere. Per Ada è come se quello studio e tutto l'ospedale fossero precipitati in un abisso. Le parole le arrivano distorte attraverso l'acqua che non può vedere ma che la fa sentire come se ogni cosa si fosse fatta pesante, fredda e senza aria.

«Mi dispiace, signorina. Mi creda.» Tende la mano a Ada, che si guarda rispondere a quella stretta con un'energia che non può essere la sua.

Anche il corridoio precipita nell'abisso che Ada si porta dietro. Lei trattiene il respiro come se l'aria fosse veleno. Vuole solo arrivare dalla nonna. Chiudere la porta della stanza 9 e stringere Teresa, tenerla con sé, lontano dall'abisso.

Fuori è buio e la nonna è sveglia. «È freddo, piccina» dice. «Me le hai prese quelle cose?»

Ada ci mette un po' a ricordare. Contempla il fatto che la nonna sia ancora lì, tutta intera e non sfibrata, come il medico le ha appena annunciato che sarà. Prende la mano di sua nonna e ricomincia a respirare. Dice che no, non è ancora andata a casa, ma che ci andrà presto. Lo dice sottovoce e con lentezza, come se il tempo avesse preso a scorrere troppo in fretta e quello fosse un modo per rallentarlo.

«Vai, piccina.»

«Rimango solo un altro po'.»

«Sono tanto stanca.»

Ada le accarezza la mano. Per un po' la nonna non dice niente, e neanche lei dice niente. Resta a guardarla mentre si addormenta.

Quando era piccola, Ada chiedeva sempre a sua nonna di avvisarla quando se ne andava a dormire. Voleva saperlo, se era l'ultima a rimanere sveglia in casa. Vuole rimanere l'ultima a essere sveglia anche adesso.

"Ti tengo con me" pensa.

Teresa rimane nel dormiveglia ancora per molto. Pare ci sia qualcosa a farle male. Poi, per fortuna, il male sembra passare, e il suo respiro si fa calmo. Ada la contempla così ancora un po'. Ha imparato a conoscere il suo modo di addormentarsi, seguendo il ritmo con cui la pressione della mano della nonna cambia sulla sua. Poco prima che si addormenti davvero, un po' la stringe. È un attimo. Breve, come quei saluti che Teresa era solita fare nelle occasioni solenni, quando cercava di rendere tutto il più veloce possibile, così che il senso di addio, o qualunque cosa fosse quel che provava in occasioni come quelle, non facesse in tempo a trovare la strada fino a lei.

Ada avverte la breve stretta che ha imparato a riconoscere, non si muove di un solo millimetro. Rimane lì, ad accertarsi che sia un sonno profondo, un sonno senza dolori. I suoi sensi si sono fatti acuti, come se tutto il suo corpo fosse proiettato a riconoscere i segni della sofferenza, come se ogni sua energia fosse destinata a riconoscere quel dolore e provare a neutralizzarlo.

Quando finalmente lascia la mano di Teresa, si muove piano, attenta a non spostare nulla. Poi raggiunge la porta, si ferma ancora e guarda quel che riesce ancora a vedere della nonna. Osserva i piedi sotto le lenzuola. Le gambe, da lì, può appena distinguerle. Della forza che le faceva ballare non c'è più traccia, ma questo Ada non ha il coraggio di pensarlo. Fa attenzione al brusio dei neon. Pensa al rumore. Si chiede se è o non è quello delle cose che iniziano.

Da tempo aveva preso a preoccuparsi per sua nonna. Da allora aveva iniziato a chiedersi se non fosse quello il momento in cui si diventa grandi: quando inizi a preoccuparti di qualcuno che fino a quell'istante si è preoccupato per te. Aveva evitato di darsi una risposta definitiva ingannando il tempo e facendo finta che fosse ancora e soltanto sua nonna a preoccuparsi per lei, e mai il contrario. Adesso, nel silenzio del corridoio rotto solo dal rumore dei neon, sa che forse è un altro, il momento in cui si diventa grandi. Quello in cui non c'è più nessuno pronto ad afferrarti quando rischi di cadere.

Per Ada, Teresa era sempre stata questo: la certezza di poter contare su qualcuno, il suo ultimo baluardo. Qualunque cosa fosse andata storta, qualunque cosa avesse rallentato l'ingranaggio, Ada, fino ad allora, era corsa da lei, che rimetteva a posto le cose, riadattava la prospettiva.

Presto, sa ora Ada, quel baluardo sparirà. Presto non ci sarà più nessuno pronto a raccogliere i suoi pezzi. Nessuno pronto a testimoniare le sue cadute. Sarà sola. E sebbene sappia che l'essere grandi, per il resto del mondo, non significa essere soli, per lei sarà questo. Pensarlo le provoca un senso di vertigine.

Dura un attimo. Poi rimane il perfetto terrore che prova da quando ha parlato con il medico. Cammina svelta verso l'uscita dell'ospedale.

21

L'ampio ingresso della casa di Giulia è illuminato da luci a terra. Olivia, la governante, le lascia sempre accese da quando Giulia ha trovato il coraggio di chiederle di farlo.

Arrivata in soggiorno, si rende conto di non sapere dove appoggiare il cappotto. È sempre stato così, in quella casa. Non sai mai dove appoggiare le cose, perché quando le appoggi da qualche parte, tutto perde quell'aria di casa da rivista di arredamento. Giulia si sente sempre un po' in colpa a lasciare anche solo tre minuti il cappotto fuori posto.

Si mette a pensare a cosa potrebbe preparare per cena. Si chiede se ci sia del vino in fresco.

Un tempo, prima di cena, Giulia e il compagno sedevano sul divano e bevevano vino, e certe volte alla cena non arrivavano mai, perché lui ridendo si alzava e diceva che avrebbe preso un'altra bottiglia, e avrebbero bevuto un altro bicchiere, solo un altro. Poi tornava e in mano aveva anche qualcosa da mangiare. Cose che non avrebbero dovuto mangiare e che Giulia non sapeva mai che ci facessero a casa. Salatini, patatine. Lei non le mangiava e infatti finiva sempre per ubriacarsi molto prima di lui, che continuava a ridere e a portare bottiglie e mangiare patatine. Poi lei si addormentava e lui le portava una coperta. Aveva quel modo di stendergliela sopra che la svegliava sempre, e allora lei se ne andava a letto, e lui non si capiva bene che cosa facesse, poi.

Quanto tempo era passato, dall'ultima volta che si erano ubriacati sul divano? Ogni volta che lo facevano, a lei un po' sembrava stupido, e invece, a ripensarci adesso, forse era bello. O forse no. Era qualcosa che facevano insieme, ecco quel che era.

Di fronte al grande mobile a isola della cucina, Giulia pensa che deve esserci una crema di zucca, in congelatore. Nel pomeriggio ha chiamato il compagno per chiedergli cosa volesse per cena, ma ora non le riesce di ricordare cosa avesse detto.

Per chiamarlo si era chiusa nello stanzino delle divise. Non aveva senso, che si fosse chiusa lì. Gli infermieri di tanto in tanto chiamavano tutti a casa. A lei però non andava di essere vista, mentre lo faceva. Non voleva che si pensasse che era una di quelle che hanno bisogno di sentire il proprio compagno almeno due o tre volte al giorno. Di fatto non le andava perché lei, di chiamare il suo compagno, non aveva affatto bisogno. Ovunque fosse, sapeva che sarebbe tornato da lei. E questo le bastava, non aveva mai avuto bisogno di farci caso. Solo che, da quando Ada non faceva altro che alzarsi dalla sedia accanto al letto di Teresa e arrossire, guardare prima fuori dalla finestra e poi lo schermo del telefono che teneva in mano, e infine rispondere camminando senza meta come se non vedesse né sentisse niente oltre alla voce di Penna dall'altra parte del telefono, da allora, anche lei aveva iniziato a chiedersi che effetto potesse farle, sentire il proprio compagno al telefono.

Comunque, a proposito della cena, adesso Giulia ricorda che lui ha detto qualcosa riguardo alla carne e al fatto che non la mangiassero da un po'.

«Cosa ti andrebbe per cena?» aveva chiesto, e dopo doveva esserci stato un attimo di silenzio.

«Un hamburger» aveva risposto lui.

«Io dovrei avere una crema di zucca» aveva detto lei, mentre si chiedeva se stesse arrossendo, o se fosse mai arrossita parlando al telefono con lui. «Comunque passo in macelleria, dopo il turno» aveva aggiunto.

Sempre davanti all'enorme mobile a isola della cucina, Giulia pensa che dal macellaio, invece, non ci è passata.

Tre anni prima, quando stavano per chiudere le trattative per quell'attico, il compagno di Giulia l'aveva portata a vedere un vecchio garage. O forse era una vecchia fabbrica abbandonata. Ora Giulia di quel posto non ricorda più nulla, se non le gigantesche finestre con i vetri sottili e una specie di trama in acciaio a sostenere il vetro. Le finestre le erano piaciute, per questo se le ricordava. Ricordava anche di aver pensato che forse il vetro avrebbero dovuto cambiarlo, altrimenti là dentro avrebbe fatto troppo freddo. E allora lui aveva detto che andava bene, che il vetro si poteva cambiare, ma l'acciaio no.

Quando poi ne avevano parlato con la madre di Giulia, quando le avevano detto che oltre all'attico c'era quest'altra soluzione, quella del garage o dell'ex fabbrica, lei non era stata d'accordo.

Giulia lo capiva dalla curva tesa che prendeva il suo collo, che non era d'accordo. Nella sua testa di figlia, quella posa che solo sua madre riusciva a non far apparire forzata suonava come un rimprovero.

Aveva imparato a riconoscerla molti anni prima, una domenica, durante un pranzo in famiglia. L'estate era finita da poco e una vecchia zia sedeva a tavola con indosso uno di quei cardigan che parevano vestaglie. Troppo pesante, per quel periodo dell'anno, persino per una che aveva quasi novant'anni.

«Quand'è che prenderanno il via le tue lezioni a Medicina, cara?» aveva chiesto a un certo punto la zia. Aveva detto proprio così, "quand'è che prenderanno il via", come se si trattasse di una gara o qualcosa di simile.

«Non inizieranno, zia» aveva detto Giulia.

«Non quest'anno» si era intromessa sua madre, «ma magari il prossimo.»

«No, mamma. Te l'ho detto.»

Sua madre allora aveva posato il bicchiere sulla tavola con una forza sproporzionata, tanto che il cristallo aveva fatto un rumore che pareva un invito al silenzio.

Giulia l'aveva vista stringere le spalle e aggiustare i polsini della camicia di seta che aveva addosso, quella con i bottoni di perla. Per un attimo si erano guardate negli occhi, poi sua madre aveva girato lo sguardo altrove. A Giulia era parso che guardasse oltre la vecchia zia e persino oltre le pareti di casa. E allora l'aveva vista, la piega strana che riusciva a far prendere al collo.

Per un po' tutti erano rimasti in silenzio, perché non c'erano parole adatte a spiegare che Giulia, semplicemente, non aveva passato il test. Era il genere di evenienza che nessuno avrebbe mai preso in considerazione. Il suo percorso al liceo classico si era concluso con il massimo dei voti, e alla cerimonia del diploma – un'americanata priva di qualsiasi senso – aveva persino ricevuto l'encomio dell'intera commissione, con tanto di bacio, un attimo prima che lei e i suoi compagni si mettessero a lanciare cappelli nell'aula magna. Non era previsto che Giulia sbagliasse. Non era mai capitato, così come non era mai capitato che ricevesse un vero "no" come risposta. Solo che quell'estate, Giulia aveva preso la faccenda del test di ingresso a Medicina un poco meno seriamente di quanto avrebbe dovuto. Si era lasciata distrarre, anche se non le era mai capitato prima.

Aveva conosciuto un ragazzo, durante il viaggio in Grecia che sua madre le aveva organizzato per festeggiare il diploma. Di quel ragazzo adesso Giulia non ricorda neanche il nome, o almeno, non crede che abbia importanza. Ad avere importanza, quell'estate, fu il fatto che lei non riuscì a smettere di seguirlo. In quella settimana in Grecia, Giulia credette di innamorarsi di lui al punto da imitarne ogni abitudine. Prese a fumare, a vestire con meno cura di quanto ci si sarebbe aspettato da lei, a non programmare le cose.

Dopo la Grecia, quell'estate, fece con lui un giro in Turchia e poi a New York. La madre non ebbe nulla da ridire, la famiglia del ragazzo era persino migliore della loro, forse. Giulia sembrava felice, e a sua madre pareva bello poter dire che avrebbe passato il resto dell'estate agli Hamptons, o in qualche altro posto sulla East Coast.

In nessuno dei posti che visitarono insieme, Giulia si preparò per il test. Era talmente certa che fosse nel suo destino passarlo e laurearsi in Medicina in tempo, se non in anticipo, che finì quasi per dimenticarsene. Anche sua madre se ne dimenticò, al punto che la mattina in cui la vide uscire per l'esame non le disse nemmeno "in bocca al lupo". Non le disse niente neanche quando uscirono gli esiti del test. Erano insieme davanti al cartellone. A ben pensarci, forse fu allora che vide per la prima volta la piega sul collo di sua madre, quella che sembrava un rimprovero, alla quale seguiva sempre quello sguardo che pareva finire oltre ogni cosa, e che la faceva sentire invisibile. Fu in quel momento che Giulia capì il significato della parola "fallimento".

A casa, quel giorno, i suoi genitori parlarono a lungo del da farsi. Nessuno accennò mai a quella bocciatura né a niente che riguardasse l'errore di Giulia. Le proposero di andare un anno negli Stati Uniti, a imparare l'inglese. Suo padre disse che conosceva un professore, in Danimarca, un luminare della chimica o qualcosa del genere. Disse che avrebbe potuto scrivergli, e che quasi certamente lui l'avrebbe accolta tra i suoi allievi, per quell'anno, e quell'anno avrebbe dato alla sua carriera un certo prestigio. Sua madre disse anche che, dopo tutto, quell'anno avrebbe potuto passarlo anche a non fare niente. Non ci sarebbe stato nulla di male, nessuno le correva dietro. Giulia però non volle sentirne parlare. Non le interessava la Danimarca, non le interessavano gli Stati Uniti. Non le interessava perdere tempo. Aveva sbagliato e non avrebbe mai permesso che riaccadesse di nuovo. Non avrebbe perso altro tempo. Avrebbe fatto l'infermiera, e avrebbe dimenticato quella sensazione di fallimento. Almeno, così credeva.

Durante il pranzo con la vecchia zia, invece, si era sentita fallita di nuovo, quando sua madre, dopo aver sbattuto il bicchiere e guardato altrove, finalmente aveva risposto: «Lavorerà comunque nel campo medico», con un tono che non ammetteva repliche. Da allora, sua madre aveva sempre risposto così a chiunque le chiedesse cosa faceva sua figlia. Giulia si chiedeva cosa si aspettasse che la gente pensasse, quando rispondeva a quel modo.

Del ragazzo conosciuto in Grecia si persero presto le tracce. Per Giulia riprovare a fare il test era fuori discussione: non era ammissibile che se ne stesse un anno senza fare niente, non era ammissibile che il piano per la sua vita subisse uno stop di quella portata. Per non parlare del rischio di fallire ancora. Diventare infermiera si rivelò un'alternativa sensata. Ogni volta che Giulia sentiva sua madre dire alla gente che lei "lavorava nel campo medico", si ripeteva che quel che faceva era prendersi cura delle persone – ed era questo l'importante, in fondo.

Comunque. Del vecchio garage sua madre non volle nemmeno sentir parlare. Organizzò tutto per il rogito dell'attico e nel giro di poco iniziò una composta sfilata di architetti e arredatori, con le loro cartelle colori. A Giulia sua madre parve contenta e allora finì per sentirsi contenta anche lei.

Il suo compagno dov'era, quando gli arredatori passavano con i loro campioni di stoffe? Cosa faceva lui, durante gli appuntamenti nei loro studi, quando la madre di Giulia tirava fuori riviste e le apriva sulle pagine che aveva provveduto a segnare? Lui le sorrideva, di tanto in tanto, questo le pareva di ricordare. Ma la maggior parte del tempo anche lui guardava oltre, oltre le pareti degli studi degli architetti. Ogni tanto le appoggiava una mano sulle ginocchia e allora lei si voltava verso di lui, ma non si chiedeva cosa stesse pensando. Avrebbe voluto andarsene da lì?

Di che cosa lo voleva l'hamburger? Giulia mescola la crema di zucca e intanto pensa che chiamerà la rosticceria. Daniele, il rosticciere, è aperto fino a tardi e lei non ha neanche bisogno di sforzarsi di decidere cosa ordinare. Lui sa sempre cosa c'è di meglio, poi citofona e lei scende a prendere tutto e lui non le fa mai pagare niente. Le tiene un conto sempre aperto. Intanto apre l'anta della credenza e sceglie due piatti con cura. Non ricorda neanche chi li ha comprati, quei piatti, ma il più delle volte le sembrano molto adatti.

Poi chiama Daniele, che le propone un hamburger di tacchino alla greca. Lei è quasi certa che il suo compagno non consideri la carne di tacchino carne a tutti gli effetti, ma approva l'idea del rosticciere senza trattare. Mentre Daniele le parla, l'occhio le cade sull'anello di fidanzamento. Non è stata una proposta classica, la sua.

Del resto era stata lei a chiedere di sposarlo. O meglio, gli aveva fatto capire che, arrivati a quel punto, non si sarebbe potuto fare altro. In realtà, aveva iniziato a parlare di preparativi ancor prima che lui le dicesse qualcosa in proposito. Un giorno erano passati davanti all'ingresso di una villa e allora lei gli aveva detto che quello sarebbe stato un buon posto, per il loro matrimonio. Lui era rimasto in silenzio e allora lei aveva preso a parlare di quel catering che entrambi conoscevano benissimo, perché era il preferito del padre di Giulia, che lo voleva sempre per i pranzi e gli aperitivi in azienda. E lui, il futuro sposo, c'era sempre ai pranzi e agli aperitivi aziendali, visto che lavorava per il padre di Giulia. Di fronte alla proposta, si era limitato a dire che quelli del catering adesso erano fissati con il cake design e a ogni occasione presentavano torte di colori che non avevano niente a che fare con tutto quello che lui credeva di sapere sulle torte. Di quelle torte lì, aveva detto, non ne voleva sapere. Voleva solo una crostata, enorme, con le fragole vere sopra e niente altro. Giulia allora aveva sorriso e anche lui aveva sorriso, e quello era stato come un sì.

Giulia apre il cassetto dei gioielli. Ne ha tanti e non ne mette praticamente mai nessuno. Sa di averli, e questo in un certo senso le basta. La scatola dell'anello è sistemata in un angolo, lontano da tutto il resto. Sotto la scatola, piegata con cura, c'è anche la carta del pacco regalo. Il nastro, si chiede adesso Giulia, che ne è stato del nastro? Di che colore era? Lei non ha mai badato a queste cose. È Ada a farle pensare che siano importanti, ora. Se glielo chiedessero, Giulia direbbe ancora che non le importa dei colori dei nastri. E, in fondo, non mentirebbe, ma le piacerebbe comunque poter dire a Ada di che colore era quel nastro.

Si sfila l'anello e lo posa sul palmo della mano sinistra. È un anello di platino con un diamante giallo tagliato a brillante. Forse a lui non l'ha mai detto, quanto pensa che sia bello. Le calza perfettamente. Il gioielliere deve essere uno che la conosce bene, uno che sa che la sua taglia non è la dieci né la undici. Comunque, il nastro della confezione doveva essere blu. Se Ada glielo chiedesse, ora saprebbe cosa dirle: blu.

Giulia sente la porta di casa chiudersi.

«Ci sei?» le chiede il suo compagno dal soggiorno. Mentre lo raggiunge, pensa che non importa che fosse davvero blu. Le importa che ora saprebbe cosa rispondere.

«Ci sono! Hai incontrato Daniele!»

«Ho incontrato Daniele» risponde lui, mentre solleva la busta della rosticceria.

«Porto in tavola il vino.»

Giulia si sforza di bere, ma il vino le pare troppo fruttato o troppo freddo. Lui non ci fa caso e lo beve comunque. Lei gli sta parlando della sua giornata di lavoro, gli dice che molto presto uno dei medici si prenderà il compito di parlare a Ada delle condizioni terminali di Teresa. Forse l'hanno fatto quello stesso pomeriggio. È preoccupata perché sa che i medici non hanno mai tatto nel dire certe cose. La fanno sempre troppo semplice, o troppo complicata. Nel caso di Ada, avrebbe voluto essere lei a parlarle; sapeva di essere la persona giusta, quella in dovere di farlo. Eppure non ne aveva il coraggio.

Il suo compagno non è poi così abituato a sentire le storie dei pazienti di Giulia. Quando si tratta di lavoro, lei parla sempre credendo di aver detto cose che invece non ha detto. Lui, comunque, il più delle volte riesce a tenere il filo. Quando si tratta della signora Teresa, ha notato Giulia, non gli sfugge niente. Dev'essere per il coinvolgimento con cui lei, sin dal principio, gli ha parlato di questa strana signora sempre in giro per l'ospedale con le scarpe da ballo, e della nipote che pareva vivesse solo per la nonna e per il loro ulivo.

Questa sera, forse per colpa del vino o forse per quella brutta notizia, Giulia pensa che lui abbia perso il filo. Per tutto il tempo l'ha guardata come se la sua voce facesse un'eco talmente forte da mangiarsi il significato delle parole.

22

Davanti al comò della nonna, Ada si maledice per non averla ascoltata. Era certa di ricordarsi dove le tenesse, le camicie da notte buone e quelle vestaglie che a casa non aveva mai usato, ma che di tanto in tanto lavava e sistemava in buste con tanto di saponette profumate.

Ferma lì, Ada è costretta a combattere le lacrime che non tarderanno a scendere e che sono già in viaggio da quando la porta del piccolo appartamento della casa della nonna si è chiusa dietro di lei. Ricorda quello che Teresa era solita dire a proposito delle lacrime, e cioè che andassero tutte baciate via. Quando Ada era bambina e si faceva male e piangeva, sua nonna davvero le baciava tutte via. Quando si era fatta più grande, invece, e piangeva per cose per cui secondo la nonna non valeva la pena piangere, rimaneva a guardarla e dopo un po' le diceva piano che in fondo piangere faceva gli occhi più belli.

Stanca di stare di fronte al comò, Ada va verso l'armadio. Lì almeno troverà i rossetti e, con loro, qualcosa di simile a un senso di pace. Quelli sua nonna non glieli ha chiesti, ma da quando ha parlato con il medico, Ada ha deciso che deve averli vicino, tutti.

Accanto ai rossetti, vede i rimedi che Teresa le aveva fatto comprare, all'inizio, quando dopo la terapia poteva tornarsene a casa. Molti glieli aveva suggeriti Giulia. Il pensiero della fiducia che la nonna aveva riposto in quegli integratori rende a Ada impossibile trattenere oltre le lacrime. Piange senza fare rumore, in modo garbato, come piace a sua nonna. Aspetta che il dolore, che piano si è fatto strada attraverso lo stomaco e le costole, si allenti. Per un attimo pensa di sottrarre i bigliettini della nonna alla stretta della molletta e leggerli tutti, uno a uno. Li prende in mano, attenta a fare poca pressione, come se potesse corromperli, o come se la nonna avesse modo di accorgersi di quel che sta facendo. Pensa che accanto a sé, probabilmente, la nonna vorrebbe anche quelli.

Anni prima, aveva letto che una volta che hai imparato a leggere, se hai davanti dei caratteri, è impossibile non leggerli. Ada ha sempre pensato a se stessa come a una destinata a smentire i pronostici. Non le piace sentirsi diversa, ma esserlo le consente di giustificare un sacco di comportamenti che altrimenti risulterebbero ingiustificabili persino a lei.

Guarda i biglietti e non li legge. Li avvicina alla bocca, come se le lacrime potessero essere anche lì e andassero baciate via.

Prende il vecchio astuccio della nonna. La zip è funzionante, eppure Teresa sente il bisogno di accertarsi che rimanga davvero chiuso e intorno all'astuccio lega sempre un nastro. Ada lo scioglie stando attenta a memorizzare bene l'intreccio, così da poterlo riprodurre, una volta rimessi dentro i rossetti e i bigliettini. Lega tutto di nuovo.

Quando è il momento di chiudere le ante dell'armadio, Ada nota gli specchi. La nonna ha fatto mettere uno specchio su ciascuna delle ante così che, trovandosi in mezzo, potesse guardarsi sia davanti che alle spalle senza nessuna difficoltà nel posizionare le forcine sulla nuca, dove era solita metterle per fare in modo che i capelli risultassero molto più voluminosi di quanto non fossero.

Questo per la nonna è stato sempre un problema. La mancanza di volume nei capelli. Per anni Ada, seduta in un banchetto davvero piccolo posto a una distanza distrattamente strategica tra i due specchi – in modo tale che la nonna potesse vederla senza per questo rinunciare a contemplare i suoi capelli – aveva ascoltato la storia di Teresa che, mentre le altre bambine e poi ragazze sfoggiavano folte trecce, si ritrovava con codini più esili del suo mignolo. A questo punto della storia, un mignolo della nonna, senza la mediazione del riflesso, appariva sempre davanti al naso di Ada, che solo allora smetteva di guardare la deriva della luce del pomeriggio verso quella della sera, fuori, oltre la finestra, e chiudeva un occhio per mettere a fuoco il dito, come se avesse potuto davvero dimenticare quanto esile fosse, e con lui le trecce.

I capelli: per nonna Teresa, escluso il rossetto, pare non esserci nulla di più importante. Forse per una sorta di compensazione, la chemioterapia si era rivelata per la nonna meno aggressiva di quanto avevano temuto. Parte dei capelli era andata persa, ma alcuni rimanevano, e Teresa diceva che, dopo tutto, non era più una ragazzina e poteva iniziare a far pace con l'idea di averne pochi.

Sempre seduta sul minuscolo banchetto, Ada da bambina aveva preso parte a lunghe sedute di pettinatura. Ada di capelli ne ha sempre avuti tanti, e pareva non ci fosse modo di pettinarli che non la facesse apparire, nonostante tutto, trascurata. Per scongiurare il pericolo, la nonna aveva allora messo a punto diverse tecniche. Aveva provato con trecce, code strettissime e persino, per alcuni mesi, una frangetta. Alla fine però fu chiaro che i capelli di Ada sarebbero comunque apparsi opachi e privi di forma, né ricci né lisci ma comunque, incontestabilmente, voluminosi. E questo bastava a Teresa per sentirsi risarcita del danno subìto con le sue trecce non più spesse di un mignolo. Oltre a questo, ciò che le importava era che aveva scoperto con malcelato entusiasmo quanto adorasse sentire i capelli di Ada solleticarle il mento quando la teneva seduta sulle sue ginocchia. Da quel momento in poi, la sola pettinatura che la sua piccina avrebbe avuto sarebbe stata quella: capelli legati con uno stretto elastico proprio in cima alla fronte, a solleticare il mento della nonna, e il resto sciolti, voluminosi e senza forma.

Adesso i capelli di Ada sono lucidi, e quando il sole li colpisce, i riflessi rossi sono ancora più evidenti. Ma lei non ci fa caso. Fissa il minuscolo banchetto messo a riposo accanto al termosifone, sotto la finestra. A proteggerlo, non sa bene da cosa, la nonna ha messo uno spesso telo di plastica. Ada lo toglierebbe volentieri e sposterebbe il banchetto nella saggia posizione in cui lo piazzava sua nonna, a metà tra i due specchi, da dove si poteva vedere quasi tutto. Non fa niente, invece. Pensa solo che il banchetto è davvero minuscolo e che tuttavia dev'esserci stato un momento in cui lei era così piccola da starci. Rimane ancora qualche attimo immobile a contemplare la vertigine che suscita constatare, da grandi, le proporzioni delle cose che da bambini ci sembrano normali, se non enormi.

È notte inoltrata, ma Ada non ha sonno. Non ha neanche voglia di sapere che ora è. Da quando ha problemi ad addormentarsi, e cioè da sempre, sapere l'ora rende tutto più complicato. Dal momento che lo ha capito, lo ha messo nella lista dei lavori: togliere tutti gli orologi dalle case degli insonni. A casa della nonna, di orologio ce n'è solo uno, in cucina. Non c'è mai stato bisogno di toglierlo. Un po' perché Teresa non ha mai sofferto di insonnia, e un po' perché quell'orologio non ha mai segnato l'ora giusta. Sua nonna lo ha sempre messo un po' in avanti. Per evitare di arrivare tardi, diceva. Il punto è che Ada non ha mai saputo di quanto effettivamente andasse avanti. Qualcosa come un quarto d'ora, o venti minuti, forse. Il ticchettio che fa, però, lo si può sentire in tutta casa. A Ada non dispiace, è come se le facesse compagnia. Sotto l'orologio, in cucina, c'è il frigo. Tra il frigo e l'orologio, in questo periodo dell'anno, di solito c'è l'albero di Natale.

L'albero di nonna Teresa è sempre stato lo stesso, alto non più di mezzo metro. Non c'è neanche bisogno di smontarlo, quando si tratta di metterlo via. La nonna lo mette sopra l'armadio della camera, dentro una scatola. Accanto alla scatola c'è un bidoncino di latta che era stato la confezione di un pandoro, e dentro ci tengono le decorazioni, le luci e il resto.

Ada prende la scala e tira giù il necessario per fare l'albero. Sistema le cose sul tavolo della cucina. Apre piano tutti i rami. Sua nonna non ha mai prestato particolare attenzione a questo passaggio, Ada sì. Aggiusta un ramo e fa due o tre passi indietro per valutare meglio l'insieme. Quando le sembra di aver raggiunto un buon equilibrio, passa ad aprire il bidoncino di latta. Non sa mai se iniziare dalle luci o dalle palline, lei. Sua nonna non faceva caso neanche a questo. Iniziava da quello che le capitava, e quando Ada provava a fermarla, iniziando a chiederle se fosse davvero il caso di partire dalle luci, o piuttosto dalle palline, Teresa le rispondeva che lei poteva prendersi tutto il tempo che voleva. Nel dirlo, non smetteva di addobbare l'albero, sia che avesse iniziato dalle luci, sia che avesse iniziato dalle palline.

Ada questa volta inizia dalle palline. L'uccellino di vetro con la coda di piuma, da mettere in alto, vicino alla punta. La mela coperta di fili rossi. Il babbo natale in plastica con le guance rosse rosse che con il passare degli anni si sono scolorite finché Ada non ha deciso di ripassarle con il pennello, facendo diventare rossa quasi tutta la faccia. «Il

Babbo Natale Sioux» lo chiamava la nonna. La locomotiva del treno fatta di paglia, senza una ruota. Infine le palline che piacciono alla nonna, quelle colorate e con le incisioni concentriche da un lato. Ada passa poi alle luci. Possono essere fisse o intermittenti, ma intermittenti regolari, non con quei giochi che cambiano ritmo e sfumature. Quelle luci lì, quelle che si accendono e spengono gradualmente e che fanno tutti quei giochi, la nonna non le ha mai volute comprare. Per Ada, all'inizio, era stato un po' un dispiacere, poi ha capito che le loro luci non passeranno mai di moda e le va bene così. I festoni che mette per ultimi, invece, sono passati di moda da un pezzo, ma Ada non li butta perché, per la nonna, erano stati una specie di conquista. Quando erano stati messi in commercio, Teresa era poco più di una ragazza, e quel genere di decoro era un lusso che lei non poteva permettersi. A dirla tutta, l'intera faccenda dell'albero di Natale era un lusso che lei non era intenzionata a permettersi, ma con una bambina dentro casa, si era detta a un certo punto, non se ne poteva fare a meno. Procedette per gradi, comprando un anno solo l'albero, quello dopo le luci, quello dopo ancora le palle, e infine, come coronamento di quella sua piccola opera, i festoni.

Quando ha finito, Ada arretra di parecchi passi, gira intorno al tavolo della cucina e all'albero. Le pare vada bene. Lo mette al suo posto, sopra il frigo. Solo allora sistema il puntale, quello rosso con i decori in oro. La nonna glielo ha sempre lasciato fare, sin da quando, per arrivare lassù, non le bastava una sedia né stare sulle punte. La nonna allora la prendeva in braccio e lei tratteneva il respiro per la paura di rompere la punta e buttare giù il resto. Mettere la punta le fa un po' paura anche adesso. Non ha mai capito perché, fino all'ultimo, ha il timore che non si regga.

Torna a sedersi, guarda l'albero e poi l'orologio. Segna le cinque e un quarto del mattino. Qualunque ora sia davvero, questo è il momento in cui la nonna si svegliava quando stava bene. «Certe cose» diceva sempre Teresa «è fondamentale farle con la luce e il silenzio dell'alba.» Ada si è sempre chiesta perché quelle stesse cose non potesse farle svegliandosi un po' più tardi, ma non gliel'ha domandato mai.

Prepara il caffè e prova a fare tutto quello che la nonna faceva, o che immagina facesse. Era a quell'ora che le preparava la merenda per la scuola? Ada si pente di non essere mai stata in cucina, a quest'ora, con lei. Almeno una volta, si dice, almeno una volta sarebbe stato il caso.

Ada non ha mai badato a cosa indossare di prima mattina. Mai, in nessuna occasione. Decide che per oggi farà un'eccezione. Cerca una maglia rosa che la nonna ha sempre considerato meravigliosa. Teresa ama i colori vivaci, molto di più di quanto li ami lei, che comunque qualcosa di acceso finisce sempre per comprarlo.

Si ferma davanti allo specchio dell'armadio. È impacciata e non si guarda in viso: non è mai rimasta ferma davanti allo specchio più del tempo che sua nonna le imponeva come necessario. Sta attenta ai capelli. Non alle sfumature, non al fatto che ora, a dispetto di come fossero quando era bambina, sono lucidi e morbidi. Ada non nota le cose che migliorano – o perlomeno non quelle che la riguardano. La sola cosa che le importa, ora, è che siano abbastanza voluminosi. Fa come le suggeriva sua nonna: si mette a testa in giù muovendo svelta i capelli alla base della nuca. Tira su la testa di scatto: ecco il risultato. A lei, i capelli così non piacciono, ma si tratta di sua nonna, perciò smette di badare a cosa le piace e cosa no. Prende uno dei rossetti e lo stende sulle labbra, facendo attenzione che non risulti uno strato troppo spesso. Truccarsi, per lei, è una perdita di tempo. Le pare che nessuno dei suoi difetti, con il trucco, venga attenuato. Quanto ai pregi, ammesso che ne abbia, non trovano nessun giovamento. Oggi pare non le importi: dopo aver passato la prima volta il rossetto, si prende del tempo per valutare se è il caso o meno di ripetere l'operazione. Prende un pezzo di carta, lo bagna e con attenzione porta via il rossetto. Stende un nuovo strato con mano più decisa.

Uscendo dal bagno, si sforza di sorridere al pensiero di indossare rossetto quando probabilmente non sono ancora le sei del mattino.

Si ricorda della foto all'ulivo. Scosta la tenda della finestra della cucina e scatta svelta.

Le luci dell'albero di Natale sono ancora accese. Stacca la presa dalla spina. Decide che non è quello il posto in cui l'albero resterà questo Natale.

23

La vigilia di Natale, per Ada, è sua nonna che chiude i tortellini dopo giorni di preparazione. È lei che tenta di imparare a chiuderli altrettanto bene e altrettanto velocemente, fino al punto in cui l'odore della pasta e della noce moscata le impregna così tanto le mani da farle passare la fame.

La vigilia di Natale, per Ada, è fare una passeggiata in centro spiando la fretta degli altri, e poi tornare a casa e guardare le finestre che danno su stanze con le luci accese mentre in strada c'è solo silenzio.

La sera della vigilia Teresa e Ada finivano per cenare prima che nei giorni normali. Poi rimanevano in cucina a guardare l'albero finché non arrivava l'ora del telegiornale. Alla nonna, la messa di mezzanotte non era mai interessata, tutto il suo impegno era rivolto al pranzo del giorno successivo, anche se non avevano invitati né impegni particolari.

Quest'anno, la sola cosa rimasta delle vecchie vigilie è l'albero. Ada ha trovato il modo di sistemarlo sul comodino della stanza 9. Tre giorni prima, quando era arrivata in ospedale con l'albero addobbato, il rossetto, la maglia rosa e le cose che la nonna le aveva chiesto, lungo il corridoio tutti l'avevano guardata. Quando Giulia ha visto l'albero e ha detto che è stata una buona idea comprarne uno per l'ospedale, Ada è rimasta in silenzio. Neanche la nonna ha parlato, come se entrambe fossero tacitamente complici nel tenere per loro il fatto che quello fosse da sempre il loro albero di Natale e non lo avrebbero mai cambiato con niente.

La mattina del 24, Giulia arriva puntuale. Ha i capelli stirati, o qualcosa del genere. Ada non capisce davvero cosa abbia fatto ai capelli perché, sotto la cuffia da infermiera con i pinguini con le galosce, Giulia non ha la solita coda.

«Ti stanno benissimo» le dice.

«È per mia madre. Lei ha questa idea che bisogna avere sempre i capelli perfetti quando è Natale. In realtà, fosse per lei, bisognerebbe averceli sempre perfetti...»

«Cosa fate, alla vigilia?» chiede Ada. Le è sempre piaciuto sapere cosa facessero gli altri, nei momenti in cui lei non aveva niente di adatto da fare.

«Una cena a casa dei miei. Ordinaria.» E davvero questa per lei sarà una cena ordinaria: ordinarie le posate in argento, la governante in guanti bianchi e lo champagne millesimato. Meno ordinario il fatto che questa, per Giulia e il suo futuro marito, sarà l'ultima vigilia da non sposati. La madre ha il vizio di invitare gente che poi, per il resto dell'anno, non vede e non sente. Li avrà già informati del matrimonio e non vedrà l'ora di raccontare i dettagli.

«Ti va di venire?» chiede Giulia a Ada. «Poi ti riporto io qui in ospedale. Ti riporto quando vuoi.»

È strano che ci abbia pensato solo ora. Sua madre andava matta per gli ospiti che non conosceva e che non si aspettava. Amava il fatto di poter trattare qualcuno come uno straniero da accogliere, e più di tutto amava potersi mostrare come l'esotica creatura, preziosa e lontana, che da sempre s'immaginava di essere.

Con un ospite sconosciuto, spera Giulia, nessuno baderà al matrimonio.

Ada non pensa di accettare neanche per un secondo. Qualsiasi posto lontano dalla nonna, da quando il medico le ha parlato a quel modo, per lei è diventato un posto sbagliato. Per tanti Natali, ha sperato in un invito così: dover finalmente trovare il vestito adatto, sedere a un tavolo con intorno una vera famiglia. Adesso invece non ci fa caso. Dice no e basta.

La mattina della vigilia, anche in ospedale sono tutti più sorridenti e hanno il passo più leggero. Persino la nonna sembra più vigile. Ha chiesto per ben tre volte aiuto per sedersi. E ha cambiato posto a ogni pallina dell'albero. Ha detto a Ada di non offendersi: come lo aveva fatto lei andava benissimo, solo che le andava di rifarlo, ancora, loro due insieme. E così lo hanno rifatto, da capo. L'uccellino di vetro con la coda di piuma, la mela coperta dal filo rosso, il Babbo Natale con le guance rosse, la locomotiva di paglia senza una ruota. Prima di sistemare gli addobbi, Teresa li bacia uno per uno.

Da qualche tempo, bacia tutto. I vestiti, le coperte, le mani di Ada. Persino il telefono da cui le mostra le foto dell'ulivo. Nessuno ha il coraggio di chiederle il perché.

Sembra più frenetico anche il rapporto con Matteo. Si sentono al telefono qualcosa come otto o nove volte. Telefonate brevi, piene di cambi di programma. Matteo vorrebbe che Ada passasse da casa per fare insieme l'albero. Poi però capiscono di non avere abbastanza tempo. Pensano di andare a pranzo, ma Ada non se la sente di lasciare la nonna. Devono comunque scambiarsi i regali e gli auguri, si dicono. Ci vogliono diversi tentativi, prima di accordarsi per un incontro veloce sotto il ponte della statale.

Quando Ada prende il pacco con il regalo di Matteo dall'armadio della stanza 9, la nonna vuole controllare: si fa spiegare cosa c'è dentro e il perché di quelle figure sulla scatola. Approva tutto – solo la scatola, dice, avrebbe potuto essere un po' meno confusionaria. Guarda Ada camminare verso la porta con il regalo in mano, le sembra incerta. Un attimo prima che esca, la blocca: «Piccina».

Ada si gira e, un attimo prima che sorrida, Teresa vede lo smarrimento che prova.

«Fa' gli auguri a quel bravo Penna da parte mia.»

In macchina non si sono detti niente e si sono tenuti stretti. Ada, prima di salire, ha piazzato il grosso pacco nei sedili dietro. Matteo l'ha guardato solo di sfuggita. È comunque riuscito a notare alcuni dettagli della scatola: ha visto la foto di Martin Goodman con una pagina di *Capitan America* in mano. E si è sentito in colpa per il suo regalo rimediato. Per un attimo, aveva pensato di far finta di non averlo proprio, il regalo, ma poi si era ricordato della reazione di Ada di fronte alla margherita. Le cose improvvisate ma sentite le piacciono, questo lo ha capito. Non ha capito se le piacciono in generale o perché è lui a improvvisarle.

Comunque il pacco va bene, il regalo anche. Ne è certo quando vede Ada passare le mani sulla carta beige. Una carta semplice, quella che si trova ancora dai tabaccai per spedire le cose via posta, ammesso che ancora qualcuno le spedisca così.

Ada scioglie piano il fiocco fatto di spago. Poi prende il filo e se lo arrotola intorno al polso, talmente sottile che Matteo perde il conto dei giri che servono per consumare tutto lo spago. Ada chiede a Matteo di fare un nodo bello forte perché non vuole toglierselo più. Matteo sorride ed esegue. Infine Ada apre il pacco stando attenta a non strappare la carta. Alla fine dice che un pochino deve strapparla perché porta fortuna, ma prima di farlo chiede scusa.

Poi lo vede, il vecchio maglione blu da regata di Matteo. Le è già capitato di metterlo, quando al loft faceva freddo. Matteo pensa che il blu le stia benissimo. Il rosso le sta bene altrettanto. A dirla tutta, anche sforzandosi, fa fatica a trovare qualcosa che le stia male. Comunque. Se proprio doveva scegliere la cosa che più gli piaceva vederle addosso, quella era il maglione blu.

«Adesso è solo tuo» sorride, mentre lei non smette di guardare il suo maglione. Se lo infila subito, e anche quello, dice, non vorrebbe toglierselo mai più.

Matteo sorride ogni volta che lei dice «mai più». Questa volta, però, forse per colpa del Natale, o per lo spago che Ada non ha buttato via, non gli riesce proprio di sorridere e anzi, gli viene da piangere. Stringe Ada più forte che può. Le fa quasi male, ma lei non dice niente. Risponde solo a quella stretta per tutto il tempo che ritiene necessario e con la forza che può. Poi dice che è il suo turno di dargli il regalo, lo dice mentre lui ancora la stringe. Mentre si infila tra i sedili per prendere il pacco si accorge di arrossire e allora tiene il viso basso.

Matteo indica i super eroi uno a uno: Ash J. Williams, Occhio di Falco, Nick Fury, Magneto, la Pantera nera, Wasp, Luke Cage e Giant Man… Poi guarda le altre foto. La KTM, il Great Blue Hole del Belize.

«Sono tutte cose che vorrei regalarti» spiega Ada, e nella voce si fa strada un tremore che fino ad allora ha cercato di nascondere.

Di nuovo, Matteo si rattrista al punto che si rende conto di stare per piangere. La stringe ancora, deve farlo, molto più forte. Lei allora inizia il gioco del dito lungo il naso. Lui per un attimo pensa di non dirlo più, stop. Poi invece lo dice in un punto a caso. Ada gli fa notare che è di meno dell'ultima volta, e lui le dice che no, non le vuole meno bene dell'ultima volta.

Esattamente come accade fuori dall'ospedale, da metà pomeriggio, il giorno della vigilia ogni cosa rallenta e si svuota. È il momento che Ada odia di più. La fa sentire sola e in difetto. Tutti iniziano a prepararsi e invece lei non ha niente da preparare.

Negli anni passati, passeggiava per le vie del centro intercettando gli sguardi dei commessi. Per brevi attimi, era certa di vedere nei loro occhi la paura che lei entrasse: non vedevano l'ora di andare a casa. Lei no. O almeno, non subito. I tramonti d'inverno in città le piacevano. Più di tutto le piaceva tornare a casa in autobus, quando fuori era ormai buio e poteva vedere le luci delle case accendersi. Che era la vigilia lo capiva dal fatto che ogni finestra pareva illuminata. Le case più piene. Ogni tanto le capitava di vedere signore in pelliccia affrettarsi verso i portoni cariche di pacchi. Alzavano il mento e muovevano appena la testa. Lo facevano tutte alla stessa maniera. Lei si chiedeva se avrebbe mai imparato ad alzare il mento così.

Quando arrivava a casa, dalla nonna, la sola luce accesa era quella della cappa della cucina. Oltre a quelle dell'albero. La nonna aveva già praticamente finito di cucinare, e aspettava che Ada si sedesse al tavolo per servire la cena. Ada invece andava ad accendere la tv: i collegamenti dalle piazze si sforzavano di restituire quell'atmosfera di elettricità che lei tentava di ignorare e che pure, in un certo senso, l'attraeva. Quando le piazze alla fine si svuotavano, iniziavano le trasmissioni culinarie. Allora la nonna si metteva davanti alla tv anche lei, e commentava le ricette. Non approvava mai niente di quello che veniva proposto.

Quando Ada, dopo aver salutato Matteo, torna nella stanza 9, sotto l'albero vede un pacco. La carta è bianca e il nastro blu. C'è un piccolo biglietto dentro una busta di carta semitrasparente.

In alto a destra, c'è la data. Al centro c'è scritto "Buon Natale, Ada", con una grafia precisa. Sotto, Ada legge il nome di Giulia. Si sente in colpa per non averle preso niente, non le era mai capitato di essere quella senza regalo da dare.

Comunque apre il pacco: un maglioncino blu. È fatto con la lana più morbida che le sia mai capitato di toccare. Deve essere di quel cachemire di cui Giulia le parla sempre. Ada lo tira fuori. Mai avrebbe pensato di ricevere due maglioni blu nello stesso giorno. La gente deve credere che abbia un disperato bisogno di maglioni di colori meno sgargianti.

Per la vigilia, in ospedale, le inservienti hanno servito la cena anche a lei, che ha mangiato con la nonna vicino all'albero acceso. Dopo, esattamente come accadeva a casa, arriva il momento dello scambio dei regali. Ce ne sono sempre e solo due: uno da parte di Ada per la nonna, e l'altro da parte della nonna per Ada.

C'era stato un periodo, molto tempo prima, in cui compariva anche un terzo regalo, quello da parte di Babbo Natale. Poi, però, quando aveva sei anni Ada aveva ricevuto una lettera che valeva più di molti regali, scritta da lui in persona. Tramite la lettera le faceva sapere che lei era una bambina speciale e per questo l'aveva scelta tra le altre. Con lei poteva confidarsi: non ce la faceva più a fare i regali a tutti. E serviva che lei lo aiutasse. C'erano tanti di quei bambini a cui fare regali. Bambini a cui servivano penne e quaderni, o anche cose da mangiare. Ed era proprio lei, Ada, che Babbo Natale aveva scelto fra tutti per aiutarlo con questo genere di regali. Ada aveva guardato con attenzione la lettera. La scrittura non era quella della nonna, di questo era certa. Del timbro postale non era altrettanto certa, ma non le importava: ora aveva una missione da svolgere. Da quel giorno, ogni anno lei e la nonna raccoglievano tutto quello che a loro non serviva più, lo incartavano e lo portavano in un posto in cui Babbo Natale sarebbe passato a prenderlo per portarlo ad altri bambini.

Ada alla fine aveva scoperto che Babbo Natale non esisteva, ma con la nonna aveva fatto finta di niente. Le piaceva che Teresa sperasse ancora di riuscire a farle credere qualcosa. E i regali ai bambini, per conto di Babbo Natale o no, continuavano a portarli.

Quest'anno c'è solo il regalo che Ada ha fatto alla nonna. Teresa, quando stava bene, diceva che la vita era come un sacchetto di caramelle. Era una di quelle sentenze che poi si era appuntata sui cartoncini, una specie di parabola su un tizio che da giovane aveva un sacchetto di caramelle e le mangiava senza farci caso. Diventato vecchio, invece, capiva che aveva a disposizione poche caramelle e doveva godersele tutte, senza perdere tempo in cose per cui non provava realmente interesse.

Ada, per questo Natale, non vuole che la nonna pensi di avere ancora poche caramelle. E allora gliene ha regalate un sacchetto intero. Quando la nonna vede il grande fiocco rosso che lo chiude in cima, senza neanche capire cosa ci sia dentro, si scusa per non averle preso anche lei un regalo. Ma a Ada non importa. Non le è mai importato neanche di quanto fossero piccoli i regali della nonna.

Gli anni passati, dopo lo scambio dei regali, Ada e la nonna andavano a dormire insieme, nel grande letto di Teresa. Arrivava sempre un momento, durante la notte di Natale, in cui Ada realizzava di essere felice. Non le importava più di quanto triste e sola si fosse sentita fino a poche ore prima, a spasso per la città. Le importava solo di essere esattamente dov'era. Si ritrovava già a pensare al Natale successivo e a pregare, con tutta se stessa, di avere tutto quello che aveva in quel momento: una casa, il piccolo albero e la nonna. Non desiderava altro.

Teresa ricompone il fiocco rosso del sacchetto di caramelle come meglio può. Lo mette sotto l'albero, sul comodino. Prima di lasciarlo lì, lo bacia. Poi chiede a Ada di prendere l'altro letto della stanza 9 e di attaccarlo al suo. Dormiranno insieme, come hanno sempre fatto, a Natale. Teresa la abbraccia.

«Buon Natale, piccina» le dice, un attimo prima di addormentarsi.

Ada non riesce a smettere di ascoltare il respiro della nonna. Succede ancora una volta: è felice di avere quello che ha. L'unico regalo che desidera è che tutto rimanga esattamente come è, anche per il prossimo Natale.

Per un attimo, dimentica che è il solo regalo che non può avere. Quando realizza che questa è l'ultima notte di Natale con la nonna, chiude gli occhi, trattiene le lacrime, unisce il suo respiro a quello di Teresa. Aspetta che il dolore passi.

24

Esattamente come fuori, i giorni fra Natale e Capodanno in ospedale procedono a ritmi blandi. I dottori sono pochi e gli infermieri non riescono a lasciar fuori l'aria di festa. La sola che continua a lavorare come sempre è Giulia. Una volta ha detto a Ada che se c'è una cosa che non sopporta è che i pazienti si rendano conto che per gli altri fuori dall'ospedale è festa. Le malattie non ti lasciano giorni di festa. Niente domenica, niente ferie d'agosto. Chi ha scelto di prendersi cura di loro deve fare come le malattie: non prendersi pause.

Teresa è sempre meno lucida. Una mattina, uscendo dal bagno, Ada l'ha trovata seduta sul bordo del letto. Indossava le scarpe da ballo.

«Cosa ci fai con le scarpe ai piedi?» le ha chiesto.

«Aspetto di andare.»

Per un attimo, Ada si è preoccupata di doverle spiegare che non sarebbe andata da nessuna parte. Poi ha capito e non ha detto niente.

Le è venuta in mente una ragazza incinta che qualche tempo prima ha incontrato alla fermata dell'autobus. Parlava con una sua amica. La pancia era enorme e Ada l'aveva sentita dire che aspettare quella bambina era un po' come aspettare Natale senza sapere che giorno fosse. Ada l'aveva guardata negli occhi e ci aveva visto paura, malinconia ed emozione. A guardare sua nonna seduta lì, ci vede le stesse cose. Aspettare la morte e aspettare la vita, si era detta, era quasi la stessa cosa. Ha avuto terrore di quel pensiero ed è andata a sedersi vicino alla nonna, per vedere quello che vedeva lei. Quello che si guarda quando si aspetta di morire.

Durante le vacanze di Natale, Giulia fa spesso il turno di notte. Ada fatica a lasciare la nonna, anche se per la maggior parte del tempo gli antidolorifici la fanno dormire. Giulia le ha detto che quando lei è di turno, può restare con Teresa.

«Così, se vuoi, puoi passare un po' di tempo con Penna e riposare. Se dovesse svegliarsi di notte ti chiamo.»

«Me lo prometti?»

«Promesso.»

Le notti al loft con Matteo Ada le passa perlopiù in silenzio. Non le va di parlare. Ma le piace comunque ascoltare lui che le racconta dei suoi giri in macchina, o qualunque altra cosa abbia da raccontare.

Lui ha un bel modo di raccontare le storie e lei ha un gran bisogno di crederci.

Se Ada non riesce a prendere sonno, lui la tiene stretta e le accarezza la testa. Quando lei sta per addormentarsi, gli ricorda che vuole che lui le dica quando si metterà a dormire a sua volta. Non le importa di venire svegliata. Deve saperlo, quando tutti se ne vanno a dormire. Matteo la rassicura che l'avvertirà anche a costo di svegliarla. Poi invece non la sveglia mai. Non si muove né niente. Rimane lì a guardarla. È bella al punto da perderci il sonno.

Durante una delle chiacchierate sulle scale antincendio, Ada dà a Giulia il suo regalo. Si scusa per non essere riuscita a darglielo prima di Natale. Ha scelto una carta regalo con tutti i fiori che le ha sentito nominare per il matrimonio. Non è riuscita a trovare una carta con le ortensie, e allora le ha prese da una foto su un giornale, le ha ritagliate e ce le ha appiccicate sopra.

Le ha regalato una cuffia da infermiera con stampati sopra dei koala con i tutù e le scarpe da ballo.

Giulia la ringrazia e la indossa subito.

«Perché le porti?» Ada glielo chiede solo adesso.

Giulia per un po' non risponde. Si toglie la cuffia e la guarda a lungo. Poi, senza staccare gli occhi dai koala, inizia a raccontare: «Quando ho cominciato a lavorare qui, non c'era ancora il reparto pediatrico separato. Per fortuna non c'erano molti bambini tra i pazienti, ma uno sì, uno c'era. Era in cura da un po' e credeva di essere il miglior dottore per se stesso. I suoi allora gli avevano comprato tutte queste cuffie con gli animali, un po' per coprire il fatto che aveva perso tutti i capelli, un po' perché così si sentiva davvero un dottore. La prima volta che mi ha vista, non ha capito che ero un'infermiera, e mi ha chiamata "dottoressa"...». A questo punto stacca gli occhi dalla cuffia e guarda Ada. «Io gli ho detto che non ero una dottoressa. Lui allora mi ha risposto che aveva un segreto da rivelarmi. Mi ha fatto sedere vicino a lui e mi ha spiegato che, nonostante portasse quelle cuffie, non era un dottore vero neanche lui. Gli sarebbe piaciuto esserlo, ma non lo era. Poi mi ha chiesto se a me sarebbe piaciuto diventare dottore e gli ho detto di sì. Che poi era vero, anche io da piccola volevo diventare dottore. Lui allora mi ha fatto una proposta: se avessi mantenuto il segreto, ci saremmo potuti chiamare ancora dottore l'uno con l'altra. Però, per essere credibili, dovevo portare anche io quelle cuffie: così mi prestava le sue di nascosto. Poi si è aggravato. E l'abbiamo perso.»

Ada guarda Giulia e si sente in colpa per averle fatto quella domanda. Lei prende fiato e ricomincia a raccontare: «Dopo il funerale, i genitori mi hanno chiamata. Mi hanno detto che avevano qualcosa per me, e mi hanno dato una scatola con dentro tutte le sue cuffie: lui voleva che rimanessero alla sua dottoressa preferita, perché quelle degli altri erano brutte mentre queste facevano venire voglia di ridere, e anche io facevo venir voglia di ridere. Mi hanno riferito che lui voleva che sapessi che se lui non era riuscito a diventare davvero dottore, non significava che io non potessi esserlo».

Giulia si alza dalle scale come se per una volta si sentisse scomoda anche lei.

«Le cuffie le porto. Ma non sono diventata dottore. Adesso tocca a te mantenere il segreto» sorride. «Promesso?»

«Promesso.»

Quando la nonna è sveglia, chiede di vedere i suoi bigliettini. Li guarda, ma Ada non capisce se stia davvero leggendo. Più dei bigliettini, guarda le foto di Ada bambina. Le chiede se si ricorda quando le ha scattate; Ada dice che sì, si ricorda. Teresa dice che anche lei si ricorda, ricorda tutto. E bacia le foto.

25

Quando annunciano cose come un'eclisse, sui giornali e in tv, Ada s'innervosisce, da sempre. Ascolta il cronista di turno dire che un'eclisse di quel tipo si verifica soltanto ogni dieci anni. Quel tipo di annunci costringe la gente a pensare a che punto era dieci anni prima, e dove sarà fra altri dieci. È insopportabile, per lei, tanto che lo ha messo nella lista: far sparire da tutti i giornali e siti notizie come "la prossima eclisse sarà visibile tra dieci anni". L'uomo in onda ora sul canale news sta proprio dicendo che la prossima eclisse sarà visibile fra cinque anni. La tv ha il volume bassissimo, quindi non può davvero sentirlo bene, tuttavia lo legge, nella striscia che scorre sotto il mezzobusto.

"Non hanno un briciolo di cuore" pensa. "Non si chiedono che effetto potrebbe fare una notizia del genere su persone che hanno la certezza di non esserci, fra cinque anni?"

Dove fosse durante l'ultima eclisse Ada neanche se lo ricorda. Ricorda solo che tutti avevano un vetro per guardare verso il sole e pareva che tutti pretendessero di dargliene uno anche se lei non lo voleva. Dove sarà alla prossima non osa neanche chiederselo. La sola cosa che sa, e che vorrebbe dimenticare, è che accanto a lei non ci sarà la nonna.

È entrata in coma una mattina di gennaio. Una di quelle mattine dopo il rientro dalle vacanze, in cui è triste vedere che in giro ci sono ancora gli addobbi di Natale. Una di quelle in cui non sai se valga ancora la pena fare gli auguri per l'anno nuovo. A quasi tutti quelli che aveva incontrato per strada quella mattina, Ada aveva fatto gli auguri. Con il telefono aveva fotografato un bigliettino finito a terra per sbaglio. C'era scritto: "Per Lorella da Antonella".

Durante la notte, Teresa aveva chiesto a Ada di non lasciarle la mano. Di tanto in tanto riusciva a portarsela alla bocca e baciarla. A dire: «Non aver paura».

Ada non riusciva ad aver paura, non poteva sentire niente. Quella notte, la nonna non si addormentò mai davvero. Ada aspettò che la sua presa si facesse più stretta per poi allentarsi, come accadeva sempre. Invece, dalle mani della nonna, sentì solo un dolore che non passò mai.

Giulia nei giorni precedenti al coma passava molto tempo nella stanza 9. Parlava poco, ma dava a Teresa più antidolorifico di quanto i medici ne prescrivessero. Diceva che se ne sarebbe assunta lei tutte le responsabilità. Lo diceva ad alta voce, ma parlava a se stessa. Sapeva che Ada non la stava ascoltando.

La nonna, invece, parlava sempre meno. Continuava ad alternare momenti di lucidità ad altri di confusione in cui credeva di parlare con sua madre. Ada le prendeva la mano e le diceva che era lì con lei, e di non aver paura.

Poco prima di addormentarsi, Teresa ha dato una carezza a Ada.

«È tutto bello» le ha detto. «Sei bella, tu, come una mattina di maggio.»

Ha continuato a guardarla fino a un momento in cui le è sembrato che non potesse vedere più niente, quindi ha rivolto lo sguardo verso la finestra. Ha come sorriso e poi ha chiuso gli occhi. Non ha smesso di respirare, ma non li ha riaperti più.

Da quando la nonna è in coma, Ada chiama Matteo più spesso. Gli chiede di vedersi e lui dice sì molto meno di quanto lei vorrebbe. Non ha quasi mai tempo di andare al loft. Si vedono in macchina, sotto il ponte, come dei senzatetto. Ada prova a non farci caso. Matteo ha sempre un posto dove deve andare e Ada gli chiede se è da quell'altra che va. Lui non dice né sì né no. Dice che quelle non sono cose che la riguardano e che su questo non deve fare domande. Ada fa fatica a capire come sia possibile che qualcosa di lui non la riguardi.

Non riescono a fare l'amore lì, ma possono comunque respirarsi addosso. Sentire la pelle di Matteo sulla sua è la sola cosa che le consente di respirare senza sentire dolore. Allora smette di chiedere. Prova comunque a farsi promettere che si vedranno ancora. Lui a parole non promette, ma annuisce. E torna. Sempre.

Una volta, Ada perde la pazienza e gli urla che se davvero c'è ancora quest'altra, allora deve tornarsene da lei e loro due non devono vedersi mai più. Quando lo dice, Matteo la stringe, come fa ogni volta che le sente dire «mai più». Stavolta è lei a piangere. Si divincola e scende dalla macchina sbattendo lo sportello.

Matteo si spaventa perché quella per tornare all'ospedale è una strada piena di tir e di macchine che corrono. La segue guidando a passo d'uomo. Quando la raggiunge, abbassa il finestrino.

«Dài, sali.» Il rumore della strada è così forte da costringerlo a urlare, e gli pare brutto urlare per strada.

«No.»

«Andiamo, Ada, per favore.»

«No!» urla lei ancora più forte, senza guardarlo.

«Ada, Cristo, è una statale, non puoi camminare qui!»

«No» gli dice ancora, e questa volta si ferma e lo guarda attraverso il finestrino abbassato. «Non salgo, vaffanculo.»

«Vaffanculo te!»

Matteo riparte, ma quasi subito rallenta e la segue con lo sguardo finché non la vede raggiungere l'ospedale.

È lei a richiamarlo. A dirgli che ha bisogno di lui. Matteo rimane in silenzio. Poi si rivedono, in macchina sotto al ponte. La tiene su di lui fino a calmarle il respiro. Poi, senza dire niente, raggiungono il loft. Fanno l'amore più forte che mai, come se fosse la prima volta. O l'ultima.

«Non mi lasciare» gli chiede lei. E lui le dice che non andrà da nessuna parte, mai.

Dell'eclisse, Ada se n'è accorta anche se non voleva. La luce è cambiata e non è come quella che lei è abituata a riconoscere. Si chiede se Matteo se ne sia accorto. Dov'era alla scorsa eclisse, e dove sarà alla prossima? Se non saranno insieme, sarà uno spreco, sia per lei sia per lui.

Lo pensa così, in modo nitido, mentre il mezzobusto alla tv sistema i fogli della scaletta e saluta il suo pubblico.

26

Ada alla morte non ci ha mai pensato. Si è rifiutata di pensarci anche una notte in cui ha sognato la nonna con un vestito bianco che non aveva mai avuto. Nel sogno, le chiedeva che fine avrebbe fatto il suo corpo. Non voleva che se ne stesse nella bara, al cimitero. Sempre nel sogno, Ada si chiedeva se c'era modo di salvare il suo odore, o il rumore delle dita che battevano sul tavolo della cucina, dopo aver mangiato, mentre aspettava che il caffè fosse pronto. Al risveglio era rimasta solo la brutta sensazione di dover dimenticare qualcosa.

Nelle ultime ore del coma, Ada non ha lasciato la mano della nonna nemmeno per un attimo. Le pareva avesse il volto contratto. Lo capiva da certe pieghe che prendevano le rughe in fronte. Quando Giulia passava nella stanza 9 e metteva le mani sulla flebo, Ada le chiedeva se Teresa sentisse dolore. Giulia rispondeva di no, che non doveva assolutamente temere questo. Nessuno poteva realmente saperlo, ma per Giulia, quella era la migliore delle risposte possibili. Nel dubbio, continuava a dare alla nonna tutto l'antidolorifico che riteneva necessario.

Per Teresa, la morte arriva facendo rumore. La macchina che registra i suoi battiti inizia a emettere dei suoni ravvicinati. Giulia corre in camera. Ada non ci fa caso. Sente la mano della nonna stringere un poco la sua, come la stringeva prima di addormentarsi. Ora nei lineamenti non c'è più traccia di dolore. La guarda in viso e vede distendersi tutte le pieghe di quei giorni. Non può dire che stia sorridendo, ma è quasi come se. Quando l'impercettibile presa della mano si allenta, la macchina che registra i battiti inizia a fare un lungo sibilo. Ada guarda nella stessa direzione in cui guardava la nonna prima di entrare in coma. Compare un raggio di sole, là dove Ada sa che c'è il mare, molto oltre la finestra della stanza 9.

Il sibilo dura finché Giulia non spegne la macchina. Non c'è più nessun rumore, solo il silenzio. Quello dell'inizio della vita di Ada senza la nonna. Appoggia la testa sul suo petto. Non c'è respiro, non c'è battito. Non c'è traccia neanche di tutto il resto del tempo. Ada rimane immobile.

Non sa da quando Giulia le sta accarezzando la testa. A un certo punto, comunque, trova la forza di guardarla.

Quando l'accompagna fuori dalla stanza, il silenzio ha riempito il corridoio. Le altre infermiere le danno cenni d'affetto. Le dicono parole che lei non riesce a sentire. Abbozza sorrisi. E dice «grazie» con una voce che non le sembra sua. Giulia la sorregge in un abbraccio. La allontana dalle infermiere e dai parenti degli altri pazienti. La porta dentro una sala visite. Da lì non si vede il mare. Tenta di farla sdraiare su un lettino, ma Ada vuole solo sedersi. «Devo fare una chiamata.»

«Nonna non c'è più» si ascolta dire quando, dopo gli squilli, sente la voce di Matteo.

Piange con tutta se stessa. Con il respiro, con la pelle. Eppure non c'è traccia di lacrime. «Per favore vieni» è la sola altra cosa che riesce a spiegare.

Lui per un po' rimane in silenzio, oppure dice qualcosa che Ada non ascolta. Lei, che ha sempre adorato immaginarselo dall'altra parte del telefono, chiude gli occhi e respinge ogni pensiero. Vede tutto nero, e poi d'improvviso bianco. È come una vertigine, di quelle che senti arrivare poco prima di svenire. Apre gli occhi e per un attimo la luce l'acceca. Quando riprende a vedere qualcosa, Matteo le sta parlando. Farà di tutto per tornare il prima possibile, promette. Le darà una mano con le pompe funebri e il resto.

Il senso di vertigine non passa. Come quando ti sembra di cadere, prima di addormentarti. Ada non sta cadendo da nessuna parte, i piedi sono ben piantati nel pavimento, è composta, nella sedia, eppure non smette di precipitare.

27

L'ufficio delle pompe funebri è sobrio e decoroso, proprio come ci si potrebbe aspettare. Ammesso che mai qualcuno si metta davvero a pensare all'interno di un ufficio di pompe funebri. Dopo aver varcato la soglia, Matteo scorge Ada di spalle. Quasi fa fatica a vederla, dietro l'enorme schienale della sedia. Forse non è lo schienale a essere enorme ma Ada a essersi fatta tremendamente piccola, come sua nonna prima che morisse e tutto il resto.

Quando la raggiunge, lei ha in mano un modulo, ma nessuna penna. Lo guarda. L'addetto seduto di fronte a lei pare non avere fretta. È giovane e forse lavora lì da poco. Non deve essere riuscito a trovare di meglio. Del resto, pensa Matteo, se neanche gli viene in mente di porgere una penna a chi deve compilare un modulo, forse davvero non può trovare di meglio né ora né mai.

Matteo si siede accanto a Ada. Lei si volta lentamente. Ha gli occhi come due voragini. Matteo le sorride e non dice niente. Prende una penna e gliela porge. Poi inizia a leggere il modulo, sono delle indicazioni per la sepoltura. Bisogna specificare di che genere di resti si tratta. Persone adulte, ossa, bambini, feti? Basta mettere una crocetta. Un po' come in quei bigliettini che alle medie e alle elementari ci si scambia tra compagni per sapere se qualcuno vuole mettersi con te, sì o no, o vuole essere tuo amico, sì o no. Quei bigliettini che mentre l'insegnante di storia spiegava le ziggurat si mandavano anche solo per sapere se un tuo compagno sarebbe venuto con te a giocare a battimuro nel cortile sotto casa, sì o no.

«C'è dell'altro?» chiede Matteo all'addetto, ma quello non lo ha sentito.

«Mi scusi» ripete allora Matteo alzando il tono di voce, «c'è dell'altro?»

«Oh, mi scusi» risponde quello. «Sì. Sì, c'è dell'altro.»

Ada neanche lo ascolta.

«Il testo dei manifesti. Ci occorre sapere cosa volete scrivere.» Mentre lo dice, prende un bloc notes e tratteggia i bordi dell'ipotetico manifesto. Scrive al centro il nome e il cognome di Teresa. «La mettiamo l'età?»

«Ascolti» lo fredda Matteo, «c'è un testo standard? Per noi va bene un testo standard.»

Ada non ascolta né lui né il commesso.

«Abbiamo degli standard, sì» ribatte l'addetto, e da un cassetto tira fuori alcuni fogli plastificati con dei manifesti fac-simile. Uno non ha praticamente niente, se non un bordo nero e sottile. Un altro invece ha i caratteri blu e l'immagine di Gesù sullo sfondo. Un altro, sullo sfondo, ha un sacco di fiori. Poi ce n'è uno con dei caratteri più aggraziati, in un bel tono di grigio. Ada indica quello.

«Volete metterci che la signora se n'è andata munita dei conforti religiosi?»

«Sì» risponde allora Ada, «metta quello. Poi metta anche che a darne l'annuncio è la nipote, Ada.»

Quello annuisce e scrive. «Dove vuole che vengano affissi i manifesti?»

Ada nomina tre o quattro posti che Matteo non conosce neanche.

Alla fine l'addetto si alza. «Se i signori vogliono seguirmi, scegliamo le ultime cose.»

"Le ultime cose" pensa Matteo. Quel tizio tiene Ada lì dentro già da troppo tempo e ancora devono scegliere le ultime cose.

Da scegliere, dopo tutto, è rimasta una cosa importante. Il commesso li porta in una stanza dove sono esposte tutte le bare, una appesa sopra l'altra, come i divani in certi negozi di arredamento. Elenca i materiali e le caratteristiche di ognuna. Ada neanche le guarda. Pensa che la nonna non avrebbe mai voluto spendere tanto per una cosa come una bara. Quando stava bene, ci scherzava su. Il pezzettino di terra lo aveva già comprato, diceva. E della bara non le importava niente. Per quanto la riguardava, diceva, potevano anche metterla in un sacco nero. Poi rideva e cambiava argomento.

Ada lo direbbe al commesso: "Guardi, mi scusi, mia nonna non vorrebbe che io spendessi tutti quei soldi". Nonna

Teresa era capace di dirle, cose del genere. Lei proprio no. E allora continua ad ascoltare.

Per le cose che non erano bare, comunque, nonna Teresa aveva insegnato a Ada un metodo: non comprare la più cara – la più cara loro due non se la sarebbero potuta permettere – e neanche quella meno costosa di tutte. In certi casi, ripeteva nonna Teresa, «chi più spende meno spende». Ada se lo sentiva dire da una vita e mai una volta che avesse capito davvero cosa intendesse sua nonna.

Quando era bambina, Ada le aveva chiesto cosa volesse dire. Quando era bambina, Ada chiedeva ogni cosa, se non capiva andava avanti proprio fino allo sfinimento. Quella faccenda del "chi più spende meno spende", però, non l'aveva saputa spiegare la nonna, e allora Ada aveva smesso di chiedere, come si fa con certe cose che le nonne dicono e tu devi credere che siano vere anche se non le capisci.

«Quella» dice Ada a un certo punto, indicando una delle bare in noce, o forse in mandorlo, comunque una di quelle che non costano tanto e neanche troppo poco.

«Decorosa» commenta l'altro e annuisce.

Matteo si chiede da dove venga tutta l'autorità con cui lui mostra di sapere cosa sia decoroso o meno.

«Ora mancano solo i cuscini».

A questo punto, Matteo prenderebbe Ada in braccio e la porterebbe proprio via. Via dalle bare, dai cuscini e dai manifesti e da quell'accidenti di tizio che ha ripreso a scrivere e cancellare parole a caso sul bloc notes.

I cuscini sono esposti nella stessa stanza delle bare, in un angolo, su un ripiano basso. L'addetto passa una mano su tutto quel raso. Raso blu, raso rosso, raso lilla, raso verde, raso glicine, accidenti. Eccolo, il glicine.

«Sono tutti così lucidi… nonna non li vorrebbe» sussurra Ada guardando Matteo. Lo guarda come certi bambini guardano i genitori quando un medico sta per far loro una puntura. Una di quelle punture, pensa Matteo, che lì per lì non li faranno stare meglio. Matteo di bambini non ne ha ma certe volte ci ha pensato. E ha pensato che quelle punture lì, al suo bambino lui non le farà mai fare.

«Ascolti» dice avvicinandosi all'addetto. Parla piano perché non vuole che Ada lo senta.

«Ce ne sono di meno lucidi?»

«Solo il panna» dice quello, «solo il panna ma…»

«Il panna andrà benissimo.»

Matteo prende Ada per mano. Insieme vanno verso la porta di uscita.

«Per il pagamento…» dice l'addetto. Matteo allora si ferma e con la mano libera cerca un biglietto da visita.

«Qui c'è tutto» dice, mentre pensa che davvero uno come lui non potrà mai trovare un lavoro migliore di questo, e forse va bene così. «Mi mandi una mail, ok? Quando ha tutto pronto, mi mandi una mail.»

Matteo cerca il pacchetto di sigarette. L'altro borbotta ancora qualcosa, ma loro sono ormai fuori da quel posto.

28

Fuori è freddo e l'aria è asciutta. Potrebbe finire per nevicare, anche se lì non nevica quasi mai.

Ada e Matteo salgono in macchina e le strade sono intasate di traffico. I bambini a quell'ora escono da scuola, pensa Ada, ed è bello che qualcuno li prenda e li porti a casa. Le dispiace solo per quelli che arrivano nell'atrio della scuola e a prenderli non c'è ancora nessuno. I genitori non dovrebbero mai fare tardi. Sarebbe bello se i bambini non dovessero mai aspettare, fuori dalle scuole, con le maestre che li tengono per il polso e non fanno altro che guardare l'ora e sbuffare. Sua nonna non aveva mai fatto tardi, quando si trattava di andare a prendere Ada a scuola. Gli altri bambini qualche volta dovevano cercarli, quelli che li andavano a prendere, perché quelli che li andavano a prendere se ne restavano fermi, in macchina, in posti in cui le macchine non potevano stare. E avevano fretta di andarsene: quando i bambini li vedevano facevano facce strane e con dei gesti facevano loro capire di sbrigarsi, e allora tutti correvano verso le macchine e salivano senza neanche togliersi gli zaini dalle spalle.

Ada no. Ada non doveva cercare mai nessuno perché la nonna era sempre in prima fila. La nonna la macchina non ce l'aveva e non aveva neanche la patente, quindi, a casa, Teresa e Ada ci andavano a piedi. Ed era allora, mentre camminavano verso casa, che Ada le raccontava tutto quello che le era successo a scuola. Chi era riuscito ad arrampicarsi più in alto sulla palma in giardino, durante la ricreazione. Che ne era stato della ricerca che Cappiello aveva consegnato praticamente in brutta. Tutte quelle cose Ada le raccontava tenendo la mano a sua nonna. Il più delle vote saltellava. La nonna no. Ada pensava che non lo facesse perché doveva tenerle lo zaino. E allora certe volte lo zaino provava a tenerselo fino a casa; la nonna non saltellava comunque, ma andava bene così.

Una mattina Greta, una bambina che frequentava la III E, ma che era nella stessa classe di musica di Ada, le aveva chiesto che macchina avesse la nonna. Ada aveva capito che in fondo per qualcuno non era normale che loro due se ne andassero sempre a piedi, anche a fare la spesa, giù al centro commerciale, o in piscina, in cima a una salita dall'altra parte della città.

E allora aveva mentito. Lei lo sapeva dove stavano i nomi delle macchine: dietro, sopra le luci. Con la nonna li leggeva sempre, quando passeggiavano, e facevano anche un gioco. Ogni giorno sceglievano il nome di una macchina, e finché durava la camminata non facevano altro che contarle, e chi ne contava di più vinceva. La nonna non vinceva quasi mai, però. Comunque, quella mattina Ada aveva detto a Greta il nome di una macchina a caso. Greta aveva annuito e se ne era andata dalle sue amiche della III E a giocare a Sailor Moon. Quelle della III E giocavano sempre a Sailor Moon. Quelle della classe di Ada, invece, non ci giocavano mai.

Quando erano uscite da scuola, Greta si era avvicinata a Ada e alla nonna, e aveva chiesto dove fosse la macchina. La nonna allora aveva guardato Ada. Ada aveva stretto più forte la sua mano e aveva iniziato a camminare più svelta.

«Dietro l'angolo» aveva detto Ada, «proprio dietro l'angolo.» E aveva iniziato a correre, senza voltarsi a guardare se Greta la stesse seguendo. Durante il tragitto, lei e la nonna non avevano parlato di niente.

Alcuni mesi dopo, nonna Teresa si era messa a studiare. Roba da non crederci. Anche se non aveva neppure finito le scuole elementari, e a stento sapeva leggere e scrivere, si era messa in testa di dover prendere la patente. E alla fine l'aveva presa. E aveva anche comprato una macchina. Non bella come quella del padre di Greta, ma per loro due andava benissimo.

Qualche volta, anche dopo la patente e la macchina e il resto, il gioco della conta delle macchine avevano continuato a farlo. La nonna, dovendo guidare, non poteva tenere il conto per bene, e allora Ada aveva deciso di attribuirle un vantaggio, sempre. 15 macchine in più, come bonus. Alla nonna non riusciva di vincere neanche con il vantaggio.

Adesso, in mezzo al traffico, Ada ripensa a quella mattina. E alla faccia triste che la nonna aveva quel giorno, quando poi avevano pranzato.

"Scusa" vorrebbe dirle, "scusami tanto. Non mi importa della macchina, non mi importa di niente. Solo, per favore, torna a prendermi, fuori da scuola. Vienimi a prendere ancora, e andiamocene a casa. A piedi. Andiamocene a casa a piedi ancora, nonnina. Ancora una volta."

Il traffico non accenna a diminuire. Il freddo fa appannare i vetri e, se anche lì fuori ci fossero dei bambini, Ada non potrebbe vederli.

"Torna a prendermi, nonna" riesce solo a pensare.

29

Quando Ada e Matteo raggiungono il loft, ha iniziato a piovere. È una pioggia fitta e fredda, ma nessuno dei due corre verso la porta d'ingresso.

Matteo apre e fa entrare Ada. L'interno del loft è buio e gelido, anche dopo che Matteo ha acceso la luce e il riscaldamento.

Fuori pare debba piovere per sempre e la pioggia batte sul vetro sottile delle enormi finestre facendo un rumore infernale che, se anche uno dei due volesse dire qualcosa, sarebbe impossibile parlare. Ada si siede sulla poltrona senza togliersi le scarpe – e lei le scarpe se le toglie sempre, quando entra nel loft, perché, dice, le piace da morire sentire lo scricchiolio del legno sotto i piedi.

Matteo si sfila il cappotto e lo appoggia sul letto. Pensa che ci vorrebbe un camino, lì dentro. Ci avevano anche pensato, lui e Ada, avevano cercato un po' su internet e ne avevano trovato uno che faceva al caso loro. Uno di quelli moderni, di ghisa, che scendevano dall'alto e c'era il vetro su tutti i lati. Non lo volevano con decori né niente. Lo volevano a forma di cubo, loro, o a parallelepipedo.

Camini di quel genere costavano un occhio della testa. Per Matteo non era un problema, per Ada invece pareva che lo fosse. Matteo glielo aveva fatto capire che per lui non era un problema, in modo molto educato ed elegante. Ma lei aveva rifiutato. Andare in un negozio e prendere una cosa e basta non faceva per lei: lei le cose doveva cercarle, e se qualcuno le aveva usate prima di lei era anche meglio. Poi doveva confrontare i prezzi, e vedere che tipo era il negoziante. Che tipo fosse il negoziante era un affare di stato, per Ada. Era il genere di persona che li prendeva molto a cuore i negozianti, specie quelli che si capiva che erano in difficoltà. Più erano in difficoltà e più le piacevano.

Il negoziante dove avevano comprato la loro vecchia radio, per esempio. Nel suo negozio non aveva più niente, se non quella vecchia radio. Era una gran bella radio ma il prezzo era troppo alto. Per Matteo il prezzo troppo alto non era un problema neanche in quel caso, ma capiva che era una cifra praticamente folle. Quella volta, però, a Ada della cifra troppo alta non era importato e la radio l'avevano presa lo stesso.

Era per via del negoziante. Aveva spiegato loro che la signora a cui era appartenuta la radio era una violinista, o un'arpista – adesso Matteo non se lo ricordava più, ma Ada di sicuro sì – che un brutto giorno si era ammalata e non era più riuscita a suonare. Senza musica non ci riusciva a stare, e allora aveva comprato quella.

Matteo, a dirla tutta, non credeva tanto a questa faccenda della violinista o dell'arpista. Ada invece ci era diventata matta e aveva voluto la radio a tutti i costi. Quando l'avevano portata al loft, era così felice. Aveva abbracciato Matteo e avevano ballato in cucina, senza che la radio avesse nemmeno iniziato a suonare.

Da allora, ballare senza musica in cucina era diventata una specie di tradizione, per loro. Se dovevano festeggiare qualcosa, ballavano senza musica. Quando erano felici, ballavano senza musica. Non avevano bisogno di dirselo. Uno abbracciava l'altro e iniziavano a ballare.

Una volta Matteo, mentre ballava con Ada, le aveva chiesto cosa volesse fare da grande.

«Hai presente quelle bacheche che si tengono in cucina?» aveva detto lei. «Da grande voglio attaccare i disegni dei miei figli a quelle bacheche.»

Non avevano smesso di ballare, ognuno guardava oltre la spalla dell'altro.

«Quei disegni dove gli uomini e le donne hanno i busti rettangolari e mani enormi e la pelle rosa. E il cielo è solo una striscia azzurra, in alto, sul foglio. E poi voglio un'altalena, nella mia casa. Perché credo che i bambini abbiano diritto a due cose: sorprendere i genitori che ballano in cucina senza musica, e avere un'altalena in casa. Non trovi?»

L'aveva stretto appena più forte e allora lui aveva saputo di amarla.

Una volta, dopo aver comprato la radio, erano passati davanti al negozio, ma l'avevano trovato chiuso. Nessuno aveva avuto il coraggio di dirlo, ma avevano capito che sarebbe stato chiuso per sempre. La cosa aveva reso Ada così triste che per un po' non aveva più voluto accendere la radio.

Matteo ballerebbe senza musica anche adesso. Toglierebbe piano le scarpe a Ada e la farebbe ballare. Le comprerebbe persino una bacheca da appendere in cucina. Solo che, da quando Teresa s'è aggravata, tutte le volte che ha abbracciato Ada, l'ha sentita andare in pezzi, letteralmente. Come se le costole collassassero una sull'altra, come se non avesse più respiro.

Allora la lascia seduta in poltrona con le scarpe e tutto e apre due bottiglie di birra. Prende due bicchieri e li riempie. Uno lo porta a Ada, che lo guarda senza berlo.

«Il vecchietto della radio» dice Matteo, «l'ho incontrato l'altro giorno.»

"Che razza di bugiardo che è" pensa Ada.

«L'ho incontrato e mi ha detto che ora sta da un'altra parte.»

Ada ascolta, ma non chiede da che altra parte stia.

«Ha un nuovo negozio dell'usato e le cose gli vanno bene.»

Se mentire è un talento, Matteo quel talento ce l'ha.

Il cellulare di Matteo inizia a squillare, ma lui fa finta di non sentirlo. Potrebbe essere per quella dannata conferenza che ha a Losanna. Dura tre giorni. È per la conferenza, ha detto a Ada, che non può andare al funerale della nonna. Potrebbe dirle che è per la conferenza che il telefono suona, ma sa che non è per quello. È la sua compagna a chiamarlo. Lui lo sa. Forse anche Ada lo sa. Per questo non vale la pena mentire.

Continua a bere birra e il cellulare smette di suonare. Solo per pochi secondi, però. Poi una nuova chiamata riempie il silenzio del loft. Matteo allora si avvicina al cappotto, sfila il cellulare dalla tasca, guarda per un attimo il display e spegne il telefono.

È la compagna di Matteo, a chiamare. Ada lo sa ma non dice niente. Vuole solo sentire la storia del vecchietto e del suo nuovo negozio. Non le importa se le storie sono vere o no. Vuole solo che qualcuno gliele racconti, le storie.

«Gli ho chiesto se ha un grammofono.»

Da quando Matteo conosce Ada, sente spesso parlare di grammofoni. Non ha mai sentito parlare tanto di grammofoni in vita sua. Ada si sfila le scarpe e porta le ginocchia al petto. Quando fa così, la poltrona diventa di colpo enorme e lei piccola. Beve un sorso di birra.

«Dice che ne ha uno che funziona alla grande. Ho chiesto se può spedircelo. Lui ha risposto di sì.» Con un sorso finisce la birra. «Tra poco arriverà. Tra poco avremo un grammofono nuovo di zecca.»

Allora Ada inizia a piangere. Non come quando pare che le costole le si sfondino. Piange e basta, piano, con quel suo modo di occupare sempre meno spazio che può.

Matteo si inginocchia davanti alla poltrona. "Andrà tutto bene" vorrebbe dirle, e invece non dice niente. Ada gli accarezza la faccia e lui pare voglia dormirci, sopra a quella mano.

«Nonna mi chiamava pesciolino Wonder, come quello della *Sirenetta*» dice Ada. Ha smesso di piangere. «All'inizio pensavo si chiamasse Wonder. Ma poi ho capito che si chiamava Flounder. Quando il film è uscito, però, nonna diceva che noi al cinema non potevamo andarci. Un po' perché pensava che non potessimo permettercelo, un po' perché a lei il cinema non piaceva. Quando è uscito in cassetta, la nonna non aveva voluto saperne del videoregistratore.»

Ada beve piano la sua birra. Ha un modo di tenere il bicchiere che Matteo si chiede sempre dove lo abbia imparato, a tenere i bicchieri così.

«Sentivo le altre bambine a scuola, che parlavano della *Sirenetta*. Io dicevo di averla vista. L'album delle figurine ce l'avevo, e allora qualcosa riuscivo a inventarmi.»

La birra è finita, Matteo gliene versa un altro po'. Anche lui se ne versa un altro po'.

«A nonna non l'ho mai detto che il pesciolino si chiamava Flounder. Non volevo che pensasse che si era sbagliata. Solo che adesso...» Ada piange di nuovo e Matteo allora le asciuga le lacrime. «Dici che adesso lo ha scoperto che non si chiama Wonder? Magari adesso lo sa, e pensa di aver sbagliato. Come faccio a dirle che non ha sbagliato?»

Matteo le accarezza piano le lacrime una a una.

«Andrà tutto bene» le dice, «andrà tutto bene.»

30

La mattina del funerale, Matteo si alza presto. Deve ancora preparare la valigia per la conferenza di Losanna. Poi vorrebbe preparare anche la colazione per Ada ma in cucina non c'è niente con cui mettere insieme una colazione decente. C'è solo il tè, che andrebbe bene per colazione, se Ada fosse abituata a mangiare come le persone normali. Il fatto è che Ada mangia il doppio, certe volte anche il triplo. E questa cosa a Matteo piace molto, perché quando sono fuori è bello che si possano fermare ovunque senza che lei chieda se nel menu ci sono insalate di farro, frullati o cose così. A Matteo le ragazze che ordinano petto di pollo ai ferri mettono sempre un po' tristezza.

Comunque, Matteo prepara il tè e si mette cercare biscotti o qualcosa che ci assomigli. Loro due non sono mai stati particolarmente ordinati, quindi magari i biscotti ci sono, ma non dove uno normalmente li andrebbe a cercare.

È stato attento a fare poco rumore, ma Ada si è svegliata lo stesso. Forse non ha mai davvero dormito, quella notte, comunque adesso è sveglia anche se fa finta di no.

Lo faceva anche con sua nonna. Teresa si svegliava prestissimo, e per prima cosa metteva sul fuoco il caffè. Era quello il momento in cui si svegliava Ada: quando il fuoco veniva acceso. Poi la nonna andava sempre a controllare la stanza di Ada. Cosa controllasse davvero Ada non lo aveva mai capito, ma sapeva che lei controllava. Qualche volta, forse, controllava che le coperte fossero al loro posto. O forse che nella stanza non facesse troppo caldo, o troppo freddo. Stava attenta a fare piano. Non muoveva una goccia d'aria. Ada però si svegliava comunque, solo che faceva finta di dormire ancora. Le dispiaceva che sua nonna pensasse di non aver fatto abbastanza piano. Poi, quando la nonna usciva dalla sua stanza, l'odore del caffè riempiva la casa e lei si addormentava ancora, finché non era davvero ora di alzarsi.

Matteo è stato attento a non fare rumore. Ada ha finto di non svegliarsi, ma il punto è che sa che mai nessuno sarà attento come sua nonna a non fare rumore. Nessuno verrà mai più a controllare dio solo sa cosa nella sua stanza nel modo in cui faceva sua nonna. Era questo che succedeva quando si rimaneva davvero soli al mondo?

Lei non avrebbe mai più dovuto far finta di non essere sveglia, come faceva con sua nonna, perché nessuno si sarebbe più preoccupato così per lei.

Matteo bacia la fronte di Ada, tiene in mano la tazza di tè. Vorrebbe ricordarsi la canzoncina che Teresa le cantava per darle il buongiorno. Ada gliela canta sempre, per dargli il buongiorno. Qualche volta gliela scrive anche, se sono distanti. Ma adesso lui proprio non se la ricorda.

"Forse è meglio così" pensa. "Forse è meglio che non le rovini il ricordo."

«Sicuro di non poter partire qualche ora dopo?» gli chiede Ada.

Matteo rimane in silenzio e annuisce. Pensa di non essere mai stato utile, ai funerali. Veramente pensa che nessuno sia utile ai funerali. Forse sono i funerali a essere inutili. Tutta quella gente costretta a sedersi e alzarsi e rimanere composta. Lui, per esempio, non sa mai quando è il momento esatto per andare a salutare i parenti stretti del defunto. Alla fine della funzione: questo lo sa. Ma si forma sempre quella specie di coda e la gente non sa stare in fila e allora spesso sei costretto a guardare chi ti sta vicino per sapere se è davvero il tuo turno per le condoglianze. E te ne stai lì indeciso, mentre il familiare del defunto, magari, neanche si accorge di te, e vuole solo andarsene lontano dalla chiesa e dalla gente.

E poi, quando la bara viene portata via, magari i portantini fanno una fatica pazzesca a caricarla. E tu li vedi, che fanno fatica, ma nessuno fa mai niente, il più delle volte. C'è un tale silenzio, i portantini si devono parlare tra loro per coordinarsi, devono parlare sotto voce. Ma li senti lontano un miglio, che parlano, perché tutti stanno zitti.

A Matteo viene sempre da pensare ai familiari, costretti a sentire un portantino che dice all'altro di fare più piano, o alzare di più, o di meno.

Un'altra cosa che non sopporta dei funerali è il brusio, quando il carro funebre e i parenti alla fine se ne vanno, e gli altri iniziano a parlare più forte. E il morto invece non può mica parlare. E i familiari magari vorrebbero parlare anche loro, ma loro mica ce la fanno. Non hanno nemmeno il fiato, loro. E non c'è niente che possa ridarglielo.

I funerali sono inutili, pensa Matteo. Non c'è mai il posto giusto in cui stare.

«Non ho un vestito nero» dice Ada, «neanche uno, da nessuna parte. Forse ho un maglione, nero.»

Il maglione non può metterselo, immagina. Sua nonna non lo riterrebbe appropriato. Lei era esperta di funerali. E di cose che iniziano. A Ada però un vestito nero non lo aveva mai fatto comprare; voleva sempre che si vestisse di rosso, diceva che le stava bene. Magari pensava che Ada non sarebbe mai dovuta andare a un funerale. Anche questo, pensa Ada, nessuno lo avrebbe mai fatto come sua nonna: credere ostinatamente che a lei di cose brutte non ne sarebbero mai capitate.

Matteo pensa che aveva ragione, sua nonna, a farle comprare solo vestiti rossi. Sta bene, Ada, con il rosso. Ada è pallida di quel pallore che, appena le metti qualche colore addosso, pare che il volto le si scolpisca. Ha le labbra scolpite, e gli occhi scolpiti. E poi qualche volta arrossisce e gira gli occhi altrove. E Matteo ci perde la testa, ogni volta che lei arrossisce e gira gli occhi altrove.

"Vestiti di rosso" gli verrebbe da dire, "vestiti di rosso che ti sta bene e tua nonna sarebbe contenta." Non parla, invece. Dice solo che ha un cappotto, nero, e il cappotto andrà benissimo, perché tanto dentro le chiese fa sempre freddo. E poi nessuno ci fa più caso, al nero.

«Mi accompagni a prendere la macchina?» chiede Ada. «Per favore.»

Dice sempre "per favore", lei, anche quando ti chiede le cose fino allo sfinimento. Deve averlo imparato da sua nonna, a chiedere per favore. Come se a loro niente fosse stato dovuto. Mai.

31

La Seicento di sua nonna, Ada l'ha guidata sì e no tre volte. Da quando l'aveva comprata, Teresa aveva sviluppato una specie di culto nei suoi confronti. Non che non gliela volesse prestare, questo no. Ma le piaceva averla sempre a disposizione e pulita. La gente anziana è così: deve avere sempre la macchina pulita e a disposizione. Non si sa mai dove devono andarci, con la macchina pulita, ma loro devono avercela.

La Seicento è pulita anche adesso che non si muove da un anno, forse. Dentro c'è l'odore del deodorante Millefiori per auto: la prima volta che l'avevano comprato, non sapevano come si montasse e il profumo si era versato tutto, così la Seicento non ha mai realmente smesso di profumare a quel modo.

Ada prova a farla partire, ma il motore, a giudicare dal rumore, deve essersi ingolfato. "Il rumore delle cose che iniziano" pensa Ada. Anche la Seicento che non parte fa il rumore di una cosa che inizia. Sua nonna le direbbe così.

E le direbbe di avere pazienza e ascoltare. Ada ascolta e ha pazienza. Non fa altro che avere pazienza, lei.

E alla fine la Seicento parte. La manterrà pulita, vorrebbe dire a sua nonna. Ma forse lei non può sentirla. E se anche la sentisse, non ci crederebbe: Ada non è capace di tenere le cose in ordine. In fondo la nonna esisteva per questo: per tenere in ordine le cose di Ada.

Fuori dalla chiesa, c'è una piccola folla di donne anziane vestite di tutto punto per il funerale. Dove hanno imparato a vestirsi così bene per un funerale? Ada vorrebbe chiederlo, ma loro non risponderebbero. Sono così, quelle come sua nonna, le cose le sanno e basta. Anzi le fanno e basta, senza sapere da dove vengono, perché è così. È così e basta.

Ada immagina che siano lì perchè incrociavano la nonna al mercato o posti del genere. Tutte queste signore sono quelle che incontri alle otto di mattina e hanno già la busta della spesa piena e sembra sempre che abbiano una fretta del diavolo e tante di quelle cose da fare che non si può avere idea, proprio non si può averla. A Ada piacciono, le signore così, perché, anche se hanno sempre una fretta del diavolo, alle otto di mattina le cose fondamentali trovano sempre il modo di dirsele. Loro lo sanno cosa è fondamentale. Solo che non sanno dirti come riconoscerlo.

Ada non fa in tempo a salutare tutte le amiche della nonna. Il carro funebre è arrivato e una regola sui funerali se la ricorda persino lei: bisogna prendere posto prima che la bara venga messa al suo, di posto.

Non le riesce di pensare a niente. Non le riesce di ascoltare il prete che parla. Pensa che la gente ha un modo strano di muoversi durante i funerali. Alcuni non fanno altro che annuire, per esempio. Altri infilano e tolgono gli occhiali. Poi ci sono quelli che entrano ed escono dalla chiesa; a Ada quelli non piacciono. Lo diceva sempre, Teresa: «Se non te la senti, resta fuori. Nessuno avrà il coraggio di recriminare. Se invece te la senti, rimani dentro e cerca di stare composta».

Lei ora non se la sente. Se potesse lo direbbe a sua nonna. Lei allora le darebbe una carezza e la lascerebbe andare fuori. Adesso, invece, nessuno sembra disposto a darle carezze. In molti sono lì per lei, certo, ma non c'è nessuno a cui possa chiedere il permesso per andare fuori. E allora se ne sta seduta nella sua panca, in prima fila, sempre attenta a occupare meno spazio che può.

Giulia ha trovato posto nella fila accanto, così se Ada si gira, può incontrare il suo sguardo. Non è come la carezza che le darebbe sua nonna, ma è quasi come. Si aspetta che da un momento all'altro Giulia le si avvicini e si metta a spiegarle qualcosa sul sangue e le piastrine. Ma Giulia è lì che si inginocchia al momento giusto, senza aspettare di vedere quando lo fanno gli altri, e Ada pensa che ora non può più spiegarle niente.

Quello che succede durante la funzione, Ada lo vede come se fosse altrove. Si alza quando deve. Si rimette a sedere quando deve. Fa anche la croce sulla fronte, sul mento e sul cuore. E poi sente il rumore che fa l'incensario mentre il prete benedice la bara. È il rumore delle cose che iniziano, quello? Ada teme che non saprà più riconoscerlo, quel rumore lì.

Sente l'odore d'incenso e stringe mani quando è ora di scambiare il segno di pace. Le verrebbe da chiedere a tutti: "Per favore, posso andarmene, ora?".

Nel giro di poco, comunque, la funzione finisce e davanti a Ada si forma una fila di parenti, amici e conoscenti pronti a salutarla. Le dicono di farsi forza, e quel genere di cose che si dicono ai funerali. Alcuni non dicono niente. Lei annuisce e ringrazia.

Giulia ha aspettato che gli altri finissero, prima di avvicinarsi. L'abbraccia e per un po' non dice niente. Poi le stringe le spalle con le mani, la scuote appena.

«Sei forte, almeno quanto Teresa.»

Ada tace. Lascia che Giulia la prenda sottobraccio e l'accompagni verso l'uscita. Ferme in cima alle scale dell'ingresso, si abbracciano ancora. Giulia le chiede scusa perché non può accompagnarla al cimitero. Il suo compagno è venuto a prenderla: lui deve partire e lei deve tornare in ospedale. Una cosa deve ricordarsela però: «Se hai bisogno, chiama. Anche se non hai bisogno. Per qualsiasi cosa, io ci sono».

Ada la ringrazia e dice che lo farà, che chiamerà. Guarda Giulia scendere svelta. Nel silenzio del piazzale riesce a sentire il rumore dei suoi passi. È bello vedere che lei può ancora andare verso qualcosa.

Ada con lo sguardo passa in rassegna le auto ferme lungo la strada e si chiede quale possa essere quella del futuro marito di Giulia. Dai tempi del gioco delle macchine con la nonna, ha sempre avuto un buon intuito nell'associare le persone alle automobili. Mentre le scorre con lo sguardo, le pare di vedere la macchina di Matteo. Saperlo lì le crea una breve vertigine che la distrae da tutto. Ed è come se per un momento non vedesse Giulia salire proprio in quella macchina.

Un attimo prima che tutto crolli, le cose si fanno più nitide, lo sguardo privo di zone d'ombra. Ada, come la prima volta che lo aveva visto al bar dell'ospedale, riconosce Matteo in un riflesso, il volto rifratto nel retrovisore. È un lampo, eppure lei riconosce tutto: il modo di cercare le Marlboro rosse, quello di immettersi nella corsia senza guardarsi intorno, quello di piegare la testa per porgere la guancia al bacio svelto che Giulia gli dà.

Un quadro definitivo, molto più immobile e duraturo di quanto lo sia in realtà.

Poi tutto crolla. E ogni detrito è una lama.

32

Ada guida la Seicento verso il cimitero. Segue il carro funebre. La strada le pare acciaio che fonde. Tutto le pare acciaio che fonde. Anche i pensieri colano uno sull'altro.

Solo una cosa è limpida: il rumore della calce impastata per chiudere il loculo. Capisce subito che quel rumore lo ricorderà per tutta la vita. Durante l'intera procedura, ha creduto di stare per vomitare almeno in due momenti, ma è rimasta in piedi e composta, come avrebbe voluto sua nonna. Ha stretto le mani a tutti. Si è lasciata accompagnare all'uscita da una vicina di casa.

Adesso la donna, ferma sul cancello, le dà due baci in fronte. Lei non dice niente. Le viene voglia di correre via, come se la terra dietro di lei iniziasse a franare.

Chiude piano lo sportello della Seicento, respira il profumo del Millefiori. Le viene di nuovo da vomitare. Lascia cadere la testa all'indietro, come le aveva insegnato la nonna: diceva che così la nausea passava.

Pensa alle volte che Matteo le ha detto che doveva partire.

Non partiva, si dice, non andava da nessuna parte. Andava da Giulia. Faceva l'amore con lei e due ore dopo andava a scegliere le peonie con Giulia. Non c'era nessuna relazione che stava finendo. C'era Giulia. E c'era il matrimonio.

Chissà se dormendo si abbracciano. Chissà se cerca le sue mani nella notte come fa con le sue. Era stato Matteo a scegliere l'anello che Ada pensava non avrebbe mai scelto. Chi era, lui? Chi era quello che l'aspettava a casa con addosso le magliette dei supereroi? Esisteva davvero?

Fa appena in tempo ad aprire lo sportello prima di vomitare. In gola ha il sapore del tè che Matteo le ha servito per colazione. L'aria si è fatta più fresca e il sole sta per tramontare. Il freddo le toglie un po' il senso di vertigine. Mette in moto e imbocca una strada qualsiasi.

Lo faceva anche con la nonna, qualche volta. Passavano i pomeriggi così, a guidare senza meta, con Ada che chiedeva di girare prima da una parte e poi da un'altra. Ada ora sceglie solo strade senza semafori, l'idea di fermarsi le pare insopportabile.

Non ha un posto dove andare. Non ha il coraggio di tornare a casa della nonna. Lo sa ma non lo pensa. Non riesce davvero a pensare che non può tornare in ospedale. Non può correre sulle scale antincendio ad aspettare Giulia. Non potrà più andarci, non potrà mai più guardarla in faccia. Non può andare al loft. Quel posto, ora lo sa fino in fondo, è solo la tana di un uomo che non conosce. Lo specchio di qualcuno che non esiste. Non c'è nessun Matteo, nessun abbraccio a cui tornare.

La nonna è morta. È chiusa dentro un loculo. Il rumore della calce stesa a fresco è lì a ricordarglielo. La nonna è in un posto lontano. Non c'è. Non ci sarà più.

Ha iniziato a piovere forte, Ada ci mette un po' ad accorgersene e ad attivare i tergicristalli. Per un po' prova a tenere tutto in equilibrio. Respira a fondo. È come se con le braccia cercasse di tenere in piedi pilastri troppo logori per reggere qualsiasi peso. Mentre lo fa, accelera. La Seicento in certi punti perde stabilità, ma non le importa. Per un attimo, l'idea che tutto ceda e che si sollevi una gran polvere le pare una consolazione. Potrebbe rimanere in mezzo alla nebbia per sempre, si dice, non importa cosa troverebbe una volta sedimentata la polvere. Invoca un terremoto interiore che non lasci scampo a niente. Accelera ancora e ancora.

Una macchina esce da un parcheggio. Chi la guida non vede la Seicento arrivare. Ada però non ha spazio per evitarla. Va veloce e sotto il diluvio sa che non può inchiodare. È brava a guidare. Non potendo inchiodare, sa che farebbe bene a decelerare e frenare appena.

Decelerare e frenare appena è quello che fa.

Poi, è come se guardasse la scena da fuori. Come se lei fosse rimasta ferma, qualche metro indietro, mentre la Seicento, con il suo corpo dentro, continuava ad andare.

Tutto pare muoversi più piano, eppure niente della violenza con cui andrà a sbattere le sfugge. È come se si osservasse dalle spalle, ora. Sente sua nonna dirle che andrà tutto bene.

"Andrà tutto bene" pensa. Aspetta l'impatto.

33

Un carabiniere batte i palmi delle mani sul finestrino. Ada ci mette un po' a capire che vuole farla scendere. Dietro di lui ci sono un paramedico e una ragazza. Dev'essere la conducente dell'altra auto, quella che non l'ha vista arrivare. È in piedi e pare che stia bene. Alcuni passanti si sono fermati a guardare la Seicento.

Ada ha chiuso gli occhi durante l'impatto, e quando li ha riaperti, le è riuscito solo di portare le ginocchia al petto, piegare la testa e rimanere immobile. È finita nel sedile del passeggero. La Seicento deve aver fatto un testa coda.

Ada non muove niente e non pensa a niente. È come se sperasse che, rimanendo immobile, questo momento possa accartocciarsi su se stesso e sparire. Potrebbe rimanere immobile finché non smetterà di piovere, e la gente sarà stanca di aspettare che lei esca dalla macchina. Farà giorno e allora ognuno avrà le sue cose a cui pensare e tutti si dimenticheranno di lei e della Seicento.

Il carabiniere urla qualcosa. Indica il fumo che esce dal motore: a farlo urlare è la paura che la Seicento possa prendere fuoco. Eppure non si muove da lì. Non si muovono neanche il paramedico e la ragazza. "Andate via" vorrebbe dire Ada. "Lasciate che vada a fuoco." Ma loro non se ne vanno. E allora lei scende dalla macchina.

Guarda la ragazza, quella che forse guidava l'altra auto, ma è come se non la vedesse. "Quella ragazza potrebbe essere morta" è tutto quello che riesce a pensare. Potrebbe averla ammazzata lei.

Il paramedico la prende per un braccio e la aiuta a salire sull'ambulanza. Da lì sopra, Ada può ancora vedere tutti. Il carabiniere. L'altra ragazza. I passanti che si sono fermati a guardare. Pensa che potrebbe aver ammazzato anche loro, durante il testacoda. Il fatto che lei sia viva, che gli altri siano vivi, è come se per Ada fosse soltanto una delle ipotesi possibili. Se solo la luce che illumina la scena si spostasse di qualche grado, le cose potrebbero andare in modo diverso, non sono solo ipotesi ma una serie di realtà compresenti. In tutte, l'unica cosa a rimanere invariata è la colpa che Ada sente di avere.

Il paramedico le dice di stare tranquilla: «Non è successo niente».

"Potrei aver ammazzato qualcuno" pensa Ada. "Mia nonna è morta. E l'uomo che amo sta per sposare la sola persona che ha provato a salvarla."

«Va tutto bene» ripete il paramedico.

Il carabiniere guarda l'ambulanza allontanarsi. Il suo collega ha già provveduto a chiamare il carroattrezzi. La sola cosa della Seicento rimasta al suo posto pare essere il deodorante Millefiori. Sale in macchina per recuperare i documenti che gli occorrevano per sistemare le pratiche, una volta giunto il carroattrezzi. Il portaoggetti non si apre. Dietro al sedile del passeggero, il carabiniere vede il telefono di Ada. Lo prende, guarda le chiamate effettuate. C'è praticamente solo un numero. Chiama quello.

34

Matteo, dopo il funerale, ha accompagnato Giulia al lavoro. Guidando, le ha tenuto la mano sul ginocchio più a lungo del solito. Quando ha accostato, poco lontano dall'ingresso dell'ospedale, Giulia gli ha chiesto quanto starà via. Da tanto non glielo chiedeva. Lui le ha spiegato che sarebbe partito subito. Avrebbe dormito lì. In mattinata sarebbe andato alla conferenza e il giorno dopo, a metà pomeriggio, sarebbe stato di nuovo a casa. Non ha avuto bisogno di mentire, questa volta.

Giulia gli ha dato un bacio sulla guancia. «Guida piano.»

«Certo» ha detto lui.

Ha guidato piano davvero. Quando ha preso l'autostrada, ha iniziato a fare buio.

Pensa a Ada, da sola al cimitero. Forse avrebbe dovuto fare un salto almeno lì. Avrebbe potuto darle una mano con le faccende burocratiche e tutto il resto, ma ormai aveva spiegato a Ada quanto fosse importante quel viaggio. Non ha avuto bisogno di mentire neanche a lei. Da tanto tempo non gli capitava di non dover mentire a nessuna delle due. Forse non gli era mai capitato. Immagina che a questo punto dovrebbe chiedersi per quanto davvero possa andare avanti così.

Poco prima, fuori dalla chiesa, quando è andato a prendere Giulia, è ripartito alla svelta e ha pensato di averla fatta franca. Quando gli capita, quando pensa di averla scampata, inizia a ridere per niente. Gli succedeva anche a scuola: quando la professoressa di fisica spiegava qualcosa di incomprensibile, lui rideva. Era una cosa senza significato, se ne rendeva conto. Ma non poteva controllarlo.

Adesso, comunque, non gli viene più da ridere. Da quando è iniziata la storia con Ada, continua a dirsi che, come in certe rapine messe in scena nei film, se gli ostaggi faranno quello che vuole il rapinatore, nessuno si farà male. Non saprebbe neanche dire chi in questo caso sia il rapinatore, chi l'ostaggio. Ma che nessuno si farà male continua a ripeterselo.

Lasciare Giulia è una cosa che non ha mai preso in considerazione. Tutto con lei procede in modo ovattato su binari che consentono di viaggiare a una velocità confortevole. Non si sono mai dovuti chiedere a che punto del viaggio fossero.

E poi non le farebbe mai del male. Non farebbe del male a nessuno, proprio come i tizi dei film con le rapine. Ma soprattutto non farebbe del male a Giulia.

Certe volte fatica a crederci, alla faccenda del non fare male a nessuno. Persino Ada gliel'aveva detto, in un'occasione, quando era venuto fuori il discorso della sua compagna. Che poi lui non l'aveva mica del tutto ammesso, di averne una: aveva solo detto che stava tutto finendo. Comunque Ada, quando lui aveva assicurato che non avrebbe fatto del male a nessuno, aveva detto: «Lo stai facendo a me». Sottovoce, ma lo aveva detto. E allora lui era rimasto in silenzio.

A lei ne stava facendo, questo era fuori discussione. Ma a Giulia non ne avrebbe fatto. Giulia era una parte di lui, come un braccio o una gamba. Come fai a far del male intenzionalmente a un tuo braccio o a una gamba? Neanche ti accorgi di averle, le braccia e le gambe. O almeno, non ti accorgi di averle finché funzionano o non si rompono e non ti fanno male. E adesso lui se ne sta accorgendo. Allora, forse, qualunque parte di lui sia Giulia, quella parte si sta rompendo.

Dev'essere colpa di Ada. O magari Ada è come la fasciatura che gli consente di rimandare il momento in cui dovrà presentarsi dal dottore ad ammettere che qualcosa gli fa male e che forse è tutto rotto.

Gli viene da maledirla, Ada.

Una volta aveva letto un racconto in cui un tizio, da piccolo, aveva tirato una pietra a una bambina e non si capiva perché lo avesse fatto. Da adulto ci ripensava, o forse era il fratello a ripensarci. Comunque alla fine si capiva il motivo per cui la pietra era stata lanciata: la bambina era troppo bella. Ecco tutto. Anche Ada è troppo bella. È bella al punto da fargli venire voglia di tirare pietre. Ogni volta che sono insieme e lei per qualche motivo deve lasciare la stanza, lui non riesce a stare tranquillo. E si mette a fissare la porta da cui lei tornerà, e quando torna, non può fare a meno di andarle incontro e abbracciarla.

Ci farebbe l'amore ovunque. Se la mangerebbe, anche. Per stare sempre con lei e non sentirne la mancanza. Perché la mancanza di Ada, Matteo, la sente anche quando ce l'ha a un metro di distanza, anche quando le stringe le mani. Deve sentirsi il suo respiro addosso, la sua pelle, addosso, per non soffrirne la mancanza. Non conosce le droghe, ma si è convinto che lei gli faccia quell'effetto. In tutti quei mesi, mentre era in giro per lavoro, si sentiva costretto ad accostare, anche mentre guidava, e a chiamarla. Anche solo per sentirsi dire «ciao».

Guarda l'ora. A questo punto, Ada avrà finito anche con il cimitero. Forse dovrebbe chiamarla.

L'autostrada si sta svuotando, è l'ora in cui tutti si fermano per cena. Uno dei momenti che preferisce: gli piace vedere le famiglie scendere dalle auto e andare verso gli autogrill. I bambini che saltano fuori dalle macchine gli mettono allegria. Alcune delle madri hanno l'aria nervosa di chi non ha abbastanza spazio per i bagagli extra, o di chi, quei bagagli, ha dovuto prepararli troppo alla svelta mentre il marito rimaneva sul divano a non fare niente. A queste non fa troppo caso. Matteo guarda solo quelle che saltano fuori con la stessa velocità dei loro bambini. Rimarrebbe a guardarle per un sacco di tempo, si piazzerebbe nel parcheggio di un autogrill ad aspettare una di quelle mamme lì.

Quando vede sul telefono la chiamata di Ada, si maledice per non aver chiamato prima lui. Inizia a pensare a una scusa per non averla ancora chiamata: quando vuole, riesce a inventarne in meno di un secondo. Una volta ha persino fatto finta di essere in viaggio con un collega straniero, e ha detto che non gli andava di farlo assistere a una chiamata in una lingua che non capiva. Avrebbe anche potuto inventarsi di essere stato al matrimonio del collega, avrebbe potuto inventarsi i dettagli delle bomboniere, se avesse voluto. Ci mette un attimo, lui, a inventare cose così.

Stavolta, comunque, non gli viene in mente niente. Dice: «Pronto» sforzandosi di non assumere un tono troppo eccitato. Dall'altra parte, però, non sente la voce di Ada, ma quella di un uomo. E questo non gli consente di capire quello che l'uomo dice. Ascolta una parola ogni quattro. Una di quelle che riconosce è "appuntato". Fa fatica a credere a che velocità può muoversi il pensiero, quando si avverte una minaccia. Non sa se accostare o accelerare.

«Dov'è Ada?» urla. «Mi dica dov'è Ada!»

«La ragazza è stata condotta all'ospedale.»

«Quale ospedale?»

Il carabiniere ha smesso di chiedergli di stare calmo. Matteo chiude la telefonata e calcola a mente quanto manca alla prossima uscita e il resto della strada per arrivare all'ospedale.

Chiama la sua segretaria. A quell'ora ha il telefono spento e lui è contento di sentire la segreteria che lo invita a lasciare un messaggio.

«Non posso essere alla conferenza di Losanna domani. Fissa un altro appuntamento. Passa una buona serata.» Sembra meccanico, come la voce registrata.

Lungo la rampa dell'uscita dell'autostrada, pensa a quella promessa che Ada gli ha fatto fare una notte. L'aveva convinto a giurare che avrebbe fatto di tutto perché la sua testa rimanesse intera. Mentre percorre la rampa a una velocità non congrua con la promessa che ha fatto, si pente di non averle mai detto lui, di stare attenta.

Pensa di chiamare il pronto soccorso dell'ospedale per farsela passare. Se sentisse la sua voce, potrebbe capire come sta, sapere se è spaventata. Sapere se è intera.

Gli torna in mente la paura che Ada ha delle lame e dei tagli. Glielo aveva detto una mattina, quando, seduta sul lavandino, si era messa in testa di fargli la barba. Con la schiuma era stata bravissima, pareva non avesse mai fatto altro. Poi invece, con il rasoio in mano, gli era sembrata impacciata e lentissima. A lui non era importato: Ada aveva addosso soltanto una camicia e gli teneva le gambe nude intorno ai fianchi. Per quel che lo riguardava, ci avrebbe potuto mettere tutto il tempo del mondo a fargli la barba. A guardarli da vicino, i suoi occhi erano ancora più blu, ed era bello vederla concentrata soltanto su di lui.

«Scusa, sono lenta» aveva detto a un certo punto. «È che ho paura di tagliarti. Io odio il sangue e le lame, e anche la sensazione della pelle tagliata. Mi spaventano.»

Gli aveva dato il rasoio e gli aveva chiesto di finire lui. Matteo non l'aveva ascoltata. Aveva lasciato il rasoio, si era tolto la schiuma da barba con un asciugamano. Aveva preso la testa di Ada fra le mani e l'aveva guardata dritta negli occhi finché ogni traccia della concentrazione era sparita. L'aveva baciata e poi l'aveva guardata di nuovo senza smettere di stringerle la testa e poi i capelli.

Quando aveva iniziato a entrarle dentro, però, non aveva più avuto il coraggio di guardarla. Aveva nascosto la testa nell'incavo del collo di lei. Non si era guardato allo specchio. Non aveva più guardato niente. Come faceva certe volte, andando sott'acqua: chiudeva gli occhi e tratteneva il respiro, e aspettava che un senso di vuoto si facesse strada dentro di lui, fino al punto in cui aveva la sensazione di cadere, anche se dentro l'acqua non si cade mai e anzi, pare di volare, quasi.

Si chiede se qualcosa della Seicento, nell'impatto, non si sia trasformato in una lama. Saperla spaventata lo riempie di rabbia. Quando ha paura, Ada perde quasi ogni grazia, gira lo sguardo altrove e i suoi occhi paiono grigi.

Doveva dirle di stare attenta. Doveva dirglielo ogni volta che gli si presentava l'occasione. Lo ascoltava, lei. Lo ascoltava sempre. E se l'avesse ascoltato, non ci sarebbe stato alcun incidente.

Solo adesso si rende conto di averla sempre immaginata fuori dalla realtà, indenne da qualunque minaccia. Ora che ha paura che si sia fatta del male, pensa che è tutto vero. È vera quella paura. È vera Ada. È vero quello che fanno insieme da mesi. È vero che lui sta per sposarsi e che, se non finirà come nelle rapine dei film, in cui nessuno si fa male, è solo colpa sua.

35

In ospedale, il paramedico ha insistito per accompagnare Ada con la sedia a rotelle fin nella sala visita. Lei si è rifiutata, ha ringraziato e si è incamminata da sola. Quando, in sala visita, le hanno scoperto le gambe e ha visto l'enorme ematoma che copriva quasi tutta la coscia destra, si è resa conto che era come se non le appartenesse. Era certa di non avere nulla di grave. E quando poi le hanno detto che avrebbero dovuto comunque fare degli accertamenti, avrebbe voluto dire che non servivano. Ma sapeva che stavano soltanto facendo il loro lavoro, e ha cercato di lasciarglielo fare creando meno disturbo possibile.

Nella sala riposo, le lettighe sono divise le une dalle altre con un telo. Non tutti i teli sono tirati e Ada può vedere chi le sta intorno. La lettiga di fronte alla sua è occupata da un ragazzo. Ha la sua stessa età, o forse è un po' più giovane. Dorme. Nella sedia accanto, c'è una donna, la madre del ragazzo, probabilmente. La donna passa una mano sull'altra e pare non pensi a niente. Quando guarda Ada, lei le sorride. Anche la donna accenna a un sorriso, poi torna subito a guardarsi le mani.

"Passare dall'altra parte" pensa Ada "non ha cambiato nulla." Essere la paziente, e non la persona accanto al paziente, le ha solo consentito di non tornare a casa. La polvere che aveva sperato coprisse ogni cosa non ha coperto niente. Ha solo reso tutto più sporco.

Pensa che dovrebbe chiamare Giulia. Dirle tutto. Assumersi le sue responsabilità. Possibile che non si sia accorta di niente? Quanto era capace di mentire Matteo? Ora capisce solo questo: Giulia deve sapere. Non può sposare uno che non conosce. Lei è una che, prima di decidere, ha bisogno di tutte le informazioni possibili. Lo ha visto accadere guardandola, giorno dopo giorno, in reparto. Non dà mai niente per buono, se prima non ha controllato uno per uno i dati con i suoi occhi. Adesso tocca a Ada metterle ogni dettaglio davanti.

Sente una forte pressione sulla tempia destra, il bisogno di chiudere gli occhi. Passa una mano lì dove crede di sentire dolore e percepisce un rigonfiamento, qualcosa come la superficie di un'escoriazione. Non se n'era accorta. Forse è per quella che in sala visita le hanno guardato le pupille più a lungo di quanto si immaginasse. Le hanno fatto tutte quelle domande stupide tipo come si chiamava, e dove si trovava. Le hanno chiesto che giorno fosse. "Quello in cui ho seppellito mia nonna" ha pensato di rispondere. Dev'essere per quell'ematoma, e per quella risposta che forse non ha dato, che il medico ha parlato di TAC.

Si è sentita in colpa, quando ha capito che le avrebbero fatto una TAC. Non le serve. Sa quanto devono aspettare quelli fuori dell'ospedale, fra un controllo oncologico e un altro. Le verrebbe da dire: "Chiamate uno di loro al posto mio. Non importa se è notte". Sa che c'è sempre qualcuno, a casa, che aspetta di sapere a che punto è la bestia che cova dentro.

Tenere gli occhi chiusi le fa venire la nausea. Le hanno lasciato una piccola busta di cartone e le hanno detto di avvertirli, nel caso avvertisse una forte nausea. Lei la nausea ce l'ha da quella mattina. La botta alla testa non c'entra niente.

Continua a pensare: "Se fossi io a non conoscere Matteo?". Ci ha fatto l'amore quasi tutti i giorni, negli ultimi mesi. Ha creduto di saper capire quando era stanco o arrabbiato dal modo in cui respirava prima di prendere sonno, dal modo in cui teneva gli occhi chiusi o aperti, un attimo prima che tutto finisse mentre lui era dentro di lei. Può bastare, questo?

Giulia dorme accanto a lui da quanto? Dieci anni? Di più? Di meno? Le ha viste tutte, queste cose? Ha reso loro giustizia? Chi sbaglia? È lei a sbagliarsi? È Giulia? Forse nessuna delle due sbaglia. Forse è Matteo a essere diverso.

La nausea non passerebbe neanche se Ada se la staccasse, la testa.

Un'infermiera varca l'invisibile soglia del telo non tirato intorno alla lettiga. «Come si sente?» chiede.

Ada prova a mettersi seduta meglio che può, e pensa a

tutte le volte che lo ha visto fare a sua nonna. Quando la trovava semiseduta, con la schiena appoggiata alla sponda del letto nella stanza 9, credeva di sapere che stava meglio. "Non stava meglio" immagina ora. "Tentava di mostrare una forza che non aveva. Aveva paura di scoprire quanto brutte fossero le sue condizioni leggendo la preoccupazione nello sguardo di chi si prendeva cura di lei."

«Bene» risponde Ada.

«Avverte nausea?»

«Nessuna nausea.»

«Mi chiami, se ha bisogno. Glielo hanno mostrato il pulsante per chiamarci?»

Ada annuisce. Glielo hanno mostrato, ma lei non ha guardato. Sa dov'è, comunque. Quando l'infermiera si allontana, sente provenire dalla zona del triage una voce che scandisce il suo nome. La riconosce, anche se sembra rifratta in uno di quei marchingegni per camuffarla.

Come certi animali quando percepiscono una minaccia, Ada, sentendo i passi di Matteo, decide di rimanere immobile. Non darà segni di aver scoperto tutto, l'ha deciso ora. Vuole vedere fino a che punto può arrivare.

Quando lui tira il telo che separa la zona riservata a Ada dal resto della sala, per la prima volta, le pare maldestro. Poggia le mani sulla sponda del letto. Ha l'aria di un genitore che si sforza di non mostrarsi spaventato di fronte alle prime cadute del suo bambino. Vede Ada cosciente, vigile. Intera.

«Che hai combinato?»

Lo sguardo indugia sulla sua tempia destra, a lungo.

«Niente di grave.»

Ad ascoltarla, anche la sua stessa voce le pare come distorta. Dev'essere colpa dell'immobilità in cui si sta rifugiando.

«Perché stavi correndo?»

«Non stavo correndo.»

«Sì che correvi. Non si butta giù un palo, senza correre.»

Ada non riesce a smettere di guardare il completo blu di Matteo. Lo immagina appeso accanto ai bei cappottini di Giulia. L'immobilità inizia a pesarle.

«Va tutto bene. Puoi tornare da dove sei venuto.»

Matteo si sposta dal fondo al lato del letto.

«Ho disdetto la mia presenza alla conferenza. Non devo andare da nessuna parte.»

«Davvero» commenta Ada, ed è la prima ad accorgersi delle piccole crepe che si stanno facendo largo nella sua voce. «Puoi ritornare a casa.»

Matteo guarda Ada come attraverso un muro d'acqua.

«Non ero a casa, ero per strada.»

Non sta del tutto mentendo, ma è come se la sua sola presenza fosse una menzogna. Passa una mano sull'ematoma che Ada pensa di avere sulla tempia destra.

Una volta lei aveva letto che l'intera epidermide di un essere umano subisce un ricambio, cellula per cellula, nell'arco di dieci anni. Se abbracci qualcuno dopo dieci anni, aveva pensato Ada leggendo l'articolo, nessuna porzione di pelle è più realmente la stessa. Matteo deve aver subìto questo completo ricambio di cellule tutto in una notte. Niente, della pelle di Ada, reagisce al contatto con la sua. Quel corpo, che fino a poche ore prima era stato il suo unico rifugio, adesso le fa l'effetto di una calamita al contrario.

«Ascolta, sto bene. Davvero. Non serve che rimani.»

«Volevo esserci, almeno al cimitero. Non sarei dovuto partire. E tu dovevi stare attenta.» Passa il pollice sull'escoriazione nella tempia di Ada. «Un bel bernoccolo, un gran bel bernoccolo. Avrei dovuto farti promettere che almeno la tua testa rimarrà sempre intera.» Lo dice sollevando un angolo della bocca in un sorriso. Poi guarda Ada in cerca di un segnale che gli faccia capire che sa di cosa sta parlando. «Forza, promettilo.»

Ada fa no con la testa. La minaccia che l'aveva convinta all'immobilità si fa più concreta. È come se Matteo fosse stato smontato, pezzo per pezzo, e riassemblato aggiungendo elementi che non hanno niente di buono. È come se in qualcosa somigliasse ancora a lui, ma non fosse davvero lui. Non ha più gli strumenti per riconoscerlo né quelli per sentirlo completamente estraneo a lei.

Matteo le prende una mano e se la mette sulla punta del naso.

«Avanti» sussurra, «che io dico stop.»

Ada toglie la mano e gira gli occhi altrove. Proprio come gli animali, a un certo punto capisce che l'immobilità non basta più per far fronte alla minaccia. La paura diventa rabbia e attacca.

«Che ci fai qui?» La voce porta le tracce di un pianto che non tarderà ad arrivare.

«Mi hanno chiamato. Mi hanno detto che hai distrutto la macchina. Hai fatto un testacoda, hai buttato giù un palo. Dove dovrei essere?»

«Dovresti tornare da lei.»

«Non ero da lei, Ada. Ero per strada. Lo sai che non ci dormo praticamente mai da lei. Dormo anche con te, accidenti. Torno anche da te, se voglio tornare da te.»

«Cosa cazzo ci fai qui?»

«Abbassa la voce. Ci voglio stare, qui. Va bene? Ci voglio stare.»

«Torna da lei.»

«Abbassa la voce.»

«Non abbasso niente. Vai via. Vai da Giulia.»

Il senso di minaccia adesso è tutto negli occhi di Matteo. L'infermiera scosta in modo deciso il telo che separa Ada e Matteo dal resto della stanza.

«Tutto bene?» chiede.

«Benissimo» risponde Matteo.

Ada pensa che la gente non fa altro che dirti che va tutto bene, quando tutto invece va troppo male. La gente dovrebbe far andare bene le cose prima, e non dirti che vanno bene quando è ormai chiaro che vanno male.

Non ci aveva mai pensato, finora. Aveva il vizio di credere alle persone, quando le dicevano che andava tutto bene. Adesso non ci crede più.

36

Ci è voluto un bel po' per calmare Ada. Appena Matteo ha detto: «Benissimo», lei ha iniziato a piangere e a urlare che niente andava bene. Ha persino provato a mettergli le mani addosso. Lui non si è difeso, ha solo cercato di evitare che lei si facesse ulteriormente male. L'infermiera ha tentato di darle un calmante. Ada ha detto che non ce n'era bisogno, che si sarebbe calmata da sola.

E per un po' ci è riuscita, a calmarsi da sola. Poi le è tornato in mente che Matteo si sta per sposare, e che lei sta tradendo Giulia. Ha preso un polso di Matteo e lo ha stretto con una forza che lui non pensava potesse avere.

«Come accidenti hai fatto a rimanertene fuori dalla chiesa, fermo tutto il tempo?»

Lui le ripeteva di stare calma e a lei veniva in mente che lui era stato ad ascoltarla mentre parlava di Giulia, e aveva fatto finta di niente. Le veniva in mente che forse anche Giulia gli aveva parlato di lei, e lui aveva fatto finta di niente. Doveva dire tutto a Giulia il prima possibile.

Quella stessa notte. Quando ci pensava, ricominciava a piangere.

La voglia di urlare, piano piano, le è passata. È stato Matteo a fargliela passare. Le ha detto che prima avrebbero finito lì con l'ospedale e poi avrebbero sistemato tutto il resto. Ada ha detto che non c'era niente da sistemare, che avrebbero dovuto dire tutta la verità a Giulia, punto e basta. Lui le ha detto che avrebbero fatto quello che lei voleva. Ma che ora doveva fare la TAC e il resto.

La TAC è risultata negativa per ogni cosa. Ada è stata dimessa. Per un po' il medico ha provato a convincerla a rimanere per quel che restava della notte, solo per precauzione, ma lei ha rifiutato.

Convincerla a salire in macchina con lui è stata per Matteo un'impresa persino più faticosa che calmarla. Ada ricordava poco dell'incidente, e lui le ha detto quello che sapeva. Il tamponamento, il testacoda, lo schianto.

«Sai dov'è la Seicento ora?» ha chiesto Ada.

«Sì.»

«Portamici.»

Con il naso schiacciato contro la rete di recinzione della carrozzeria, Ada cerca la macchina della nonna, quel che ne rimane.

Sta albeggiando e Matteo, dopo aver cercato il pacchetto con il solito modo, fa i suoi due tiri. Pensa che Ada stia cercando nella Seicento tracce di quanto è successo.

«Non posso aver tamponato una macchina così, senza rendermene conto...»

«Lei è uscita dal parcheggio o ha cambiato corsia» spiega Matteo. Ha il viso schiacciato sulla rete tanto quanto Ada. «Se l'avessi tamponata, avresti segni sul muso. E invece ce li hai di fianco. E dietro.»

Ada toglie il naso dalla rete. È questo il genere di lucidità e sicurezza che glielo ha reso irresistibile, insieme al fatto che poi, invece, in altre occasioni aveva quell'aria da perso nel mondo che la faceva sentire a casa.

Tutto questo ora però non fa alcun effetto. Guarda Matteo allentarsi la cravatta e pensa che è ridicolo che l'abbia lasciata annodata dal giorno prima. Risale in macchina e non sente stanchezza né dolore; persino la nausea pare passata. Vuole solo mettere le cose a posto, qualunque cosa significhi.

Quando Matteo apre lo sportello, un po' di fumo gli esce ancora dalla bocca. Ada non ricorda di aver mai fatto caso a una cosa simile.

«Andiamo a casa» gli dice.

Il pavimento del loft è inondato di chiazze di sole. La luce traversa della mattina impedisce di guardarsi intorno, quasi. Matteo tira le tende più veloce che può, si toglie la giacca e la lancia sopra il letto. Poi toglie anche la cravatta e la camicia. Infila una maglietta, una di quelle senza supereroi né niente. Ada lo guarda come se stesse assistendo a un gioco di prestigio portato avanti da un mago di cui non è disposta a fidarsi. Aspetta paziente che il trucco le si sveli.

In quella che Ada, fino a qualche ora prima, considerava nonostante tutto la loro casa, Matteo si muove diversamente. Come se la tensione arrivasse a ondate meno cadenzate. A cambiare non è la forza dei movimenti, ma il loro ritmo. Ada se ne accorge solo ora, e nell'accorgersi di questo, per un attimo, le pare di riconoscere Matteo com'era, prima che lo vedesse andare via con Giulia. Avverte più forte la pressione sull'ematoma alla tempia destra.

«Credo tu debba riposare, ora» le dice Matteo.

«Io credo invece che dovremmo parlare.»

«Avremo tempo, per parlare. Non vado da nessuna parte.»

Anche la voce ora è diversa. Come se stesse recitando una parte o avesse appena smesso di farlo. Ada si chiede se è lei a fargli sollevare il sipario, o se invece è la donna che gli appare dietro le quinte quando lo spettacolo è finito.

«Per quanto speravi di poter andare avanti?»

Matteo pensa che non sperava un bel niente, ma questo non lo dice. Guarda le tende cercando un modo per dirle che gli dispiace. Gli dispiace davvero. Ma sa che, anche tornando indietro, non la lascerebbe andare via, quella sera giù al bar. Non la lascerebbe andare via né quella sera né le altre. Pensa solo questo, quando la guarda: che non lascerebbe andare la promessa di felicità che lei è.

A Giulia non ci pensa. Sta sbagliando? Certo, sta sbagliando, ma non può dirle altro, perché sa solo questo. Gli dispiace. Ecco tutto quello che riesce a dire.

Ada però non smette di fare domande. Chiede come riesce a fare l'amore con lei e poi andare da Giulia come se niente fosse. Gli chiede se sa quanto è felice Giulia quando mostra in giro l'anello che lui le ha regalato.

«Ora dovrai parlarci. Se non lo farai tu ci penserò io, e allora sarà peggio per tutti.»

Matteo non fa caso a quel ricatto. Seduto sulla poltrona, guarda Ada radunare le sue cose una a una e buttarle sul pavimento. Non ha criterio, nel cercarle. Inizia dal bagno, scaraventa tutto quello che trova sopra il letto e lo lascia lì. Poi si ferma a guardare il casco da palombaro, sistemato su uno sgabello alto e stretto.

Si chiede se Giulia abbia raccontato a Matteo quello che si dicevano, sulle scale antincendio. Immagina Matteo ascoltarla mentre racconta di questa povera ragazza che sta perdendo la nonna e che fa ridicoli regali a un uomo che appena conosce. Certo, Giulia non le ha mai parlato in questi termini, ma ha quel modo di guardarla. Come se lei fosse una bestia rara destinata all'estinzione. Ada lo conosceva, quello sguardo lì, quello di chi ti vuol far credere che sei libero di essere diverso, ma che il modo giusto di essere è il suo, che tu non impazzirai mai. Lo conosceva dai tempi della scuola, quello sguardo lì, da quando la nonna la mandava in giro con i grembiuli cuciti da lei. Credeva che le femmine, a scuola, dovessero vestirsi di rosso. Ma ai tempi di Ada le bambine si vestivano di rosa. Le madri delle sue compagne, quando la vedevano con quei grembiuli, le sorridevano e le davano una carezza. Cosa accidenti provavano, quando le davano quelle carezze? Cosa accidenti provava, Giulia, a sentirla parlare in quel modo di Matteo? Cosa provasse Matteo, Ada non ha neanche il coraggio di chiederselo. Va verso il casco, lo prende e inizia a sbatterlo sul tavolo. Vuole distruggerlo.

Da bambina, una volta, aveva fatto lo stesso con i grembiuli della nonna. Amava le cose che la nonna faceva per lei, amava il fatto che fossero diverse da tutto. Poi però finiva per vergognarsi di quell'amore e allora preferiva mandare in pezzi ciò che glielo faceva provare. Solo che, quando distruggeva le cose come i grembiuli, si pentiva quasi subito, e poi le amava anche di più.

Matteo riesce a toglierle il casco dalle mani. Il vetro davanti è incrinato. Ada ha ancora il fiatone. Matteo prova ad abbracciarla. Continua a dirle che gli dispiace. Ada non sente niente. Né le parole né l'abbraccio. Nella sua testa risuona il rumore del casco sbattuto sul tavolo, un rumore che non assomiglia a niente di quanto ha ascoltato finora. Pensa a sua madre. A quando l'ha abbandonata. Credeva che la crepa aperta nel suo cuore da quell'abbandono fosse definitiva: una volta che qualcosa l'aveva spezzato a quel modo, niente avrebbe potuto spezzarlo oltre. Non era vero: prima la nonna, ora Matteo. E in mezzo, tanti piccoli addii, che non facevano altro che ridurlo in pezzi ogni volta più piccoli.

Mette le sue cose dentro una busta di plastica. Lo spazzolino, la crema che usava perché a lui piaceva l'odore. Un paio di maglioni colorati. Il maglione blu da regata che le ha regalato Matteo lo lascia sul letto. Chiude tutto con un nodo.

«Avresti dovuto dirmelo.» L'intenzione è quella di urlare ma, come in certi incubi, la voce le si strozza in gola. Prende la sacca e corre verso la porta.

Matteo la segue. «Dirti cosa?»

«Che è lei che stai per sposare. Che è *lei*.»

«E cosa sarebbe cambiato?»

Ha la calma di chi crede tutto ineluttabile.

«Avremmo potuto fermarci» dice Ada un attimo prima di sbattere la porta del loft.

«Davvero credi che avremmo potuto?» chiede Matteo.

Quando la porta è già chiusa, lui non crede di sapere più niente. Tranne che no, non avrebbero potuto.

37

A casa della nonna c'è un odore. Come se qualcuno avesse appena finito di cucinare qualcosa di buono, e come se, lì dentro, non si potesse mai patire il freddo. Quando Ada chiude la porta, si chiede come farà a conservare quell'odore. Fuori non è ancora notte, ma lei chiude le tapparelle. Teresa faceva così: prima che fosse davvero buio chiudeva le tapparelle e accendeva delle piccole luci, in giro per casa. La luce della cappa, in cucina; quella dell'abat-jour in corridoio. La casa, da una certa ora in poi, non era mai davvero al buio e mai completamente illuminata. A Ada piaceva quella penombra, dava alle stanze un'aria da fiaba. E lei non aveva paura, perché sapeva che c'era la nonna.

Nella cassetta della posta ha trovato pubblicità e bollette. Le pubblicità le butta, le bollette le guarda. Non sono alte, la casa in quei mesi è stata praticamente disabitata. E la nonna le ha lasciato diversi soldi da parte, in modo che non debba preoccuparsi di questo, almeno per i primi tempi. Però Ada si preoccupa lo stesso, come se preoccuparsi fosse una specie di omaggio da dedicare alla nonna, come portare avanti una tradizione: si preoccupava sempre lei delle bollette.

Ada legge e pensa che dovrà cambiare l'intestazione di tutte le utenze. Matteo, in quello che adesso le pare un falso eccesso di una altrettanto falsa preoccupazione, si era sentito in dovere di farle presente questa cosa delle bollette, e tante altre faccende burocratiche. Lo aveva fatto con quell'aria che aveva a volte, quando pareva pensare che Ada non se la sarebbe mai cavata da sola, ma che non doveva preoccuparsi, perché lui era lì. Quell'aria che la faceva sentire un gatto abbandonato, uno di quelli che lui non si sarebbe mai portato a casa.

Decide allora che quella della bolletta è una cosa che può e deve sistemare subito. Cerca il numero verde da chiamare. Immagina debba essere da qualche parte, con l'icona del telefono e il numero, ma non la trova. Sa che se continuerà a non trovarlo, dovrà mettersi a leggere tutte quelle cose scritte, e lei non vuole farlo. Poi lo trova. La voce, educata e metallica, le chiede di digitare il codice cliente. Ada non ascolta le istruzioni, ma il codice ce l'ha. Digita la prima cifra e la voce la ripete. È giusta. Per digitare la seconda, ha bisogno di staccare il telefono dall'orecchio, e non fa in tempo a sentire la voce ripetere quella seconda cifra, né quella dopo. Deve aver sbagliato qualcosa, le dice la voce, senza perdere un briciolo della sua educazione. Ada allora ricomincia a digitare il codice. Lo fa più lentamente. Con l'indice tiene il punto sulla bolletta, con l'altra mano digita sul telefono. Ma che sta sbagliando di nuovo, Ada lo sa ancora prima che dal telefono risuoni la sentenza: «Il codice da lei digitato non è corretto».

"Non corretto" ripete Ada dentro la sua testa. Lo ha sentito tante volte, quel commento. Soprattutto quando si trattava di numeri, di lettere e di informazioni in serie. Non se la cavava per niente bene, lei, con quelle cose. Era mancanza di memoria a breve termine, le avevano spiegato. Non importava quanti millesimi di secondo passassero tra il momento in cui leggeva una serie di numeri o di lettere e il momento in cui doveva ripeterla: se ne dimenticava. La mancanza di memoria a breve termine era una caratteristica tipica, le avevano spiegato, di chi, come lei, soffriva di un disturbo chiamato "dislessia".

Quando la voce meccanica le dice di nuovo che il codice è sbagliato, Ada smette di ascoltarla. Smette anche di provare a ricordarlo. Inizia a digitare numeri sbagliati, secondo le regole della voce metallica, ma giusti per lei. Le capita spesso: darsi regole nuove e solo sue. Le capita di farlo quando non riesce a fare quello che le chiedono.

Ha iniziato a scuola: i primi tempi, Ada non riusciva a fare niente. Nessuna delle cose che le venivano chieste le sembrava realizzabile. Scrivere lettere, sequenze di lettere, pronunciare ad alta voce altre lettere, e sillabe. Non ci riusciva. E allora, sul quaderno, si metteva a fare esercizi solo suoi. Le regole se le dava da sola, e non sbagliava mai. "Il gioco del rifugio" lo chiamava. Le maestre se n'erano accorte e lo avevano detto alla nonna. Nessuno glielo spiegò mai, ma Ada capì che, nella migliore delle ipotesi, secondo loro, era molto sorda. Nessuno pronunciò mai la parola "stupida", ma era a quella che lei pensava, ogni volta che le maestre o qualche compagno la osservavano.

La nonna prese a portarla da tutti gli otorini che poteva. Certi, per incontrarli, bisognava fare un sacco di fila, e un sacco di strada. Certi altri no. Tutti, comunque, a un certo punto introducevano Ada in una specie di cabina e le facevano indossare delle grosse cuffie. A lei quella parte non dispiaceva, le sembrava di stare in uno di quei quiz che la nonna guardava in tv. La parte che non le piaceva, invece, era quella in cui l'otorino chiedeva perché fossero lì. La nonna non sapeva mai come spiegarlo: ogni tanto diceva che Ada faticava a seguire le lezioni, altre volte che era un semplice controllo. Dopo tutto, mica lo potevano sapere, quanti altri otorini avevano incontrato.

L'altra parte che non le piaceva era quella in cui il medico spiegava loro che Ada non era sorda e ci sentiva perfettamente, e la nonna allora un po' pareva sollevata. Poi però si rabbuiava, perché, anche se nessuno lo diceva, se Ada non era sorda, allora forse era stupida e basta. Ada per un po' sperò che qualche otorino la dichiarasse sorda. Si mise a sbagliare intenzionalmente i tasti da premere nella cabina. Non dissero che era sorda neanche in quel caso.

A scuola le cose non miglioravano. In seconda elementare, anzi, peggiorarono ancora, quando si trattò di leggere ad alta voce brevi frasi o di andarle a scrivere alla lavagna. Ada la lavagna la odiava, perché prima o poi arrivava sempre il momento in cui i compagni facevano più silenzio del solito, o almeno così a lei sembrava, e lei capiva di aver fatto un errore, uno di quelli enormi che mette tutti a tacere. Per un po', infatti, nessuno diceva niente: speravano che se ne accorgesse da sola. E allora lei quasi aveva voglia di dirlo, che sapeva di aver sbagliato, ma non sapeva dove, e invece rimaneva in silenzio, finché la maestra non la invitava a guardare bene. Lei un po' provava davvero a guardare, ma non vedeva niente, e allora faceva solo finta di guardare, e poi gli occhi le si riempivano di lacrime. Quello di solito era il momento in cui la maestra si alzava e puntava il dito sull'errore, quello enorme che lei non vedeva; la maestra pensava che così il problema fosse risolto, si aspettava che, una volta individuato l'errore, per lei sarebbe stato facile mettere le lettere al posto giusto. E invece non era facile per niente, anzi, era anche peggio: sapere dov'era l'errore, e neanche riconoscerlo. A quel punto, gli altri bambini ricominciavano a chiacchierare tra loro, e non si accorgevano del rumore che faceva il dito della maestra picchiettato sull'errore enorme che Ada aveva fatto. Era un rumore fortissimo, quello del dito sulla lavagna, anche se forse non lo sentiva nessuno. Era un rumore fortissimo, e non era di quelli belli che fanno le cose che iniziano.

Quando Ada sentiva quel rumore, rimaneva immobile, e iniziava il gioco del rifugio, quello in cui le risposte erano sempre giuste, perché le regole le inventava lei. Quando poi la nonna le chiedeva come fosse andata a scuola, a lei veniva una gran voglia di lanciare qualcosa.

Un giorno, finalmente, la maestra chiamò la nonna e le disse che forse aveva capito che cosa non andava in Ada. Le diede un nome di un medico e la nonna fece di tutto per andarci il prima possibile. Non era un otorino, Ada lo capì subito, perché nel suo ambulatorio non c'erano cabine né cuffie da indossare. Fece un sacco di domande alla nonna, e a lei chiese altrettante cose, guardò i suoi quaderni e alla fine disse che, quasi sicuramente, si trattava di dislessia. Spiegò che non era proprio una malattia, e quindi non si poteva guarire. La nonna comunque sembrava sollevata. Ada immaginava che il fatto che lei fosse dislessica e non semplicemente stupida dovesse sembrarle una buona cosa. Per lei, invece, non cambiò nulla: stupida, dislessica o sorda, rimaneva sempre la bambina incapace di vedere errori, impalata davanti alla lavagna.

La maestra le disse che, nonostante tutto, avrebbe dovuto leggere. Le diede *Piccole donne* a fumetti, così per lei sarebbe stato più facile, e la strinse in un abbraccio. Ada, però, decise di leggere il libro vero. Lo prese dalla biblioteca della scuola, ma non fece in tempo a finirlo prima che scadesse il mese in cui le era concesso tenerlo. Glielo lesse la nonna ad alta voce, mentre si preparava per andare a scuola, la mattina che avrebbe dovuto riconsegnarlo.

Teresa accettò che Ada non avrebbe mai scritto e letto come gli altri bambini. Avrebbe fatto sempre errori. Ma sapeva che sarebbe arrivato un momento in cui a scuola, e nel resto della vita, sarebbe stato più importante altro. E Ada avrebbe certamente trovato la cosa in cui era più brava. Aveva molta pazienza, Teresa, con le cose che Ada era brava a fare. Gliele lasciava fare sempre, anche se mettevano sottosopra casa, anche se rubavano tempo ai compiti e a tutto il resto.

Con il passare del tempo, la faccenda degli errori sembrò sempre meno grave anche a Ada. Certi voti, a scuola, le mettevano ancora voglia di lanciare qualcosa, ma si faceva forza pensando che, semplicemente, si trattava di accettare che il suo cervello funzionava in modo un po' diverso, quando si trattava di lettere e numeri. Avrebbe dovuto farci i conti per tutta la vita. Ma non era così grave.

Il più delle volte, il gioco del rifugio funzionava. Faceva passare alla svelta i momenti che lei si rifiutava di vivere, quelli in cui era solo la bambina chc sbagliava.

Stavolta il gioco non ha funzionato. Lei è ferma davanti al suo sbaglio. Giulia, come una maestra, aveva battuto l'indice sull'errore tante volte, e tutte quelle volte Ada non era riuscita a vederlo. Adesso, invece, vorrebbe guardarlo fino in fondo, vorrebbe capire fino a che punto Matteo sia riuscito confonderle le parole del racconto da leggere.

Come quando era davanti alla lavagna, gli occhi le si riempiono di lacrime e non vede più niente. Con o senza il gioco del rifugio, a un certo punto tutti si stancano di aspettare che tu ti accorga di cosa stai sbagliando. Come la voce meccanica dall'altra parte del ricevitore, tutti smettono di parlare.

Teresa, a questo punto, tirerebbe fuori le costruzioni, o qualche burattino. Se la cavava bene, Ada, con i burattini e le costruzioni. Tirava fuori bei drammi, complesse architetture colorate e inutili. Quelle erano le cose in cui era brava al punto da dimenticare quanto non fosse capace di leggere e scrivere bene come avrebbe dovuto.

La voce meccanica ha finito di parlare. Ada ascolta il rumore di quel silenzio. Poi chiude la chiamata e rimette il telefono a posto.

L'armadio di Teresa è pieno di abiti piegati male. La nonna credeva che non importasse la piega che prendevano le cose. L'importante era che fossero pulite. Ada invece è brava a piegare. E allora tira fuori tutto. Ogni vestaglia, ogni gonna lunga. Piega ogni cosa meglio che può. Aspetta. Come quando, ferma alla lavagna, era certa che prima o poi gli altri avrebbero dimenticato i suoi sbagli.

38

Nei giorni che sono seguiti, Matteo si è sentito vigile ed eccitato. Ogni volta che il suo telefono suonava, prendeva fiato come se avesse dovuto fare un salto, uno di quelli che per una vita aspetti di avere il coraggio di fare. Quando capiva che a chiamarlo non era Ada, e non era neanche Giulia, magari messa al corrente di tutto da Ada, acquisiva un grado in più di lucidità e rideva come aveva riso fuori dalla chiesa, dopo il funerale di Teresa, quando Giulia era salita in macchina e lui aveva creduto di averla fatta franca.

Si era buttato a capofitto nel lavoro. Tutte quelle risate, tutto quello stare allerta, l'avevano reso più efficiente. Aveva venduto più di chiunque, in qualunque settimana. Chiedevano tutti di lui, e lui non si stancava di accettare appuntamenti. Il suo futuro suocero, che era anche il suo capo, non perdeva occasione per dargli pacche sulle spalle e mostrarlo ai colleghi come se Matteo appartenesse a una razza pregiata che lui, in quanto padre della donna che aveva scelto come sposa, aveva il merito di aver scoperto.

Ogni giorno che passava senza che Ada parlasse con Giulia, gli pareva una quiete regalata prima di un'imminente tempesta che sapeva di meritare e che, nonostante tutto, non gli faceva paura. Aspettava che le cose prendessero la piega che dovevano prendere. Per quello che poteva sembrare un eccesso di vigliaccheria, aveva rinunciato ad avere un ruolo chiave in tutto questo. L'idea che una svolta fosse dietro l'angolo lo faceva sentire privo di rabbia e di fretta.

È stata Ada a richiamarlo. All'inizio della telefonata pareva calma. Poi ha detto che aveva bisogno di lui, che aveva bisogno di capire, ed è scoppiata a piangere.

Dovevano vedersi. Al loft o sotto il ponte della statale, per lei non faceva differenza ma dovevano vedersi. Lui ha detto sì e basta, neanche per un momento ha pensato di trattare. Quell'accondiscendenza gli aveva tolto di dosso ogni eccitazione.

Ada ha ancora le chiavi del loft e lo aspetta dentro. Lui si precipita a casa, apre la porta e la richiude più in fretta che può.

Ada gli corre incontro e lui non le lascia il tempo di parlare. L'urgenza di essere di nuovo una sola cosa con lei lo costringe a penetrarla con ancora quasi tutti i vestiti addosso. Guadagna centimetri di pelle strappandole quello che ha. A ogni spinta gli sembra di raggiungere un posto che rincorre da sempre e che svanisce una volta afferrato. Non rinuncerebbe mai a quella rincorsa.

Matrimonio o no, Ada è sempre stata il posto in cui tornare. Il solo che vuole rincorrere e quello che non raggiungerà mai veramente.

È durato tutto poco, o forse tantissimo. Nessuno dei due se n'è accorto davvero. A Ada è parso che Matteo si muovesse con rabbia o con paura. Qualunque cosa fosse, lei lo ha accolto come sapeva fare con la sua parte peggiore. Trovava sempre un posto, lei, per la sua parte peggiore. E non smetteva di considerare questa attitudine come un pregio.

Per un po', nessuno dei due dice niente. È Ada a rompere il silenzio, dice che così si faranno tutti male: «Non puoi fare altro che scegliere: o me o Giulia».

Lui non risponde. Si stupisce di come Ada renda sempre tutto così lineare, come se il male fosse tutto da una parte e il bene anche. Lui stava nel mezzo, invece, e mentiva.

Ada, questo, pare non sia in grado di concepirlo. «Se non glielo dici tu, allora sarò io a parlarle.»

Si veste e se ne va ancora, sbattendo la porta.

Tornando a casa da Giulia, Matteo ha pensato di ricompensarla con una docilità che poi non gli è riuscito di mostrare. Quella sera, con la sua futura moglie, ha annuito poco e risposto molto.

Lo ha fatto anche qualche giorno dopo, quando Giulia è tornata la sera con una lettera di Teresa per Ada. L'aveva trovata una delle inservienti nel cassetto del comodino.

«Ce l'avevano da giorni. Ti pare possibile che nessuno mi abbia detto niente?» ha chiesto Giulia dopo avergli raccontato la storia. Matteo ha detto che no, non gli pareva possibile. «Ho provato a chiamare Ada, non risponde. Domani riprovo. Che dici?»

«Dico che fai bene.» Finalmente gli è riuscito di mostrare a Giulia quella condiscendenza che pure da qualche tempo credeva di doverle.

La mattina dopo, Giulia l'ha richiamata davvero. Matteo era con Ada, si erano corsi incontro sotto il ponte della statale. Si sono respirati addosso senza parlare. Poi il telefono di Ada ha preso a squillare. Il nome di Giulia lampeggiava sullo schermo al ritmo degli squilli. Ada ha sbattuto il telefono in faccia a Matteo in cerca di risposte. Ma lui non ne aveva.

Ada ha rifiutato quella chiamata e tutte le altre che erano venute dopo.

Giulia a casa aggiornava Matteo su quelle telefonate andate a vuoto. Ogni volta che faceva il nome di Ada, era come se qualcosa gli tagliasse via un pezzo di stomaco. Ma lui era bravo a far finta di niente. Lo diventava ogni giorno di più.

Giulia aveva deciso di sistemare la lettera di Teresa nel mobile all'ingresso, tra i due candelabri di avorio, regalo di sua madre, in quel punto dove veniva sempre da appoggiare qualcosa, rientrando a casa, ma dove non appoggiavano mai niente perché altrimenti, secondo Giulia, l'ingresso sarebbe sembrato in disordine. La lettera di Teresa, evidentemente, non aveva la colpa di creare disordine. Non lo creava per Giulia, almeno. Per Matteo, invece, quella busta portava con sé un nuovo piccolo senso di minaccia. Lui lo aveva accolto come un ulteriore pegno che era disposto a pagare.

A un certo punto, Ada ha capito come Matteo riesca sempre a trovare il tempo per stare con lei. Sfrutta ogni suo viaggio di lavoro: dice di dover partire di mattina e mente. Parte di pomeriggio e la mattina la passa con lei. Dice che tornerà a notte fonda e mente, per poter passare la serata con lei. Ma, ora che Ada lo ha capito, per lui è diventato più facile spiegarle perché ora deve proprio andare.

O almeno, è più facile certe volte. Certe altre, lei è così piena di rabbia che gli dice che non andrà proprio da nessuna parte, e gli vomita addosso le stesse domande e le stesse sentenze. Gli urla che sarà solo colpa sua se tutti finiranno per farsi male, che deve scegliere, e che se non lo farà lui, allora lo farà lei.

Lui a quel punto prova a dirle di fare come crede. Qualche volta funziona e lei si calma. Qualche volta invece si arrabbia ancora di più e allora lui, come un genitore troppo stanco per fronteggiare come si deve il capriccio del proprio figlio, ricorre al ricatto più crudele.

«Se vai da lei» le dice, «mi perdi. E sarà come se fra noi non ci fosse mai stato niente.»

Mente, non sa fino a che punto, ma mente. Ada questo non può saperlo.

Dopo averlo detto, Matteo rimane immobile, come chi ha sparato un colpo alla cieca verso un nemico che non vede ma che rischia di sopraffarlo. Aspetta in silenzio per capire se il colpo è andato a buon fine o no. Quando Ada abbassa lo sguardo e si mette a sedere sulla poltrona, sa di aver fatto centro. A terra, comunque, ci finisce ogni volta anche lui.

39

Da qualche giorno, Giulia è cambiata. In maniera impercettibile, ma è cambiata. Ha una posa diversa. È come se tenesse le spalle più dritte, e qualcosa di lei pare sempre ammiccare. Matteo si chiede se è davvero diversa o se è il suo stato di allerta a rendergli lo sguardo più attento a certi dettagli. Comunque, di sicuro, porta i capelli sciolti più spesso e la sera, quando sono a casa entrambi, prima di mettersi su un fianco, dargli le spalle e addormentarsi, resta sveglia un po' di più. Alla fine è Matteo ad addormentarsi per primo, e gli pare che lei rimanga a guardarlo più a lungo del solito.

Da quando Ada è entrata nella vita di Matteo, le cose con Giulia vanno meglio. Non che prima andassero realmente male, o almeno, Matteo non si era mai posto il problema. Da quando c'è Ada, comunque, certi aspetti della vita con Giulia scivolano su percorsi meno accidentati.

Certe cene dai suoceri, per esempio. Con il padre di Giulia, Matteo non ha mai avuto problemi; la madre, invece, non perde occasione di ricordargli che in quella casa lui sarà sempre una specie di ospite, e che farebbe bene a dimostrare gratitudine per le cortesie che gli vengono riservate. Non è mai cattiva, a parole. Solo ironica. La relazione con Ada ha reso Matteo più sciolto nel rispondere a quell'ironia. Il suo futuro suocero se n'è accorto, o almeno, da quando Matteo risponde a tono alla madre di Giulia, non può fare a meno di mostrargli ancora più stima. A parte questo, tutta una serie di piccoli dettagli della storia con Giulia, da quando c'è Ada, si sono colorati di una nuova energia.

Che sia proprio Ada a dar energia al suo rapporto con Giulia pare crudele persino a lui. Si sforza di non pensarci.

Una mattina, una di quelle in cui faceva finta di essere appena rientrato quando in realtà era tornato da ore, Matteo si è messo a guardare la busta con la lettera di Teresa. Era ancora al suo posto, tra i candelabri d'avorio, ma era aperta. Matteo ha continuato a guardarla per un po' senza pensare niente.

Quello stesso giorno, Giulia lo ha chiamato per andare a pranzo insieme. Lei era di turno, ma poteva prendersi una pausa. Non pranzavano insieme da una quantità di tempo che Matteo avrebbe fatto fatica a ricordare. Comunque ha accettato. È andato a prendere Giulia all'ospedale e le ha chiesto quale posto preferisse. Lei ha elencato un po' di ristoranti, e solo alla fine ha fatto il nome di Paolo.

Matteo l'ha trovato strano: lei non ci era mai voluta andare. Diceva che la intristiva che ci fossero solo uomini soli che avevano sempre l'aria di chi ha appena smesso di bere superalcolici e non vede l'ora di ricominciare. In ogni caso alla fine ci sono andati, perché lei pareva morisse dalla voglia di fare anche una passeggiata nei dintorni.

La passeggiata l'hanno fatta, ma senza dirsi niente. È stato piacevole ascoltare il rumore dei passi l'uno dell'altro.

Qualche giorno dopo, è successa un'altra cosa strana. Una di quelle che Matteo non aveva voglia di chiedersi fino in fondo se fosse strana davvero o se invece fosse esagerato lui a farci caso per via di quel suo inedito senso di allarme. Giulia l'ha di nuovo chiamato durante il turno: «Dovrei finire per metà pomeriggio» gli ha detto, «dopo mi piacerebbe fare dei giri. Ti va?».

Voleva andare insieme a cercare qualche oggetto che scaldasse la casa. Ha detto proprio così: «che scaldasse la casa». Matteo ha pensato ai mesi in cui la casa la stavano sistemando e, qualsiasi cosa si decidesse di portare, doveva passare prima l'esame della madre di Giulia e poi dell'architetto e poi dell'arredatore. Alla fine, ogni pezzo aveva trovato un posto e, sebbene il risultato potesse definirsi tutto tranne che caldo, Giulia pareva soddisfatta di quell'insieme al punto che non aveva voluto mai più toccare niente, tranne forse qualche timido tentativo di ruotare i quadri nella sala da pranzo. Salvo poi rimettere tutto esattamente come prima.

Comunque, era uno dei giorni in cui Matteo riusciva a mostrare la condiscendenza che si riprometteva sempre.

«Sì, certo. Andiamo» ha risposto.

È strano per Matteo vedere Giulia muoversi fra gli scaffali dei mercatini dell'usato. Pare non sappia cosa guardare, e la grazia con cui si sposta sembra sproporzionata, in mezzo a tutte quelle chincaglierie. È uno dei giorni in cui le persone possono portarsi dietro le cose da vendere, ed è triste vedere quella gente in fila in attesa di ricevere una valutazione su oggetti che forse per loro non hanno prezzo.

Matteo a un certo punto si accorge che Giulia lo sta guardando. Già altre volte, ultimamente, è capitato che lei lo guardasse in quel modo. È successo da Paolo, è successo un paio di sere, prima che entrambi si addormentassero, o che facessero credere all'altro di essersi addormentati.

Lo guarda come se stesse aspettando di vederlo precipitare da un'altezza che lui non è in grado di vedere, ma che lei percepisce come fatale.

Matteo registra anche quel dato in silenzio, come ha fatto con la lettera di Teresa aperta: tiene tutto a portata di mano, aspettando il momento in cui mettere ogni cosa insieme si rivelerà indispensabile.

Fino ad allora, sceglie di far finta di niente, ancora una volta.

Ada ha iniziato a sospettare che adesso il gioco delle partenze anticipate e dei rientri slittati all'improvviso Matteo lo stia facendo anche con lei, per ritagliarsi del tempo con Giulia, tempo di cui lui non è disposto a rendere conto a nessuno. Gli scrive più spesso. Chiama anche, più spesso. Poi chiede scusa, ma continua a chiamare.

Ha ragione a credere quel che crede. Matteo ha cominciato anche con lei a fingere di essere partito, quando invece ancora non sta andando da nessuna parte. Non lo fa per stare con Giulia, comunque.

Il paradosso è che da giorni non gli capita un viaggio di lavoro vero. Non dice a nessuna dove va, guida senza meta e sta da solo. Qualche volta fermo in macchina, nei parcheggi degli autogrill. Qualche altra negli alberghi convenzionati con l'azienda. Sceglie quelli con la vasca in bagno, la riempie e fa immersioni lì. Chiude gli occhi e pensa di essere nella sua, di vasca, oppure in mare. Ascolta il rumore dell'acqua e aspetta che ogni pensiero se ne vada lontano.

Quando poi alla fine torna davvero, sia che vada da Giulia, sia che scappi da Ada, ha sempre voglia di ridere e si sente fortunato per tutto. Ripete come un mantra quella cosa dei film, quella delle rapine finite bene: nessuno si farà male.

Ada non ha smesso di avere quel modo di fare l'amore, come se fosse il suo ultimo giorno al mondo e lui non pensa a quanto male questo le faccia. Lei gli ha raccontato che c'erano dei momenti in cui non le importava di niente. Dei momenti in cui davvero aveva pensato di raccontare tutto a Giulia. Si diceva che almeno, così, messa al corrente di tutte le informazioni, anche lei avrebbe potuto scegliere: senza sapere niente, non sceglieva, subiva e basta. Anche lei subiva, in realtà. Ma in quei momenti, davvero non le importava nulla, neanche di perdere lui. L'unica cosa che voleva era che la situazione cambiasse. In bene, in male.

Non importava. Non le importava davvero. Voleva solo che anche Giulia sapesse.

Poi gli ha raccontato che di notte le capita di andare sotto casa di Giulia. Rimane ferma a guardare i loro due cognomi scritti vicini sul citofono. Una volta ci ha appoggiato il dito sopra, stava per suonare. Poi però ha pensato che, se davvero avesse suonato, il male che sentiva lei sarebbe stato anche di Giulia. Aveva pensato che allora tutti si sarebbero fatti male. E non avrebbe mai saputo se lui, prima o poi, si sarebbe deciso a scegliere. E lei lo avrebbe perso. Ha sentito come se qualcuno le spezzasse una a una tutte le costole, da dentro; ha tolto il dito dal campanello e fatto un passo indietro, guardando ancora una volta i due cognomi vicini.

Dopo quel racconto, Matteo ha preso a sognarla. Nel sogno lei è sott'acqua e l'acqua è scura; Ada sta con gli occhi aperti e urla qualcosa, ma Matteo non sente mai e l'acqua non smette di salire.

Dopo una serie di giorni tutti uguali, Matteo riceve un invito per un viaggio di lavoro. Dice a entrambe la verità, l'ora e il giorno esatto della partenza. Né Ada né Giulia fanno domande.

"Nessuno si farà male" ripete a se stesso mentre inizia a guidare.

40

Matteo non si è mai realmente abituato alle conferenze di lavoro. Quando si trova alla reception degli enormi alberghi in cui si svolgono, lo spettacolo gli appare ogni volta come se non lo avesse mai visto. È il viavai a essere anomalo, per un albergo. Tutti questi uomini e donne con giacche e camicie, trolley e ventiquattrore colmi di dépliant e tablet, che pare sappiano sempre dove stanno andando e ci vanno più alla svelta che possono. E i poster appesi in giro: enormi distese di pannelli fotovoltaici; uomini con lo sguardo fiero, perso oltre l'orizzonte, e scritte che sembrano balzare fuori dalla cornice per dirti che quella è un'azienda per gente che ha a cuore le cose. Non si capisce mai cosa abbiano a cuore, ma che ce l'hanno davvero a cuore vogliono fartelo sapere con tutti se stessi.

Nell'albergo di questa mattina, deve esserci anche qualche incontro sullo zen o roba simile. Uno dei poster ritrae gente in un campo, e la luce è quella dell'alba, o forse del tramonto. In certe foto non si capisce mai. C'è un gran sole e la gente si dà la mano a formare un cerchio. La foto è fatta da lontano e le facce non si riescono a distinguere. Non possono esserci dubbi, comunque: o sorridono o guardano fieri oltre l'orizzonte. Quelle conferenze Matteo le frequenta da almeno dodici anni, e di sguardi fieri e sorrisi, fuori dai poster, non ne ha visti neanche per sbaglio.

Comunque, stamattina ha voglia di seguire un uomo che, sotto la giacca, indossa una camicia con scacchi troppo grossi per essere un addetto vendite di qualcosa che non riguardi lo zen. Matteo è lì per un incontro sull'utilizzo del biotomo nelle biopsie endomiocardiche. Lui sa tutto, oramai, delle biopsie endomiocardiche. Sa come si esegue una puntura ecoguidata sottointerventricolare. Sa quanto sia importante raggiungere la giugulare interna destra. Sa quanto sia ormai imprescindibile l'utilizzo di un catetere provvisto di termistore a risposta rapida per ottenere la misura della portata cardiaca con la metodica della termodiluizione. Certo, se non avesse seguito quel genere di incontri in passato, forse a quest'ora non saprebbe niente di niente. Ed è ragionevolmente sicuro che all'incontro di questa mattina apprenderà qualcosa di nuovo e fondamentale. Eppure, la voglia di seguire l'uomo con la camicia dagli scacchi troppo grossi è più forte di tutto.

Se la conferenza non fosse sullo zen ma sulle rinnovabili, andrebbe bene lo stesso. Matteo sa che potrebbe annuire per un sacco di tempo e poi inserirsi nel solito dibattito sulle performance dei pannelli cristallini o quelli in film sottile. Pannelli cristallini, pannelli policristallini, pannelli amorfi. Quelli con il silicio, quelli con il tellururo di cadmio, quelli con il sulfuro di cadmio, quelli con l'arseniato di cadmio. Magari ora ce n'erano di nuovi. Poteva sempre starsene zitto, dopo tutto.

Avrebbe dato un braccio per non essere il tipo di uomo che si adatta a quel genere di conferenza. Ma di fatto lui lo era. Il suo futuro suocero lo aveva scelto per questo. Sapeva mentire, accidenti a lui. Sapeva come apparire esperto di pannelli fotovoltaici, biopsie endomiocardiche e persino costellazioni, se serviva.

Una volta, il suocero glielo aveva proprio detto: «Sai tutto di tutto, tu. Venderesti termosifoni persino nel deserto». Matteo e Giulia stavano insieme da pochi mesi e lei lo aveva invitato a cena dai suoi, nell'enorme villa a picco sul mare. Erano a cena in terrazzo, nell'aria c'era un odore di mirto che annunciava l'estate. Era abbastanza caldo da avere già un po' di abbronzatura, ma anche abbastanza fresco da poter indossare uno scialle. Infatti Giulia era appena colorita e sulle spalle aveva uno scialle che pareva sempre sull'orlo di scivolarle via. Teneva in mano un bicchiere pieno a metà di vino bianco. Portava i capelli sciolti ed era bella da toglierti il fiato.

«Venderesti termosifoni persino nel deserto. Potresti vendere anche tua madre» aveva detto il suocero. E Giulia aveva guardato Matteo per tutto il tempo, piena di orgoglio o qualcosa del genere, mentre il vento non smetteva di muoverle i capelli. A ben pensarci, non era una cosa cortese da dire. Ma lui glielo aveva detto con un tono buono. "Come lo direbbe un padre" aveva pensato Matteo, anche se non sapeva davvero a cosa stesse pensando.

L'incontro di questa mattina inizia alle 9.15. Sono le 8.56 e Matteo ha già individuato la sala destinata alle biopsie endomiocardiche. Riesce a scoprire cose anche quando non gli interessano. Ha già anche scoperto che alle dieci in punto ci sarà un coffee break. "Potrebbero chiamarla semplicemente pausa" pensa Matteo, "se fra l'inizio della conferenza e quello della pausa passasse un lasso di tempo ragionevole. Dopo 45 minuti, invece, può esserci solo un coffee break."

I banchetti con il rinfresco del coffee break sono già al loro posto. Anche i pasticcini sono al loro posto. Anche le hostess sono al loro posto. Matteo ha imparato a distinguere le ragazze che fanno quel mestiere da un sacco di tempo e quelle che invece ci sono finite per sbaglio e probabilmente non ci torneranno mai più. Il punto, pensa Matteo, è che ci sono quelle che si prendono molto sul serio. Che prendono tutto molto sul serio. E allora, anche quando ti servono un mignon alla crema di zenzero, sembra che siano in un consiglio di amministrazione. Poi ci sono quelle che invece se ne andrebbero volentieri altrove. È proprio un modo di porsi, pensa. E gli viene da chiedersi in che modo si porrebbe Ada, offrendo un mignon alla crema di zenzero in veste di hostess. Forse lei se lo mangerebbe, il mignon, e poi se ne andrebbe a seguire la conferenza zen a fantasticare con la gente che fa girotondo e a prendere in giro quel rullare di trolley trascinati a velocità folli lungo i corridoi.

È proprio allora che il cellulare di Matteo inizia a vibrare, in quel modo che fa rumore anche se non dovrebbe. A chiamare è Giulia. Adesso lo chiama anche di mattina, presto. Non lo faceva da anni, pensa Matteo, ma a lui va bene lo stesso. A lui le telefonate non danno quasi mai fastidio.

«Buongiorno. Tutto bene?»

Nell'altro corridoio, qualcuno deve aver già consumato i suoi primi 45 minuti di conferenza, perché un vociare confuso arriva fin lì e ha tutta l'aria di essere un vociare da coffee break.

«Benissimo. Stiamo per cominciare e qui è tutto magnifico. Davvero. Magnifico.»

«Capograndi lo hai visto?»

«Capograndi. Come no. In forma. Come sempre.»

Capograndi era il medico a cui Matteo aveva visto fare decine di biopsie endomiocardiche. Se mai avesse avuto bisogno di una biopsia endomiocardica, se la sarebbe fatta fare da lui in persona. O almeno, così pensava. Poi un giorno, dopo l'ennesima biopsia endomiocardica, Matteo aveva accompagnato Capograndi a prendersi un drink, fuori dall'ospedale, e Capograndi non era stato in grado di dire una sola parola, quasi, e per tutto il tempo non aveva fatto altro che tirare su con il naso. Allora Matteo aveva solo sperato di andarsene via prima possibile e aveva messo in dubbio l'importanza del suo stupido lavoro.

Comunque, Giulia era rimasta a quando Capograndi era una specie di mito per Matteo, e ogni volta chiedeva di lui. A parte tutto, era carino che lui se ne ricordasse. Era carino che si ricordasse praticamente di tutti, quando si trattava di questo genere di cortesie.

«Te l'ho salutato. E lui ricambia i saluti a te, al tuo papà e alla signora. Saluta tutti. Dice che quest'estate potreste incontrarvi.»

«Fantastico» dice Giulia, «fantastico.»

Il vociare proveniente dall'altro corridoio si fa sempre più forte, ma Matteo non ha bisogno di ripetere nulla a Giulia. Inoltre, non ha mai bisogno di chiederle di alzare o abbassare la voce. Sa sempre con che tono parlare, lei. È davvero una bella cosa non dover sentirsi dire: «Come? Cosa?» al telefono, e altrettanto bello non dover dire: «Parla più forte» o «Alza la voce». Davvero una bella cosa, se uno ci pensa.

«Comunque. Hai un minuto?»

Se avevi un minuto, Giulia te lo chiedeva sempre. Poi andava avanti, senza aspettare la risposta.

«Stavo pensando a questo fine settimana. Io ho il sabato libero, e con questa faccenda del matrimonio sono tutti disponibili in reparto. Li conosci, lo sai che sono disponibili...»

«Molto, certo.»

«E allora ho pensato che, se ti va, potremmo andare a Linosa. Solo se ti va.»

Per un po' rimane in silenzio, e anche Matteo rimane in silenzio.

«Che ne dici? Ti va?»

Linosa. Giulia e Matteo stavano insieme da dodici anni, e per i primi sette, in un certo senso, Matteo non aveva fatto altro che chiederle di andare insieme a Linosa. Lui c'era stato solo una volta e, a ripensarci, non avrebbe saputo dire perché, fra tanti posti, con Giulia sarebbe voluto andare proprio lì. Il fatto è che gli piaceva immaginarsela fare la valigia per il mare. Aveva quel suo gusto nello scegliere i vestiti e, certe volte, lui si perdeva a pensare a quanto, con certe cose indosso, l'avrebbe vista volentieri in riva al mare. E il mare, non sapeva perché, era sempre quello di Linosa. Sognava i vestiti, il mare, il vento. E il corpo di Giulia. Da quel corpo, tutto pareva sempre scivolare via – e quasi certamente al mare, a Linosa, nei primi sette anni della loro storia non ci sarebbero neppure andati. Sarebbero rimasti in una stanza, dove dei vestiti scelti con gusto da Giulia non ci sarebbe stato bisogno. Ma avrebbero saputo che, poco distante, le piccole tartarughe di Cala Pozzolana se ne andavano verso il mare per la prima volta, e nessuno doveva disturbarle, altrimenti si sarebbero perse. Gli pareva una cosa bella, da avere vicino, insieme al mare e a una valigia piena di bei vestiti.

«Certo che mi va» risponde Matteo, e gli sembra che la voce gli si strozzi.

«C'è un traghetto» continua Giulia, «parte da Porto Empedocle alle undici.»

«E arriva alle sei del mattino.»

«Alle sei del mattino. Giusto.»

C'era stato un periodo in cui Matteo li sapeva a memoria, gli orari dei traghetti che partivano da Porto Empedocle. Sapeva anche gli orari di quelli che partivano da Lampedusa, se è per questo. Eppure Giulia, a Linosa con lui non ci era mai voluta andare. Non c'era niente da fare lì, diceva. Non un accidenti di bar da cui guardare il tramonto, non un posto decente per mangiare. Poi, d'estate, nessuno degli amici di Giulia andava lì. E lui avrebbe voluto con tutto se stesso trovare il modo di spiegarle che non importava, se non c'era nessuno. Ci sarebbero stati loro. Loro due e basta. E lei, accidenti, lei con i suoi vestiti messi in valigia per il mare. E poi le tartarughe, piccole piccole, prima sotto terra e poi verso il mare. Ma a lei non bastava. Non era bastato mai. E a Matteo questo non aveva mai smesso di fare male.

«Allora provo a organizzare, ok? Vedo se c'è un aereo fino a Trapani, e poi cerco una macchina, ok?»

«Ok.» Matteo sa che lei non ha bisogno di provare a organizzare. A Giulia certe cose riescono. E basta.

Era febbraio, accidenti. A Linosa davvero non ci sarebbe stato nessuno, neanche le tartarughe. Ma andava bene lo stesso. Appena arrivati, sarebbero andati da Giovanni, giù al bar Errera, e lui avrebbe sistemato tutto. E magari a Cala Pozzolana ci sarebbero andati comunque, con o senza tartarughe.

«Benissimo» dice allora Giulia, «organizzo.» E di nuovo, per un po', nessuno parla. «Salutami ancora Capograndi, se lo vedi. Salutamelo tanto. Buona giornata. Bacio.»

«Bacio.»

Solo quando conclude la telefonata, Matteo si accorge di essersi chiuso in bagno. Da quando c'è Ada, finisce spesso a telefonare da un bagno. Pensava che fosse una di quelle cose che si vedevano solo nei film, e invece davvero poteva capitarti di chiuderti in bagno e parlare sottovoce tutto il tempo, anche quando sapevi che negli altri bagni non poteva esserci nessuno.

Comunque, chiusa la telefonata, si guarda allo specchio e mette il cellulare in tasca. Si lava le mani e si scopre felice che il suo lavoro gli offra la possibilità di frequentare alberghi dove il sapone non è mai allungato con l'acqua né con niente. Si lava le mani a lungo, senza smettere di guardarsi allo specchio. Pensa all'uomo con la camicia a scacchi troppo grossi. Se lo incontrasse adesso, fuori dal bagno, gli offrirebbe un caffè. Gli offrirebbe un caffè e gli farebbe i complimenti persino per il trolley ventiquattrore.

41

Il resto della conferenza è filato via liscio. Matteo si è mostrato colpito dalle novità sulle biopsie endomiocardiche più di chiunque altro al mondo. Ha sorriso e stretto mani.

Risale in macchina e fino a metà strada si dimentica di fare i suoi due tiri di Marlboro rossa. Pensa che deve parlare con Ada. «Qualcosa deve cambiare» gli dice sempre lei. Quel viaggio a Linosa è il modo di Matteo per cambiare qualcosa.

Giulia è di turno quella sera, così lui non deve far finta di non essere ancora partito. Lei non gli ha chiesto niente, ma lui tiene comunque il conto delle volte in cui non è costretto a mentirle.

Chiama Ada.

«Vieni al loft?»

Il disastro delle ultime settimane non ha cambiato il suo modo di andare dritto al punto, certe volte.

«Ok.»

«Ok.»

Matteo sa di doverle delle risposte. Ma, per darle a lei, deve darsele prima lui. Il punto è che non sa da dove iniziare. Non sa neanche quali siano le cose giuste da chiedersi, dopo tutti quegli anni con Giulia. Si era messo con lei quando ancora credeva che l'essere grandi, adulti, fosse una specie di traguardo dove, una volta arrivato, avrebbe avuto tutte le risposte e non gli sarebbe più stato concesso di fare errori. Era come se, a quel tempo, fosse salito su un treno e avesse accettato Giulia come compagna di viaggio una volta e per sempre. Avrebbe finito gli studi, poi avrebbe cercato un lavoro, avrebbero scelto una casa, si sarebbero sposati e avrebbero avuto dei figli.

Credeva di conoscerla, la strada. Credeva non ci fosse bisogno di affacciarsi al finestrino e controllare le fermate. Credeva che, una volta arrivati in questa specie di meta che era l'età adulta, lo avrebbe capito. Era ridicolo, ma si aspettava qualcosa come un annuncio, una voce, un segnale. Qualcuno che gli dicesse: "Sei arrivato, sei grande, adesso".

Ora sa che non c'è nessuna voce, nessun annuncio. Adesso lui è grande e basta. Ma ha comunque perso il conto delle fermate, non sa dov'è, non sa per quanto ancora quel treno continuerà a viaggiare. Non sa neanche dove sia Giulia: se è lì con lui, se è andata per un attimo in un'altra carrozza o se è addirittura scesa?

Sa che tutti da fuori lo guardano e si aspettano che sia finalmente grande, fatto di una stoffa che resista agli strappi e alle cadute. Soprattutto se lo aspetta Ada, alla quale lui ha tagliato la strada. E che sta lì, vuole risposte, e gli dice di scegliere, «o me o lei», che altrimenti «non ci dobbiamo vedere mai più».

"Sono perso quanto te" vorrebbe dirle, "sono fatto della stessa stoffa tua, pronta a strapparsi in punti che non so."

Matteo chiude la porta del loft con più forza di quanta vorrebbe.

Ada ha la testa davanti al vetro del forno, sta guardando i biscotti cuocersi. Ha dato retta all'articolo sulle donne che infornano dolci per tenere a bada l'ansia. Sul tavolo c'è una mezza dozzina di scatole di latta. Tutte diverse. Tutte aperte.

«Il profumo è buono» commenta Matteo.

Ada si pulisce le mani con uno strofinaccio. Non guarda più i biscotti, ma neanche Matteo.

«Che c'è?» chiede.

«Devo parlarti di una cosa.»

Non le dice tanto. Solo che il prossimo fine settimana andrà fuori con Giulia. Non le dice cosa Linosa significhi per lui. Spiega che è un viaggio e basta.

Ada pensa che in questi mesi lui non le ha mai detto dove dormiva, quando non dormivano insieme. Tante volte se lo è immaginato a letto con Giulia, ha provato a visualizzare il loro modo di dormire l'uno accanto all'altra. Ogni volta, si faceva forza pensando che forse non era con nessuno.

Da quando ha scoperto che sta per sposarla, gli chiede sempre dove ha intenzione di dormire. Anche quando le dice che non dormirà con Giulia, lei inizia a piangere e a urlare. Non riesce più a fidarsi di niente di quello che Matteo dice.

Almeno adesso ha la certezza che dormirà con lei. In un certo senso, quella certezza la mantiene più calma dei dubbi che le si agitano dentro come mostri.

«Mi dispiace, ma io devo capire a che punto sono le cose.» Vorrebbe avere parole migliori di queste, ma almeno sta dicendo la verità. Non c'è più traccia dell'eccitazione che lo percorreva nei giorni scorsi. «È come se fossi su un treno...» inizia. Poi però si sente stupido e non dice più niente.

Guarda Ada solo per un attimo. Non si confessa dai tempi della Cresima, e quasi se lo è dimenticato come ci si sente, ad avere gli occhi del confessore puntati addosso.

«È come quando cerchi di far funzionare un computer che si è bloccato e non sai se è rotto, non sai niente. Prima di buttarlo, devi provarle tutte.»

Ada non ha l'aria di chi gli darà una giusta penitenza e poi lo riterrà assolto. Ma ascolta, e questo a lui basta.

«Prima che si blocchino, i computer, funzionano male. E quello che ti dicono di fare è di provare a spegnere e riaccendere.»

Ada ascolta e pensa che non è di lei che sta parlando, che non è lei il centro del discorso. Lei è al margine della storia di Giulia e Matteo. Ma il margine è comunque un posto. Oppure no?

«Vorrei poterti dire di più. Vorrei poterti dire come andrà a finire, che tutto andrà per il meglio. Ma non lo so. So solo che prima di buttare via tutto, devo fare l'ultimo tentativo. *Questo* tentativo. Puoi capirmi?»

Ada è rimasta seduta sul davanzale di una delle grosse finestre. Dopo averle chiesto comprensione, Matteo si sente crudele.

Lei pensa a quella cosa che si era detta con Giulia una volta, sulle scale antincendio, a proposito di una tettonica a placche in miniatura. Le pare che tutti stiano sprofondando, ma della montagna da tirare su non c'è traccia.

«Cosa vuoi che faccia?» chiede a Matteo. Lui non ha il coraggio di risponderle.

"Ti ricordi quel giorno? Quello in cui mi hai detto che aspettavi qualcuno che ti tagliasse la strada. Io non so se ho tagliato la tua" vorrebbe dirle, "ma so per certo che ho perso la mia."

«Aspettami» le chiede infine, «aspetta questi tre giorni. Aspettiamo entrambi. Tornerò da lì con una risposta. Con tutte le risposte.»

Un giorno, in autostrada, aveva visto un cane abbandonato che correva contromano. Per un attimo, solo per un attimo, gli pare di vedere negli occhi di Ada lo stesso terrore.

È il senso dell'attesa, a farle paura.

Adesso Matteo ha l'aria stanca. «Continuo a fare un sogno» dice. «Sono a scuola. Tutti sanno che la campanella sta per suonare e sistemano le loro cose, e invece io no.»

Ada lo ascolta, ancora seduta sul davanzale.

«Poi la campanella suona e allora tutti se ne vanno e io non so da dove iniziare a sistemare le mie cose. Vorrei che qualcuno mi aspettasse. E invece nessuno rimane ad aspettarmi.»

«Ti senti in ritardo per qualcosa, credo» commenta Ada, «o forse fuori posto. Non lo so.» Dopo averlo detto, salta giù dal davanzale. Poggia il dorso della mano sul vetro della finestra. «Quest'affare fa spifferi da tutte le parti. Dovresti cambiarlo.»

È la prima volta che Matteo le sente dire qualcosa di pratico. Gli piace sentirglielo dire. E la cosa gli fa meno paura di quanto dovrebbe.

42

Giulia e Matteo partono poco prima di pranzo. Non hanno realmente pianificato il momento della partenza, ma a loro riesce sempre di arrivare per tempo dove devono. Caricando la macchina, sanno esattamente qual è il momento giusto per passarsi i bagagli, senza che uno rimanga con la testa affondata nel bagagliaio e l'altra con le braccia tese e le valigie in sospeso. Al bar dell'aeroporto, mangiano senza doversi dire chi farà la fila per le cose da bere e chi per i panini. Sanno cosa l'altro prenderà e non devono scambiarsi gesti d'intesa né niente. Possono sfogliare lo stesso giornale senza che uno dica all'altro di indugiare ancora un po' su una pagina.

Durante il volo, Matteo si sente come quando a scuola uno dei suoi quadernoni stava per finire e sua madre gli diceva di metterne in cartella uno nuovo di zecca. Durante la lezione, il vecchio quaderno finiva e lui tirava fuori quello nuovo. Lo apriva come se fosse un oggetto magico, capace di far sparire tutti i vecchi brutti voti e le pagine piene di cancellature, e lui prometteva a se stesso che da allora in avanti avrebbe fatto le cose per bene.

La notte in nave ha ricordato a Giulia perché, anni prima, aveva promesso a se stessa che non avrebbe mai più messo piede su un traghetto. Comunque, lei e Matteo sono usciti sul ponte scoperto in tempo per guardare l'alba.

Arrivati sull'isola, la luce è la migliore che ci si possa aspettare a febbraio, e Linosa è più piccola e più aspra di quanto Matteo ricordi.

Giulia ha pensato a tutto: ha prenotato una piccola macchina a noleggio, di quelle scoperte, buone solo per andare in giro in un campo da golf e su isole come quella; ha trovato il solo alloggio disponibile in quel periodo dell'anno. Matteo sorride nell'accorgersi che si tratta di una casa tipica, con le pareti esterne gialle e rosse e gli infissi verdi. Giulia spiega poi che gli ha prenotato una breve serie di immersioni. Un tizio del posto porterà il gommone e lui non dovrà pensare a niente.

Sulla barca di appoggio, durante le immersioni di Matteo, lei non ci è mai salita. Questa volta, invece, sale e pare curiosa di tutto. Lungo il tragitto è rimasta seduta accanto a Matteo, standogli più vicino di quanto fosse necessario. Gli ha raccontato quello che aveva letto a proposito dell'origine vulcanica dell'isola, e lui l'ha ascoltata.

Adesso sono fermi nel luogo dell'immersione. Giulia gli passa l'attrezzatura e fa ciò che può per aiutare a bordo del gommone.

Un attimo prima che Matto si tuffi, gli dice di aspettare. Si avvicina e lo stringe. Sul gommone si muove incerta, come in una coreografia che non ha ancora provato abbastanza.

«Ti amo» gli dice.

Matteo non va subito in profondità. Da sott'acqua guarda il cielo. Intravede Giulia seduta sul bordo del gommone, le onde e i riflessi della luce gli consentono di osservarla per brevi attimi. Poi inizia a scendere. Il fondale gli pare meno bello di quanto ricordasse. Chiude gli occhi.

Non ha mai realmente pensato al matrimonio. Né alla cerimonia né al ricevimento. Ha pensato solo allo scambio degli anelli, non avrebbe saputo dire perché. Quel momento gli interessa. E anche gli altri passaggi della promessa, quel momento nella vita di due persone che credono davvero di poter rimanere insieme per il resto dei loro giorni.

Gli sono sempre sembrate parole enormi, quelle della promessa. Non tanto gli "accolgo te" e "in salute in malattia". È "amarti e onorarti, tutti i giorni della mia vita" a fargliele sembrare così enormi. Onorare qualcuno ogni giorno. Cosa vuol dire? Riconoscerlo? Assecondarlo e proteggerlo?

Tutto il resto gli va bene, per brevi attimi pensa anche che potrebbe riuscire a dirlo. Ma quell'"onorarsi", quello gli pare che sfugga.

Non sa esattamente a che profondità si trovi, però continua a scendere. Gli sembra che sia solo questa la differenza fra il mare e la sua vasca: nel mare puoi andare più a fondo.

Del matrimonio con Giulia ha sempre saputo anche che non vuole pubblico. Per questo, quando tutta la storia delle nozze è venuta fuori, ha proposto la cerimonia ad Aruba. Le cerimonie con le chiese piene, i microfoni, le telecamere e i truccatori gli danno i nervi. Pare che tutto sia fatto con lo scopo di distribuire il filmino, per far vedere agli sposi e agli invitati se sono venuti bene o male, nei loro vestiti da festa.

Giulia ha capito e accettato l'idea della cerimonia in due, ai Caraibi, anche se sa che sua madre si opporrebbe e glielo rinfaccerebbe per tutta la vita. Quindi ha mediato. È brava, lei, a rimanere nel mezzo e a cercare di avvicinare la gente. Non perde mai la pazienza. Non prende mai una posizione.

Nella sua testa, Matteo diluisce l'intera faccenda del matrimonio in una piccola serie di eventi. Questo lo aiuta a credere che quel che sta per accadere non sia poi così definitivo. Sott'acqua tiene gli occhi chiusi più a lungo di quanto il buonsenso suggerirebbe. Dei fondali, belli o brutti che siano, adesso lo sa, non gli importa niente. Gli importa di avere intorno una quantità d'acqua tale da sentirsi lontano da ogni cosa.

È rimasto all'erta per tutto il viaggio verso l'isola. Si è messo in ascolto e ha cercato tracce, qualcosa che lo aiutasse a venire a capo della questione per cui sono arrivati fin lì, e cioè capire a che punto del loro viaggio insieme sono lui e Giulia. Non quello a Linosa, ma quello più lungo, su quell'accidenti di treno che Matteo crede di aver preso con lei tanti anni prima.

Tutto quel prestare attenzione alla qualità dei silenzi e dei gesti, però, non ha prodotto risultati. Per brevi attimi, l'ha creduta accanto a lui, nel sorriso che gli ha rivolto prima che l'aereo toccasse terra, nel modo in cui si è lasciata tenere la porta aperta mentre entravano in quella che per i prossimi giorni sarebbe stata la loro casa. In quei momenti gli è parso che lei fosse esattamente dov'era all'inizio: e cioè vigile nel sedile accanto al suo, pronta a scambiarsi sguardi complici sulla bellezza del panorama.

Un istante dopo però, proprio come gli è successo cercando di vederla seduta sul bordo del gommone, era sparita e lui era di nuovo pronto a chiedersi se quello fosse ancora il suo treno.

La luce, in quel punto del fondale, non è più buona neanche per sentirsi lontano da tutto, così Matteo decide di riemergere. Pensa che ha poco tempo. Pensa che da solo non arriverà a capire niente. Pensa che Ada su una cosa ha ragione: il solo modo per risolvere quel disastro è dare a Giulia la giusta quantità di informazioni, così che anche lei possa scegliere. Potrebbe parlarle subito. Potrebbe riemergere, salire sul gommone e parlarle. Non ha voglia di fare altre immersioni, non ha voglia di fare il giro dell'isola. Ha solo voglia di smettere di correre senza andare da nessuna parte, di iniziare a incamminarsi verso qualcosa, anche a costo di rallentare il passo.

"Devo parlarti" pensa di dirle mentre risale in gommone. Ma lei gli viene incontro tendendo l'asciugamano che ha pensato di preparare per quando sarebbe riemerso. Lo abbraccia senza paura di bagnarsi. Ha già detto al tizio del gommone di portarli nel posto della prossima immersione.

Adesso viaggiano a una velocità tale che non consente loro di parlare. Matteo prende questa cosa come una specie di segno. Rimane in silenzio e ascolta quello di Giulia. Sott'acqua ha imparato che nel silenzio riesce a essere più fedele a se stesso. Ed è la fedeltà a se stesso la cosa di cui ora ha bisogno.

All'inizio della seconda immersione, prova ancora a guardare Giulia da sott'acqua, ma questa volta non la vede neanche per un attimo. Lei dev'essersi stancata di rimanere seduta sul bordo. Matteo pensa che si sia messa a prendere il sole. Giulia è il genere di donna che trova il modo di stendersi al sole in tutte le situazioni e ci rimane una quantità spropositata di tempo senza muovere un muscolo.

Il fondale qui è più bello che nel primo punto. Matteo tiene gli occhi aperti e fa quello per cui Giulia pensa di averlo portato lì: il subacqueo vero. Anche questo, secondo lui, è un modo per raggiungere lo scopo. Assecondare quelle che crede siano le intenzioni di Giulia. Questa volta, quando risale, lei non gli tende l'asciugamano. È effettivamente stesa al sole, con gli occhiali sollevati sulla testa. Ci mette un po' ad accorgersi che è tornato. Per qualche istante nessuno dice niente. Poi è l'uomo del gommone a rompere il silenzio: «Se volete andare nel terzo posto, è ora di muoversi».

«Muoviamoci» dice lei, mentre rimette gli occhiali da sole al loro posto e torna a sedersi vicino a Matteo.

Sull'altro lato dell'isola, ci dev'essere come una strana corrente. L'uomo del gommone tenta più volte di fermarsi ma non c'è modo di posizionarsi come si deve.

«Mi dispiace» si scusa, «ho calcolato male il giro. A quest'ora, qui, c'è sempre corrente. Possiamo provare ancora a fermarci...»

«Non si preoccupi» ribatte Matteo, «possiamo tornare indietro.»

Durante il breve tragitto tra il porto e la casa, si alza il vento. Ce l'hanno contro e invade l'abitacolo della piccola auto. Quando Matteo parcheggia nel vialetto, Giulia scende svelta, come se non mettesse piede a terra da anni.

Lei si fa una doccia, lui anche. Non hanno bisogno di molte parole per decidere chi la farà per primo. Sotto il getto dell'acqua calda, Matteo inizia a sentire la stanchezza del viaggio, delle immersioni e di tutto il resto. Ha ancora l'asciugamano addosso, quando si stende a letto.

Al suo risveglio, Giulia è appoggiata allo stipite della porta. È scalza e indossa una gonna lunga di un bel punto di blu. Ha un bicchiere di vino bianco in mano. Guarda Matteo. Lui non ha idea da quanto sia lì a guardarlo, ma ha un modo diverso di tenergli gli occhi addosso, ora. L'ha già notato, quel modo, ma ci mette un po' a capire dove e quando. Era successo quando erano andati a pranzo da

Paolo, e poi ancora, quando erano in giro per mercatini. Lo aveva guardato come se lui stesse per precipitare.

«Ho chiesto a una signora del posto di prepararci la cena» gli dice, «è passata a portarcela.»

«È già ora di cena?»

«Ho apparecchiato in terrazzo.» Beve un sorso di vino. «Ti va di mangiare in terrazzo?»

Sul tavolo, in terrazzo, una tovaglia bianca è mossa appena dal vento. Tovaglia e tovaglioli sono di lino. Il genere di lino, pensa Matteo, che solo Giulia può trovare in un posto come questo. Forchetta e tovagliolo sono a sinistra del piatto. Il coltello, a destra, ha la lama rivolta verso l'interno. Il calice per il vino bianco è allineato con la punta del coltello. Quello per il vino rosso non c'è. Più a sinistra c'è quello dell'acqua.

Matteo si siede e guarda il mare. All'orizzonte, il sole è tramontato e un fronte di nuvole pare muoversi verso l'isola, forse sospinto dal vento del pomeriggio. O forse quelle nuvole erano già lì, ma lui non ci aveva fatto caso.

Matteo si versa un po' di vino e inizia a berlo.

Giulia appare in terrazzo con una teglia in mano, qualcosa con la pasta lunga. Matteo riempie il bicchiere di Giulia, che fa per servire un po' di quella pasta al centro del suo piatto piano.

Lui si alza. «Lascia» le dice, e ne prende lui.

Quando si risiede, Giulia è pronta per un brindisi. Alzano i calici, li avvicinano senza farli toccare. "Il bello di certe isole" pensa Matteo "è che non sai mai che stagione è."

«Devo parlarti» dice a Giulia, quando posa il bicchiere.

Lei sorride appena e tiene lo sguardo basso su un punto imprecisato della tovaglia.

«Assaggiamo almeno questa cosa con l'aragosta.»

Matteo prende con la forchetta un po' di pasta. Poi lascia tutto sul bordo del piatto.

«Da quando questa faccenda del matrimonio è iniziata, io ho perso il filo» inizia dopo qualche istante. «Abbiamo cominciato a fare tutte queste cose. Cercare i fiori, cercare il posto. Ma io ho perso il filo, il filo di tutto il resto, di noi.» A questo punto cerca lo sguardo di Giulia. «Tu ce l'hai? Voglio dire: tu lo sai a che punto siamo?»

Giulia non solleva gli occhi dal piatto. Ha separato i pezzi di aragosta dalla pasta e ora sta iniziando a togliere la polpa dal guscio del crostaceo.

«Certo che lo so: stiamo per sposarci. Non credo ci sia altro da sapere.»

«Questo lo so anche io. Ma è come se il matrimonio avesse inghiottito ogni cosa. Non so se mi capisci. È difficile da spiegare. Il punto è: che ne è di noi adesso, matrimonio a parte?»

Giulia appoggia la forchetta con più forza di quanto sa essere conveniente a tavola.

«Lo sai cosa mi rende diversa? Sai qual è la differenza tra me e tutti gli altri che credi di aver vicino?» Adesso guarda Matteo dritto negli occhi. «Io, a differenza degli altri, lo so che non sei perfetto. Non sto ferma all'arrivo, ad aspettare che tu finisca la tua corsa. Corro accanto a te. Lo so, quando stai per cadere.»

Matteo non ci ha mai pensato, non ha mai visto la loro storia come una gara. Come una strada, sì, come una gara no. Non saprebbe neanche contro chi farla, la gara. Una cosa la sa: se è come dice Giulia, allora è molto probabile che sia già caduto.

«Io non so se è così, non so se è una corsa» dice, «ma se lo è io credo di essere già caduto.»

«Non sei caduto. Nessuno è caduto. Hai solo perso per un attimo la strada.»

Matteo guarda le mani di Giulia muoversi nervose tra le posate e i tovaglioli. Lei non è così, lei non è una che spreca i gesti. Per un attimo pensa che anche lei abbia qualcosa da dirgli e che non trovi il coraggio. Prova a prenderlo lui, il coraggio, allora.

«Allora forse non sono caduto. Ma di sicuro ho sbagliato strada.»

È stanco di parlare a quel modo. Gli sembra di essere alla presentazione di un libro in cui uno del pubblico vuole a tutti i costi prendere la parola, anche se non sa niente dell'autore né del libro, e allora parla per metafore che nessuno capisce e l'autore è costretto a starlo a sentire nella speranza che il resto del pubblico non si annoi al punto di decidere di andarsene via.

«Ho sbagliato, Giulia. Durante quest'ultimo periodo. Non ho davvero capito quello che ci stava accadendo, quello che ci succede ora. E ho fatto danni. Credo di aver fatto una marea di danni.»

«Lo immagino» prova a ribattere Giulia. «Credo sia normale avere paura, ora. Sentirsi confusi. Fare questo genere di pensieri.»

«No, non credo che tu lo capisca.»

«Non dovresti sentirti sbagliato» lo interrompe lei. «Dovresti sentirti nel giusto. È giusto farsi delle domande, mettersi sotto esame... sono le persone che ti fanno credere che sia sbagliato avere dubbi. Ti mettono in testa strane aspettative, come se uno, dopo dieci anni, dovesse ancora avere le farfalle nello stomaco e tutto il resto... Non siamo adolescenti, voglio dire. Non si tratta ancora di dover sentire le stesse emozioni e i batticuori. Siamo in un'altra fase del percorso. Occorre guardare le cose con la giusta prospettiva.» Giulia si passa una mano sulla fronte, come se dovesse sistemarsi i capelli.

«Non è questo quello che sto cercando di dirti.»

«Lo so quello che stai cercando di dirmi. Non c'è bisogno che tu lo dica, ok? Non farmi scendere a questo livello, per favore.» Pare stia per piangere, ora.

Matteo non è sicuro di quello che vuole dire, ma adesso neanche Giulia pare sicura. Però è certo che lei sappia più di quanto dice.

«Di cosa stai parlando, Giulia? Cosa sai?»

«Tutto» risponde lei. E butta fuori una quantità considerevole d'aria.

"Tutto cosa?" vorrebbe chiederle lui. "Che siamo in questa situazione da talmente tanto tempo che non so più chi sei? Questo, sai?" E invece rimane in silenzio un attimo in più, e in quell'attimo Giulia si prende lo spazio per parlare.

«Di Ada» dice. «So di lei, e di quello che hai fatto con lei. Quello che lei crede di provare per te. Tutto.»

Si pulisce la bocca con il tovagliolo, lo poggia delicatamente accanto al piatto. Poi si alza, mette le mani sulla ringhiera e guarda il mare.

«Come lo sai?» le chiede Matteo. Neanche per un attimo pensa di negare.

“Nessuno si farà male” continuava a dirsi, e invece a terra ci sono già molti più feriti di quanto credesse. «Da quanto lo sai?» chiede ancora, e Giulia scuote la testa.

«Non parliamo di lei. Non parliamone come se fosse lei la malattia. Lei è un sintomo, ok? È solo il sintomo di una malattia che tu credi di avere.»

Non spiega come lo ha scoperto. Non dice della mattina in cui la segretaria del loro commercialista si è presa la premura di chiamarla per segnalarle che aveva bisogno di ricontrollare la lista degli immobili. Prima quelli dei suoi genitori, poi quelli suoi e di Matteo. Tra gli indirizzi, ce n’era uno che Giulia non ricordava. Lì per lì aveva confermato ogni cosa alla segretaria. Chiusa la chiamata, aveva continuato a ripetersi mentalmente l’ultimo indirizzo. Dopo un po’, le era parso di ricordare che quello era il posto dove Matteo aveva trovato un garage che gli piaceva moltissimo e che avrebbe voluto comprare per trasformarlo in una casa, la loro. L’aveva comprato, quindi. A sua insaputa.

«Abbiamo sbagliato» prosegue ora Giulia, «abbiamo sbagliato tutti. Ho sbagliato io a smettere di aspettarti. Ho sbagliato io a tornare a casa sempre stanca. Hai sbagliato tu a credere di poter avere di nuovo quello che si ha all'inizio di una storia. Lo capisco, sai? Lo capisco. È dura. È dura anche per me svegliarmi tutte le mattine con te accanto e cercare tracce della meraviglia che era, all'inizio, starti vicino. È un impegno, ritrovare quella meraviglia...» prende fiato. «E noi questo impegno lo abbiamo tralasciato. Capita. Capita a tutti. Non facciamola più grave di quel che è.»

Aveva richiamato la segretaria – «Mi è sfuggita una cosa» le aveva detto «una piccola cosa». Aveva ripetuto l'indirizzo e le aveva chiesto come fosse classificato l'immobile. La segretaria aveva esitato un attimo, poi aveva risposto: «Civile abitazione».

A quel punto Giulia aveva deciso di andare a vedere che ne era stato, di quel posto che lui aveva finto di dimenticare. Ci aveva messo un po' a ricordare quale fosse l'edificio. Poi aveva visto le finestre, si era ricordata di quei motivi in acciaio, e lo aveva trovato. Aveva guardato dentro, e allora aveva visto. Il quadro blu di cui Ada le aveva parlato. Il baule. E poi quello stupido casco da palombaro, in un angolo. E persino uno dei maglioni troppo sgargianti di lei, buttato ancora a rovescio sul letto.

C'era voluto un po' a mettere insieme tutto. Aveva pensato di rimanere lì ad aspettare che uno dei due tornasse. Si era seduta. Si era sforzata di guardare la cosa con distacco. Si era ricordata di quando, anni prima, aveva letto il risultato del test di ammissione a Medicina. Era stata dura. Aveva creduto di non poter più rimediare a quell'errore, e questo le aveva procurato dolore. A lei, e a tutti quelli che le stavano vicino. Nel dolore, aveva capito poi, non si riesce a guardare le cose in prospettiva.

Con il tempo, aveva capito che, anche se aveva permesso a se stessa di fallire una volta, avrebbe potuto rimediare. Aveva aspettato pazientemente che il dolore passasse e che le consentisse di guardare le cose nel giusto modo. Aveva trovato la forza di opporsi ai genitori, si era creata una nuova strada, l'aveva seguita, e non aveva permesso a nessuno di decidere quale fosse la via giusta per lei. Non aveva mai più corso il rischio di fallire. Aveva trovato la sua strada e la stava percorrendo bene. Niente e nessuno l'avrebbe convinta a cambiare direzione, neanche adesso.

Così, fuori dal loft si era detta che, se avesse lasciato spazio al dolore, non avrebbe mai guardato le cose nel modo giusto, e tutto le sarebbe apparso più grave di quel che era.

Aveva deciso di mettere da parte la sofferenza. Altre volte lo aveva fatto, ed era come un esercizio. Per andare avanti, nel lavoro che faceva, doveva essere brava in questo. Una volta sotto controllo quello, aveva visto le cose per ciò che erano: Ada era solo un sintomo, un sintomo irrilevante, di una malattia altrettanto irrilevante che lei era perfettamente in grado di curare.

Aveva deciso di ripercorrere le tappe della loro storia di amanti, così che anche Matteo avesse la possibilità di guardare tutto dalla giusta prospettiva. Erano stati insieme da Paolo, e nella radura, e poi ai mercatini. Infine lo aveva portato lì, su quella dannata isola che credeva di adorare, affinché anche lui fosse in grado di vedere le cose nel loro insieme.

«L'abitudine è una malattia stupida» spiega ora a Matteo, mentre lui la raggiunge alla ringhiera. «È una malattia da cui possiamo guarire.»

Lui la guarda senza riuscire a pensare a niente. Sa di averle causato un dolore, eppure di quel dolore non gli riesce di trovare traccia. Niente, nel corpo di Giulia, pare fuori posto. Pensava di aver distrutto tutto, e invece tutto appare intatto. Tutto sempre pronto a essere fotografato, e niente che si possa davvero spostare, proprio come nel loro attico.

«Ho ragionato, Matteo, ho ragionato tanto. E, secondo me, lei non è quella che vuoi. Se fosse davvero lei quella che vuoi, te la saresti presa. Non voglio credere di aver bisogno di ricordartelo: tu quello che vuoi te lo prendi. Se davvero l'amassi, se davvero volessi lei, non saremmo a questo punto. Mi avresti lasciata, sin dall'inizio. Me ne avresti parlato sin dal giorno in cui lei ti ha lanciato di sotto quello stupido rum e tutto il resto. Non sei così disonesto, Matteo, non lo sei. Avevi solo bisogno di una boccata d'aria. Io questo lo capisco, lo capisco, davvero. Lei ha quel modo di fare, così fuori da tutto. Piace anche a me. *Piaceva* anche a me. Succede. Succede a un sacco di gente. A qualcuno succede prima del matrimonio, ad altri dopo. Alcuni fanno finta di nulla, altri, come te, provano a parlarne. Non è niente.»

Adesso dà le spalle al mare, non guarda realmente da nessuna parte e il collo è piegato in modo del tutto simile a quello di sua madre quando disapprova qualcosa.

«C'è dell'altro, sai?» continua. «Tu non sei il genere di uomo che vuole essere il solo approdo di qualcuno. Nessuno vuole essere il solo approdo di qualcuno. E per Ada è quello che sei: il suo solo approdo.»

Matteo non ci ha mai pensato. Non ha mai pensato a chi fosse il solo approdo di chi. Però pensa che Giulia potrebbe aver ragione. Pensa a come si sente, quando Ada gli fa tutte quelle domande, e non gli lascia neanche un po' di spazio. Lui ora è il suo ultimo baluardo, ma in fondo non può esserlo. Non vuole.

«Poi, sai cos'altro? Sai perché sei ancora qui, e non con lei a bere rum e raccogliere margherite? Lo so che ora a te non piace pensarlo, ma è così: io ti conosco. E sai perché sei qui, ancora? Sai che cosa ti trattiene? La stessa cosa che trattiene me dall'infilarmi in altre storie: l'assoluta certezza che poi, alla fine, tutti si ritrovano allo stesso punto. Sul divano, davanti alla tv, senza ricordare cosa l'altro ha detto di voler mangiare per cena. Ne vale la pena? Chieditelo, davvero. Vale la pena mandare all'aria quello che abbiamo costruito fin qui, e correre da lei che ancora crede di sapere ogni cosa di te perché ti ha visto con addosso le magliette di Capitan America e ti lascia andare sott'acqua? Magari all'inizio sarebbe bellissimo, non dico di no. Ma fra dieci anni? Fra dieci anni, finiresti nello stesso identico punto di adesso. Tu lo sai che ci vuole impegno. E tu quell'impegno vuoi ancora mettercelo con me. Non saresti qui. Lo so. E so che lo sai anche tu.»

Matteo l'ha ascoltata con più attenzione e lucidità di quanto sia mai stato in grado di avere. Si chiede dove Giulia abbia trovato il posto per tutte quelle paure che lui non era stato in grado di affrontare. Si chiede come abbia fatto a darsi tutte quelle risposte, senza che lui percepisse una sola crepa nel loro stare insieme.

«Hai ragione» dice solo, «forse lei è solo un sintomo.»

Poi però pensa alla malattia. Giulia c'è riuscita, a togliere dall'orizzonte Ada, per adesso. Ma per Matteo la malattia rimane. Il solo modo che trova per spiegarglielo è farle il discorso del treno. Le dice che ha paura di essere sul treno sbagliato e che ha perso il conto delle fermate e non sa quanta strada ha davanti.

«Matteo» riprende Giulia, «non ci guadagniamo niente a fare i martiri. Non dobbiamo punirci e poi assolverci. Capita a tutti. Tutti. La gente ha paura e sbaglia. C'è chi continua a sbagliare. Chi crede che, se tanto ormai una cosa è un po' danneggiata, allora tanto vale romperla del tutto e alla fine buttarla. Ma noi siamo persone intelligenti, siamo persone equilibrate. Ci siamo accorti del danno e lo ripareremo. Aggiusteremo ogni cosa, non sbaglieremo più. Ne stiamo parlando. Sarà il nostro segreto. Il nostro piccolo mucchio di cocci. Possiamo lasciarlo qui, in questo posto dimenticato da dio. Ok?»

Matteo annuisce. È come se da un po' guardasse la scena dall'esterno. Giulia gli prende la testa tra le mani. «Sono con te» gli sussurra tenendo la bocca a meno di un centimetro da quella di Matteo, «è il treno giusto, il binario giusto, il momento giusto. C'è tutto il carburante del mondo. E abbiamo davanti ancora un mucchio di strada.»

Giulia tiene Matteo per mano fin quando non salgono in camera. Lo spoglia piano, come se gli stesse togliendo di dosso vestiti troppo sporchi e troppo fragili. Lo bacia. Lui risponde a lungo a quel bacio. Fanno l'amore. Matteo si lascia guidare, per un po' continua a vivere quel momento come se si guardasse da fuori. Si muove piano alla ricerca di una grammatica inedita che gli restituisca lo stupore di un corpo già decifrato tante volte.

Quando tutto è finito, non c'è traccia neanche di affanno.

È stato un ritorno a casa, senza fretta e senza clamore.

Poi si svegliano, di domenica mattina, le nubi che la sera prima si vedevano all'orizzonte sembrano più lontane, ma l'aria è fredda e la luce è quella insignificante di febbraio, anche lì, ora.

Decidono di partire subito e non di sera, come Giulia aveva previsto nel suo piano. Prenderanno uno di quegli aliscafi veloci, e non il traghetto lento dell'andata.

Durante il tragitto, rimangono a guardare la scia che l'aliscafo lascia e l'isola che si fa sempre più piccola, come le colpe che potrebbe essere riuscita a far espiare loro. Rimanere a guardarla mentre si allontana è il loro ringraziamento, il loro modo per promettersi che quello che si sono scambiati lì rimarrà perdonato e dimenticato.

Durante il tragitto, Giulia pensa a quello che una volta le aveva detto Ada a proposito della domenica: «Per capire come vanno le cose in una coppia, basta vedere come passano la loro domenica».

Loro, quella domenica, stanno tornando a casa insieme e senza più segreti.

Matteo si preoccupa di fissare nella sua mente il momento in cui si è sforzato di continuare a guardare Giulia, mentre scendeva in profondità. Quello in cui l'ha vista appoggiata allo stipite della porta con il bicchiere di vino in mano e la gonna blu. Cerca negli anni passati con lei altri ricordi, altri puntelli con cui tenere in piedi il resto della loro vita insieme. Sono piccole cose, come molliche da lasciare lungo la via per ritrovare la strada nel caso in cui dovesse correre di nuovo il rischio di allontanarsi.

Rimangono in silenzio, durante il viaggio, e in quel silenzio non c'è traccia d'imbarazzo. Dopo il volo, Matteo va a recuperare la macchina al parcheggio dell'aeroporto e sistema i bagagli. Giulia, prima di salire, lo guarda a lungo.

«Una cosa me la devi» gli dice. «Il posto in cui stavi con lei, il garage che hai comprato. Quello voglio vederlo.»

43

Matteo apre la porta del loft come un musicista costretto a suonare una melodia di cui non conosce la fine. La paura di non sapere come andare avanti gli fa suonare male anche la parte che sa. Rimane fermo appena oltre la porta di ingresso. È certo che Ada non può esserci. Non va mai lì, se sa che lui non c'è o non sta tornando. Guarda Giulia muoversi in quella che deve aver immaginato come la sua tana. A vederla lì dentro, gli pare che gli spazi acquisiscano nuove proporzioni.

Giulia non ricordava che i soffitti fossero così alti. Non ricordava neanche che le volte a crociera fossero in condizioni così buone. Guarda tutte le scatole di latta, in cucina. Poi guarda le magliette di Matteo, quelle con i supereroi. Se le immagina nel loro attico.

Lei ha l'aria di una turista al museo, e Matteo fa fatica a riconoscersi in quel posto. Giulia si ferma a contemplare la vasca interrata. Lui aveva insistito a lungo per avere qualcosa di simile, a casa loro. Un ingegnere suo amico si era premurato di sottoscrivere una perizia che confermava che si poteva fare. Eppure Giulia non gliel'aveva lasciata fare. Le pareva sproporzionata, e anche a sua madre pareva sproporzionata. Alla fine, avevano scelto una vasca normale, solo un po' più grande dello standard. Quando le era capitato di vedere Matteo immerso in una vasca che a stento lo conteneva, le era sembrato un po' ridicolo. Qualche altra volta, invece, da fuori immergeva le sue braccia fino a cercargli il viso, e solo allora lui apriva gli occhi e riemergeva. Allora lei gli diceva di piantarla, che a vederlo così le faceva impressione.

Ora, Giulia lo immagina in quella enorme vasca. Si chiede se, avendola a casa loro, questa faccenda delle immersioni le sarebbe risultata meno ridicola. Poi va da Matteo e gli fa una carezza. Le pare che lui si irrigidisca, come se non avesse più confidenza con quel genere di premure. Allora gliene fa un'altra e un'altra ancora, finché sente che ogni tensione gli è sparita dal collo e dal viso. Lo abbraccia piano.

«Fa quello che devi» dice, «dille la verità. Dille che ci sposiamo, comunque. E poi non parliamone più.»

Giulia prende dalla borsa la lettera di Teresa.

«Dalle questa.»

«L'hai letta?» chiede lui.

Giulia sta già camminando verso l'uscita.

Matteo rimane immobile a guardare la porta. Aveva dimenticato quanto Giulia sia forte, quanto sia capace di non perdere lucidità nei momenti difficili. Spesso lui ha scambiato il suo atteggiamento per freddezza. Ha sempre pensato che tutta quella forza fosse il frutto neanche troppo sudato di una vita vissuta in un ambiente che non contemplava l'idea della caduta. Non vuole sminuire niente, ma pensa che Giulia non sappia neanche cosa significhi subire dei torti dalla vita. Il fatto è che per lei, per quanto male vadano le cose, ci sarà sempre qualcuno o qualcosa pronto ad attutire le scivolate.

Comunque, da tutta questa forza, anche Matteo ora trae i suoi vantaggi. Credeva di essere attratto da Ada in parte per la sua sicurezza, quella che mostra di avere riguardo i sentimenti che prova per lui. Ora sa che la sicurezza di cui ha bisogno è quella di Giulia, e cioè quella di chi si muove a passi decisi su strade pulite e lastricate per bene, e non quella disperata di chi corre lontano dalle macerie a piedi nudi, come Ada.

Non ha mai pensato a quella cosa dell'essere il solo approdo di qualcuno. Di sicuro non ha mai pensato di esserlo per Ada, convinto che fosse lei a essere il suo solo e ultimo approdo.

Ma la prospettiva di Giulia risponde bene persino alle domande che lui non avrebbe osato farsi. Ha ragione, ha ragione su tutto. Sono grandi, ormai. Grandi al punto da sapere cosa aspettarsi da una relazione e cosa no.

Sarebbe finita male anche con Ada. Ora pensa di poterne essere certo. Ci sarebbero stati silenzi imbarazzanti anche con lei. Sere in cui non avrebbero parlato di niente. Vacanze in posti sbagliati per entrambi. E la stanchezza, e il nervosismo.

Così come ha tradito Giulia, prima o poi, anche con Ada

sarebbe finito in una palude tale che per riemergere avrebbe cercato le braccia di un'altra. E poi magari di un'altra ancora. E per sempre avrebbe rimpianto quello che aveva all'inizio, con Giulia, e cioè una relazione stabile e solida. Solida al punto che era stata proprio lei, Giulia, a tirarlo fuori dalla palude.

Decide di fare un ultimo bagno nella sua enorme vasca. Apre l'acqua, si spoglia, prende il casco da palombaro. Passa un dito sulla crepa che Ada ha fatto sul vetro sbattendolo. Lo posa sul bordo della vasca. Entra quando ancora non è piena. Sente l'acqua salire e chiude gli occhi.

Gli torna in mente un pomeriggio, quello in cui ha chiesto a Ada, per l'ennesima volta, cosa volesse fare da grande. Lei gli aveva raccontato quelle cose a proposito delle bacheche, dei disegni dei bambini e delle altalene.

Era stato allora che lui aveva saputo di amarla.

Matteo apre gli occhi, prende il casco da palombaro. Decide di indossarlo anche se l'acqua è a un livello tale che ancora non ci si può davvero immergere. Guardare le cose attraverso la crepa del vetro fa sembrare che tutto sia già sott'acqua; con la testa infilata lì dentro, sente lo stesso rumore che sente quando s'immerge, quello che lo porta lontano dal mondo. Chiude ancora gli occhi.

Pensa a una cosa che gli hanno detto una volta a proposito dei cinesi, o forse dei giapponesi. Loro, quando un vaso si rompe, lo rimettono insieme saldando le crepe con l'oro, per esaltare le ferite. Pensa che Ada sarà questo per lui: l'oro con cui tenere insieme i pezzi. La saldatura adamantina di tutte le sue ferite. D'ora in avanti, lei sarà quel posto lontano dove nascondere i suoi desideri e tutte le sue paure.

In quel posto lontano, Ada avrà per sempre la bocca rossa, anche senza rossetto, e gli occhi saranno blu, quello suo che non assomiglia a niente. La sua pelle non si consumerà e il ricordo del suo corpo sarà per sempre il posto in cui Matteo vorrà tornare. Le loro notti rimarranno per sempre quelle passate a cercarsi la mano. Magari lui ogni tanto la sognerà. Saranno sogni senza parole, in cui si tengono stretti e niente altro. Al risveglio, quando si renderà conto che niente era vero, sentirà ancora addosso la leggerezza di quell'abbraccio e un po' si dispiacerà del fatto che non sia vero e un po' continuerà a sorridere, durante tutto il giorno seguente, ripensando a quel sogno.

Conterà i giorni in cui non la vedrà. Poi, a un certo punto, smetterà di contarli e smetterà di pensare a lei. Magari la incontrerà in giro, mentre lui sarà a spasso con Giulia. E vederla gli farà per un attimo fermare il cuore, e quello che fino ad allora sarà sembrato un castello, con Giulia, di colpo gli sembrerà di nuovo solo una piccola stanza fredda e umida. D'improvviso saprà dare un senso a tutti quei giorni contati: saranno giorni sprecati, tutti quelli lontani da lei.

L'acqua inizia a salire dentro il casco e il rumore, quello che lui crede di amare, si fa più forte.

Si chiede se ricorderà per sempre la voce di Ada, il suo sapore, com'era avere la pelle di lei sulla sua. Si fidava, di quello. Si fidava della sua pelle addosso. Si chiede se nel tempo quei ricordi finiranno contaminati, se fra dieci anni la voce che gli risuonerà in testa sarà davvero la sua o se sarà solo e per sempre quella che vorrebbe che avesse il suo amore. Quello perduto per sempre. Quello da rimpiangere tutta la vita.

L'acqua ha riempito il casco. Matteo non respira e non apre gli occhi. Gli piace stare così, è quella la vertigine che adora. Quella specie di orgasmo che gli pare di sentire quando non ha più aria e l'acqua allora diventa energia elettrica.

Quando esce dalla vasca, è già tardi e deve andare da lei, darle la lettera. Si toglie il casco. Si veste. Per un attimo pensa di mettersi la maglietta di Capitan America. Poi invece indossa uno dei maglioni di Giulia, uno di quelli grigi.

44

Matteo non è mai entrato nella casa di Teresa, quella dove Ada viveva prima di passare le notti tra l'ospedale e il loft. Gli è capitato di accompagnarla fino a fuori dalla porta, ma non ci è mai entrato. Quando suona il campanello e vede la porta aprirsi, gli pare di invadere un mondo piccolo dove ha paura di rompere tutto. Ada ha addosso il suo maglione da regata e un paio di jeans larghi. È scalza. Per un attimo, solo per un attimo, ha creduto di vederle sulle labbra un po' di rossetto.

«Vieni» gli dice, invitandolo a seguirla in cucina.

Sul tavolo, Ada ha sistemato le foto che sua nonna le faceva da bambina, quelle che teneva insieme ai bigliettini scritti sui pezzi di cartone. Matteo si sforza di non guardarle. Ada non ha del tutto smesso di considerarle sgraziate, ma le ha fatte ingrandire e le ha ritoccate con un programma per foto. Diventeranno quadrate come vecchie polaroid. E sfocate a dovere. Le incornicerà e le appenderà da qualche parte.

Ada siede al posto in cui sedeva quando c'era ancora sua nonna, sotto al frigo e all'orologio. Matteo rimane in piedi, fa fatica a trovare la giusta porzione di spazio in un posto tanto piccolo.

«Sa tutto.» Prova a guardare Ada come dal vetro incrinato del casco da palombaro. «Non mi ha spiegato da quando né come l'ha scoperto. Ma lo sa. Ed è disposta a perdonarmi. Mi ha già perdonato.»

Ada ha quello sguardo da cane lanciato contromano in autostrada. Non piange e non dice una parola, ma ha capito benissimo dove Matteo vuole andare a parare.

«Abbiamo iniziato a sistemare le cose. Le sistemeremo piano piano, fino al matrimonio. E oltre. Non possiamo buttare via tutto. Non possiamo permettercelo. Non sarebbe giusto per nessuno.»

È quel parlare al plurale che distrugge Ada. Le ricorda che fino a qualche giorno prima era al margine, ma era ancora dentro quella storia, da qualche parte, vicino a lui. Ora lei è fuori e sono rimasti solo loro due.

Matteo non pensa di dirle quelle cose che gli è capitato di sentir dire. Non le dice che lo fa per il suo bene. Non le dice che non è colpa sua, ma del momento. Non le dice che se l'avesse incontrata in un'altra fase della sua vita, allora sarebbe andata diversamente. Non le dice che la sta lasciando ora, così, per paura di ferirla. Non prova a chiederle di guardare la cosa con realismo.

«Giulia mi ha chiesto di darti questa.» Tira fuori la lettera di Teresa e l'appoggia sul tavolo, davanti a Ada. Lei la prende.

"Al mio pesciolino" c'è scritto. Ada riconosce i caratteri incerti della nonna, accarezza quelle parole.

«Voleva dartela appena l'ha trovata. Per questo provava a chiamarti.»

«È aperta.»

«Io non l'ho letta. Lei credo di sì. Le voleva bene, Ada, le voleva bene come non ne ha mai voluto a nessuno dei suoi pazienti.»

Ada poggia di nuovo la lettera dove l'aveva lasciata Matteo. Si alza.

«Quanto manca?» gli chiede.

Lui capisce che parla del matrimonio. «Poco, manca poco.»

Per un attimo pensa di dirle che spera che un giorno capirà. Poi si accorge di quanto quello non sia realmente un buon augurio.

«Stammi bene» le dice allora. E inizia ad andarsene via, prima che lei possa fare qualsiasi cosa.

Quella frase suona a Matteo come una di quelle che leggeva in fondo al vocabolario di inglese quando ancora l'inglese non lo sapeva. Una di quelle che avrebbero dovuto dargli l'impressione di saper tenere in piedi una conversazione e invece a lui, quell'impressione lì, non l'avevano mai data.

Adesso, di fronte a Ada per l'ultima volta, un attimo prima di chiudere la porta del piccolo appartamento di Teresa, tutte le lingue gli paiono lingue straniere.

45

Giulia ha aspettato Matteo per cena. Ha fatto preparare a Daniele un filetto ai tre sali, al sangue. Ha preso una bottiglia di vino rosso. Per un po' ha pensato di aspettare Matteo anche solo per aprirla. Poi si è ricordata che quello era il genere di vino che è bene servire dopo avergli fatto prendere un po' d'aria. E allora lo ha aperto e versato nel decanter, anche se a lei non è mai piaciuto il vino lì dentro.

Quando Matteo apre la porta, le pare che rimanga un poco più a lungo davanti al mobile dell'ingresso. Si chiede se anche lui ha notato che l'ingresso è più in ordine senza la lettera di Teresa. Matteo tiene le chiavi in mano, per un attimo pare voglia appoggiarle. Poi, invece, le mette nella tasca della giacca e con lo sguardo cerca Giulia.

«Ho preparato un po' di vino» dice lei.

«Bene» fa lui.

Giulia lo aiuta a togliersi la giacca, senza fretta. L'andrà a mettere nella cabina armadio, dove niente è mai fuori posto.

Matteo ha versato il vino nei bicchieri. Aspetta Giulia per accennare a un brindisi e fare il primo sorso. «È buono» commenta.

Giulia pensa che è da molto tempo che non glielo sente dire.

Nel grande bagno in camera, Giulia e Matteo riescono a prepararsi per la notte senza intralciarsi a vicenda, e senza che nessuno veda troppo dell'altro.

Prima di distendersi, Matteo poggia una mano sulla spalla di Giulia.

«Com'è andata a finire con le peonie?» le chiede.

Giulia ci mette un po' a ricordarsi del problema dei fiori. Sua madre aveva scoperto che il fiorista avrebbe fatto arrivare le peonie da una serra in Olanda. «Non erano questi i patti» aveva protestato, con il fiorista, con Giulia e con chiunque le capitasse a tiro. I patti erano che le peonie sarebbero dovute arrivare da un giardino italiano o francese. Era stata sul punto di sollevare il fiorista dall'incarico, poi si era resa conto anche lei che era troppo tardi per trovarne un altro e si era fatta promettere di avere notizie certe sulla provenienza delle peonie.

«Ha parlato direttamente lei con i tizi del vivaio in Francia. È tutto a posto» risponde Giulia, e un attimo dopo averlo detto, si rende conto di non essere più sicura che il vivaio scelto sia in Francia.

«Bene. Notte allora.»

«Notte.»

Giulia spegne la lampada sul comodino e per un po' rimane a fissare il buio. Aspetta che lo sguardo le si affini. Le piace quando inizia a vedere qualcosa, nonostante la notte. Sa che farà fatica a dormire. Le capita poche volte, ma se ne accorge subito. Solleva il cuscino e lo appoggia alla testiera del letto. Guarda Matteo girato di spalle, ascolta il suo respiro farsi più pesante, un attimo prima di crederlo addormentato. Si chiede quand'è che è cominciato. Quando è che lui ha iniziato a lasciare spazio a qualcuno che non fosse lei, nei suoi pensieri, nei suoi sguardi. Si chiede se fare spazio a sua volta possa essere una soluzione. Forse basterebbe che si fermasse a guardare un suo collega più a lungo di quanto non faccia. Crede di sapere come vanno certe cose. Basta un attimo, basta scambiarsi un sorriso di troppo. Immagina che farlo anche lei possa rendere più ordinario quello che ha fatto Matteo. Prende un altro cuscino dalla poltrona accanto al letto e lo infila dietro la schiena. Le pare di stare più comoda, così.

Il fatto è che lei non è mai stata capace di scambiare un sorriso di troppo. E deve arrendersi al fatto che non lo sarà d'ora in avanti. Ma adesso non le sembra un merito. A dirla tutta, non sente il bisogno di rendere ordinario quello che ha fatto Matteo. Non sente di aver nessun conto da regolare. In fondo, pensa, l'uomo che l'ha tradita non è lo stesso che le sta dormendo accanto, ma è quello che vive nel loft e indossa magliette improbabili e fa immersioni anche quando non c'è abbastanza acqua. Lei non sa niente di quell'uomo. Si chiede se, incontrandolo al bar dell'ospedale, le riuscirebbe di scambiare con lui un sorriso di troppo. Immagina di sì. Poi però non sa neanche se, nella sua testa, l'uomo del loft è solo quello di cui Ada le ha parlato per mesi. Tutta quella meraviglia che lei ha avuto nel raccontarlo, lei sarebbe in grado di vederla?

Per un attimo non vede proprio niente. È come se avesse perso l'abitudine al buio e dovesse di nuovo mettere a fuoco. Quando recupera un po' di controllo, però, non sa dove portare lo sguardo.

In fondo, dell'uomo del loft non sa niente e non le importa di sapere niente. Non è affar suo. Non lo sarebbe neanche se lo incontrasse al bar e decidesse di sorridergli. È di quello che le dorme accanto, che dovrebbe importarle. Ascolta il suo respiro. Immagina che dovrebbe conoscerlo, dovrebbe riconoscere il modo che ha di respirare mentre dorme. Dovrebbe poter capire se sta dormendo veramente. Ma, per quanto bene possa vedere nel buio della stanza, questo non lo sa. Magari sta facendo finta di dormire tanto quanto lei, magari dorme davvero. Non lo sa.

Non sa niente del Matteo di Ada. E non sa più niente del suo.

È con un vivaio italiano che sua madre ha preso contatti per le peonie, ora lo ricorda. Prima deve aver fatto confusione. Toglie i cuscini che aveva aggiunto dietro la schiena e si rimette distesa. Sa che dormire riordina le idee e spazza via quelle senza significato.

46

La stanza dove Giulia ha trascorso la notte prima del ricevimento non è la più grande della villa, ma lei sa perché sua madre l'ha scelta: è quella con la luce migliore, e poi ha un camino in marmo splendido, molto più bello di quelli delle altre stanze. Il camino, durante la giornata che Giulia ha passato lì dentro, tra visite di amiche, estetiste e massaggiatrici, non è stato quasi mai acceso, ma è bello sapere che è lì.

Il vestito di seta color amaranto è rimasto appeso alla maniglia di una finestra. Adesso che è con lei solo l'acconciatrice, sua madre pensa che sia ora di tirarlo giù e contemplarlo da vicino.

«Ho chiamato la sarta» dice, «se dovesse esserci qualcosa che non ti piace, dillo, tesoro, avrà modo di sistemarlo.»

«Mamma l'ho provato dodici volte, è perfetto, non potrebbe essere più perfetto.»

«Hai ragione. Ma voglio che tu sappia che possiamo sempre sistemare tutto, in ogni caso.»

Giulia, sin dalla prima volta che aveva visto l'abito disegnato su un foglio, aveva pensato che non poteva esserci nulla da sistemare. Per sceglierlo, sua madre le aveva chiesto di mettere insieme un po' di immagini di cose che la ispiravano. «Non devono essere per forza abiti» le aveva detto, «mi serve un clima.» Il clima, sua madre, lo aveva capito benissimo, e l'abito era risultato quanto di più vicino potesse esserci all'idea che Giulia si era fatta in testa.

Anche sull'acconciatura c'erano stati pochi dubbi. La ragazza che ora la sta pettinando ha già ripetuto quei gesti altre cinque volte, finché ogni dettaglio ha trovato la proporzione perfetta. Giulia guarda sua madre muoversi nella stanza. Ha l'aria felice di chi sa che ogni aspetto del proprio lavoro sta prendendo la giusta forma. Quando si tratta di sistemare la sottile tiara d'oro che è stata realizzata per l'occasione, interrompe l'acconciatrice. «Posso fare io?» chiede, senza aspettare la risposta.

Indietreggia di alcuni passi per valutare l'insieme da una buona distanza. Solleva appena il mento. Giulia sa che è soddisfatta anche di questo. «Può lasciarci sole?» ordina all'acconciatrice. È arrivato il momento di indossare l'abito e né Giulia né sua madre vogliono spettatori.

Guarda sua madre mentre le sistema le bretelle e le accarezza piano le spalle.

«Sei talmente bella» dice, «lo sei sempre stata.»

Giulia abbassa lo sguardo un attimo prima di commuoversi. Sua madre, invece, non fa niente per nascondere le lacrime. «Dovrei scendere a controllare la sala e a prendere dello champagne.»

«Non sono neanche le sei, mamma!» le sorride Giulia. Sua madre ha sempre adorato bere, ma ha sempre anche detto che non va fatto prima che l'ora sia quella giusta. E l'ora giusta non era mai prima delle sei.

«Si può sempre fare un'eccezione» sussurra adesso, un attimo prima di lanciare un bacio a Giulia e fermarsi sulla porta a guardarla ancora una volta, per poi uscire dalla stanza.

Giulia sta attenta a non sgualcire il vestito. Non ha mai avuto troppo bisogno di stare attenta a non rovinare le cose, lei, ma le pare che quel vestito necessiti di più attenzioni rispetto a qualsiasi altro abbia mai indossato. Cammina piano attraverso la stanza. Non guarda niente, ma quando sente sua madre rientrare, accenna un sorriso.

«Sei splendida. Sei la figlia più bella che potessi avere.»

A quel punto, Giulia guarda sua madre. Ha l'aria persino più fiera e luminosa di quando ha lasciato la stanza, pochi minuti prima. «Ti ho preso questo» le dice, andandole incontro con una coppa di champagne. «Di sotto è tutto perfetto.»

Siede sul letto e tira su le gambe, come fanno le bambine quando vanno a casa delle amichette e hanno tante di quelle cose da raccontarsi che pensano che il pomeriggio non basterà. «I centrotavola non sono così alti...» Si passa una mano sul collo e guarda sua figlia. «So che sembra stupido, ma avevo paura che fossero troppo alti. E invece aveva ragione quel tizio, quello che ci ha affittato anche le sedie. Non sono alti. Sono perfetti.»

Giulia beve un sorso di champagne. Sua madre ha scelto bene anche quello. Davanti allo specchio, si passa una mano dietro la nuca. Le pare che alcuni capelli si siano liberati dall'acconciatura.

«Se non ti piace, possiamo cambiarla. C'è ancora tempo» la rassicura sua madre. Ha la schiena appoggiata ai cuscini, ora, e non ha smesso di bere e sorridere. «Per quanto mi riguarda, puoi persino scioglierli.»

«No, non voglio scioglierli. È solo che qui, qui mi pare che ci sia qualcosa che non va...»

«Vieni qua» le dice, accarezzando il punto del letto dove aspetta che sua figlia si sieda. Posa la coppa di champagne, passa piano le mani sui capelli di Giulia. «È più facile, tesoro mio, è più facile di quanto sembri.»

«Sistemare i capelli?»

«No, tesoro. Le cose. Tutte le cose. Anche quelle che sembrano più difficili, anche quelle che passi mesi a prepararle, a pensarci su. Le cose accadono, e passano. E sono più facili. Più facili di quanto pensi.»

Un cameriere deve aver bussato alla porta. Sua madre mormora: «Avanti» senza che Giulia se ne accorga. Il cameriere spinge nella stanza un carrello con dello champagne tenuto in fresco.

La madre si alza e riempie di nuovo la sua coppa, dopo aver dato un ultimo sorso. Negli occhi sembra avere la luce di tutte le feste del mondo. «È un'ora già adatta per bere, tesoro.» Giulia le porge il bicchiere per farselo riempire. Nessun capello è più fuori posto. Sua madre è brava a sistemare le cose, anche senza pettinarle.

Accennano un brindisi e sorridono, tenendo lo sguardo ognuna dentro quello dell'altra, come chi sa che la festa è iniziata e non c'è alcun rischio che finisca prima del previsto.

47

La villa scelta per il ricevimento la sera prima delle nozze in Comune e della partenza per l'isola è talmente piena di peonie e ortensie che, persino lungo il vialetto, Matteo ha creduto di sentirne il profumo.

Giulia non è con lui. La suocera ha impostato tutto come se quello fosse il matrimonio vero e proprio: gli sposi avrebbero fatto bene a vedersi solo a un certo punto.

Quando Matteo entra nella sala principale, ci sono già più invitati di quanti lui sarebbe riuscito a contattare. Stanno tutti bevendo e mangiando, alcuni ballano al ritmo di una musica jazz che non riesce a capire da dove arrivi.

Gli vengono in mente le prime feste a cui era andato da ragazzino. Nessuno, all'epoca, aveva idea di come ci si dovesse comportare alle feste. Per un po' tutti rimanevano appoggiati a un muro, a preoccuparsi della piega strana che aveva preso il vestito o a maledire le brutte scarpe che avevano indosso. Il più delle volte, quando il festeggiato o uno dei suoi genitori ne aveva abbastanza di quell'immobilità, era lui ad avvicinarsi al tavolo e poi, in una calma del tutto apparente, distribuiva piatti e bicchieri pieni. Solo allora, piano piano, la gente iniziava a muoversi, a smettere di preoccuparsi.

Matteo pensa che forse il segnale che ha tanto atteso per scoprire di essere diventato grande è questo: quando a un certo punto le persone hanno smesso di preoccuparsi di essere i primi a bere alle feste.

La madre di Giulia ha già iniziato a distribuire piccole scatole agli invitati che continuano ad arrivare. «Le bomboniere si danno alla fine» aveva detto qualche mese prima, «ma il nostro è un concetto diverso. Il nostro è un benvenuto.»

Dentro le scatole ci sono delle perle. Perle di Tahiti. Le ha scelte lei, ma ha indottrinato Giulia e Matteo in modo che possano rispondere alle domande degli ospiti come se le avessero scelte loro.

Matteo ha imparato un discorsetto che spiega quanto siano preziose, le perle di Tahiti. Nonostante siano scure, sono considerate le più affascinanti al mondo. Quelle che hanno scelto per i loro ospiti sono di forma sferica. Le più preziose. E le tonalità vanno dalla piuma di fagiano, rosa al centro e giallo e verde verso l'esterno, all'*aubergine*. Sono i colori più rari, gli ha chiesto di sottolineare la madre di Giulia.

Fino ad ora, non ha avuto modo di fare quel discorso con nessuno. Tutti comunque gli hanno stretto la mano e dato grandi pacche e lui ha risposto ai sorrisi e alle strette di mano e alle pacche. E ha fatto brevi discorsi, dato risposte e fatto altrettante domande. Come in quei film mai davvero guardati per intero, tutti questi pezzi di dialogo si fondono nella testa di Matteo senza che lui riesca realmente a metterli in sequenza e a dar loro un significato.

A un certo punto, da qualsiasi parte provenga, il jazz finisce, dopo un assolo di sax che fino a quel momento aveva avuto tutta l'aria di poter essere interminabile.

Un quartetto d'archi prende posto in fondo alle scale da dove Matteo immagina che scenderà Giulia. Poi compare il suonatore di bandoneón.

Per il loro primo ballo insieme da quasi sposi o quel che sono, Giulia e Matteo hanno scelto un pezzo di Piazzolla. Non un tango, ma uno che a Matteo era piaciuto al punto da giurare di volerlo anche al suo funerale. Quando il bandoneón attacca a suonare, Matteo pensa che Giulia ha avuto ragione anche su questo. Aveva insistito per lasciare la parte del primo strumento al bandoneón, e non a un violino, come voleva lui. Suonata così, aveva detto, avrebbe avuto un'aria meno da fine del mondo. Matteo ci si era affezionato, all'aria da fine del mondo, ma adesso ammette che l'originale è molto più adatta.

Gli invitati cominciano a sgomberare il centro della sala. Devono aver capito che quella è la musica che annuncia l'arrivo di Giulia.

Matteo non pensa più a niente. Quando la vede apparire sulle scale con un lungo vestito di seta color amaranto, si sforza di guardarla come se la vedesse per la prima volta.

È la donna più bella che abbia mai visto, la più piena di grazia. Quando lei si avvicina, lui spera con tutto se stesso che la pelle gli restituisca la sensazione che gli occhi e il cuore sono stati in grado di dargli. Quando posa la mano sulla schiena nuda di Giulia, è come se toccasse se stesso. Gli sembra di essere da solo, anche se c'è tutta quella gente.

La sala si è riempita di silenzio, un silenzio d'incanto per la bellezza di Giulia, per il vestito, per quel loro primo ballo.

Si muovono piano, al punto che per quasi tutta la musica sembra che rimangano fermi. Abbracciati, ma fermi.

«Sei felice?» chiede Matteo a Giulia, sottovoce.

«Siamo dove siamo stati fatti per stare» risponde lei.

48

Ada ha trovato un lavoro. Non sa per quanto andrà avanti, ma questo per lei non è un problema. Il lavoro consiste nell'andare a prendere e riportare a casa gli ospiti di un centro per anziani. Alcuni rimangono lì soltanto di mattina, altri pranzano e poi se ne ritornano a casa. E Ada è quella che ce li riporta, a casa, con un piccolo furgoncino con sei posti a sedere. È poco più grande di una macchina e lei lo guida bene.

Alcuni degli ospiti ci dormono anche, lì al centro. A loro capita di dover essere portati dal medico o all'ospedale, e in quel caso è Ada ad accompagnarli. Tornare all'ospedale non le dispiace. Le fa piacere non far sentire soli quegli anziani, in un posto grande come quello. Più di tutto, le piace il fatto di non dover mai rimanere troppo a lungo in un posto. Dopo tutta quell'immobilità, si era detta accettando il lavoro, era bello andarsene da un parte all'altra della città.

E poi non deve leggere né scrivere né copiare niente. All'inizio, le avevano dato una lista con i nomi e gli indirizzi delle persone che doveva andare a prendere, ma è bastato poco perché non ci fosse più bisogno di consultarla. Adesso, il giro lo ricorda a memoria.

Va spesso al mercato. Non è diventata brava a scegliere le uova, ma cucina ogni giorno, anche quando non ha fame, anche quando sa che non mangerà. Lo fa per tenere vivo quell'odore che fa sembrare la casa della nonna quella che era un tempo.

Ha cambiato qualche lampadina, ha scelto quelle che consumano poco. Avrebbe fatto fatica a convincere sua nonna che quelle erano la scelta giusta, perché all'inizio la spesa era alta. Ada non era neanche troppo sicura che sua nonna avrebbe apprezzato la nuova qualità della luce: quelle lampadine ne facevano troppa, almeno in certi punti. Ma lei fatica a sopportare la semioscurità che la nonna si ostinava a tenere in casa. A rendergliela sopportabile, adesso Ada lo sa, era soltanto la sua presenza.

Certe volte, guardando l'ulivo, prova sollievo pensando che Teresa la stia guardando a sua volta. Certe altre, fissa l'ombra delle foglie mosse dal vento proiettata sul pavimento, e pensa che la nonna non c'è, e basta. Non può ascoltarla, non può vederla.

Non le piace sentirsi così. Quando le capita, continua a fissare le cose che la nonna le ha indicato. Aspetta.

Ada ha tenuto la lettera di Teresa ferma sul tavolo della cucina più a lungo che ha potuto. Il pensiero di avere ancora qualcosa di lei da scoprire l'ha aiutata a sopravvivere.

Poi però, una notte, ha creduto di non farcela più. Ha sentito di nuovo quella paura che credeva di sentire da bambina, quando la nonna dormiva e lei non voleva dormire per l'angoscia di fare brutti sogni. Esattamente come allora, aveva il timore che il buio salisse da sotto il letto e l'inghiottisse.

Ha preso la lettera della nonna e la luce che usava da piccola in notti come quella, per combattere il buio, quando anche salire sul letto e mettersi in punta di piedi pareva non bastare. Si è tirata le coperte fin sopra la testa, ha acceso la piccola luce e ha iniziato a leggere.

Piccina mia,

se il lavoro che ho fatto fino ad ora è stato buono, tu ora non starai piangendo.

Mi sono promessa una cosa, la sera che ti ho vista arrivare: avrei costruito per te una fortezza di felicità, fatta di bei ricordi, fatta di amore. E spero che questa fortezza ora regga. Tutti mi dicevano di non viziarti. Io a loro non lo dicevo, ma una cosa la pensavo: di troppo amore nessuno è morto mai.

Avevo promesso anche un'altra cosa, quando ti ho vista arrivare: che mi sarei sforzata di scoprire la tua vera natura, e di proteggerla.

La tua natura è buona, Ada, eppure è piena di malinconia. Vedi solo le cose che finiscono, mai quelle che iniziano. Un modo per porre rimedio a questo, la nonna te lo ha insegnato già. Presta attenzione ai rumori. Sforzati di credere che siano quelli delle cose che iniziano. Ma soprattutto, pensa che niente rimane mai come prima. Le cose cambiano, piccina mia, le cose cambiano sempre. E quando cambiano, tu non devi avere paura.

Qualunque cosa fai, ti viene la malinconia per quelle che non hai fatto. Questo non va bene, amore mio. Quando una cosa cambia, quella per te sarà la prima volta in cui la scopri. Non pensare alle cose vecchie. Non pensare che le cose passate siano sempre le ultime. Le cose cambiano anche quando non ti accorgi, come l'ulivo: tu lo vedi sempre uguale ma adesso è alto alto.

Le devi guardare, le cose, le devi guardare anche quando hai paura che cambino. Altrimenti arriverà il giorno in cui non le riconoscerai più, e allora non saranno più tue.

Ci saranno dei momenti in cui ti sembrerà che niente abbia senso. Sarai arrabbiata, sarai triste, e la sola cosa che mi dispiace di questa malattia che mi fa il sangue cattivo è che quando sarai triste e arrabbiata io non sarò con te.

Ma io ti prego di avere fiducia. Le cose brutte passano, piccina mia. Trovano un senso. Trovano un posto. Tu sei fatta delle cose belle, Ada. Non delle cose brutte.

Non credere a quelli che ti dicono che il vero amore fa soffrire. Non ci credere mai. Il vero amore ti libera. Ti libera da tutto, dal dolore, e dalla tua parte peggiore. Ti ci fa far pace. Ricorda però che per il vero amore serve impegno, non devi mai perdere l'attenzione. Sarà difficile, lo so. Fa' sempre come con l'ulivo: continua a guardare.

Io non lo so perché, forse non lo sa nessuno, ma certe volte l'impegno non basta per l'amore. E l'amore non basta per l'impegno. Non basta per continuare a impegnarsi. Finché c'è ancora, puoi provare a non lasciarlo finire... Ma quando sarà finito, non potrai più farci niente.

Diffida di quelli che credono di poter spiegare tutto. Certe cose non si spiegano.

Ridi, piccola mia. Ridi più spesso che puoi. E sbàgliati. Arriva tardi, allunga la strada. Sporcati. Compra quel vestito bello, compralo anche se credi che costi troppo. Tienilo nell'armadio e indossalo in un giorno qualsiasi: ti farà felice. Non avere paura, se le cose banali ti fanno felice. Le cose banali hanno un pregio: il più delle volte sono vere.

Sii buona. Trova qualcuno che si impegni a riconoscere la tua vera natura e a proteggerla. Prenditi cura di lui. Ma prima scoprila tu, la tua vera natura. E prenditene cura.

Ricordati: sei bella come una mattina di maggio, che se anche piove, sai che ogni cosa è pronta a sbocciare. Che se anche piove, ogni cosa pare una promessa di un giorno di sole.

Ti bacio, Ada. Bacio via tutte le tue lacrime. Sono con te. Sono l'amore che ho per te.

Ciao, pesciolino. Ciao, piccina mia

la tua nonna

49

Restituire i regali di nozze fu l'attività che, per un po', tenne a bada i nervi della madre di Giulia. Fece preparare da una calligrafa di prestigio una serie di lettere in cui spiegava che il matrimonio, per motivi del tutto privi di qualsiasi risvolto scandalistico, non si era più fatto. Né in Comune, il giorno dopo il bel ricevimento, né sull'isola di Aruba né altrove.

Spiegò a tutti che, per il disturbo, la famiglia si era presa la briga di devolvere una somma consistente in beneficenza. La beneficenza, pensava la madre di Giulia, era sempre un'idea capace di distogliere l'attenzione dal succo delle cose.

Quando ebbe finito con la restituzione dei regali, iniziò a bere alcolici molto prima dell'orario che aveva sempre ritenuto adatto.

Si fece forza pensando che adesso avrebbe avuto per sempre un motivo valido per manifestare la sua più completa disapprovazione nei confronti di Matteo. Le pareva comunque una sorta di compenso.

Dopo il ricevimento, Giulia salì in camera, nella villa che sua madre aveva pensato di affittarle per la notte, perché non dormisse con lo sposo la sera prima delle nozze. Si tolse il vestito e lo stese sul letto. Lo guardò a lungo. Pensò ai complimenti che aveva ricevuto per quel suo primo ballo con Matteo. Le venne in mente la lettera di Teresa. Era stata scritta in fretta, con una calligrafia un po' stentata, quella di una donna che non aveva finito neanche le elementari. Eppure non riusciva a smettere di pensarci.

Non riusciva a smettere di pensare che, per quanto impegno ci mettesse, lei quel ballo non lo aveva mai considerato come il primo, ma le era parso da subito l'ultimo.

Più di tutto, pensò al garage dove Matteo aveva vissuto con Ada. Pensò alle magliette con i supereroi e alle scatole di latta. Lei quel Matteo lì non lo conosceva. Non aveva continuato a guardarlo. E ora che non lo riconosceva più, non era più suo.

Non poteva pensare che quel diverso Matteo, quello della vasca e delle margherite, non trovasse un posto, che non avesse qualcuno accanto capace di guardarlo davvero.

Lo chiamò, gli chiese di raggiungerla.

«Porta sfortuna vedersi prima» provò a ricordarle lui. Lei disse che non importava.

Lui arrivò più velocemente di quanto lei si aspettasse. Giulia lo fece sedere e gli disse che quella sera, a Linosa, quando lei gli aveva risposto che il treno era giusto e che avevano tutto il carburante del mondo, la sua era solo una speranza, e non una constatazione. Non se n'era resa conto subito. L'aveva capito una notte, tornati dall'isola, mentre lui dormiva e lei non riusciva a prendere sonno.

Gli disse che aveva ragione lui a dire di aver perso il conto delle fermate. Il viaggio era finito e loro non avrebbero potuto fare altro che scendere, all'ultima fermata, e salutarsi. Non era la destinazione che avevano in mente, questo no. Ma avrebbero potuto comunque consolarsi con l'idea che tutto sommato era stato un buon viaggio.

Non avrebbero avuto occasione di ripartire insieme. Per il loro amore non era bastato l'impegno. E per portare avanti l'impegno non bastava il loro amore.

Passarono quell'ultima notte insieme ad abbracciarsi e a piangere. La mattina dopo si salutarono, per sempre. Non si dissero "buona fortuna", che a loro pareva una brutta cosa da dire. Si dissero solo grazie.

Poi, lei impegnò tutto il suo coraggio nel proteggere la sua vera natura. Iniziò a studiare per il test di ingresso a Medicina. Lo passò e non disse niente a nessuno. Iniziò a fare gli esami e non disse niente a nessuno. Non disse niente a nessuno neanche quando si laureò e ottenne il posto da specializzanda in oncoematologia pediatrica.

Passò solo al cimitero, a restituire le cuffie con gli animali al loro legittimo proprietario.

Matteo trascorse i giorni successivi al ricevimento quasi sempre sott'acqua, lontano da ogni cosa. Non parlò con nessuno, non vide nessuno. Rimase fermo. Era stanco di correre senza sapere dove andare.

Si sforzò di ascoltare se stesso fino all'ultima parte, quella più brutta.

Si sforzò di trovare una ragione per rimanere lontano da Ada. Non ne trovò nessuna.

Corse da lei nel modo che preferiva, e cioè andando piano, come gli piaceva andare quando davvero sapeva dove arrivare.

La trovò sotto l'ulivo, intenta a guardare la luce che filtrava dalle foglie e che pareva pioggia. Promise a se stesso che per nessun motivo al mondo avrebbe lasciato che l'incanto che lei gli suscitava venisse corrotto.

Promise a se stesso che il tempo non avrebbe scalfito niente di quel sentimento.

Che quello che era successo con Giulia non sarebbe mai più capitato.

"In nessun caso la storia deve ripetersi" promise a se stesso.

Ripiantarono l'ulivo di fianco alla porta d'ingresso del loft, a una giusta distanza, così che Ada avesse modo di correrci intorno. Poi fecero aprire una grossa finestra, in modo tale da non perderlo mai di vista, stando in casa.

Rimangono a guardarlo ogni mattina, anche se piove, anche se l'ulivo pare sempre uguale. Hanno attaccato un'altalena che pende dalle volte a crociera.

Matteo ogni tanto mette musica sbagliata, ma trova sempre il modo per far ballare Ada, in cucina. Anche senza musica, anche senza niente.

Il giorno in cui Paolo chiuse il ristorante per sempre, un poco piansero. Si fecero dare uno dei menu e lo incorniciarono. È ancora appeso lì, di fianco alla tv.

Di pomeriggio, ogni tanto, fanno la spesa insieme. Ci mettono più tempo di chiunque altro. Si dicono che quei pomeriggi sono il loro lusso.

Non vanno mai a letto in momenti diversi, se sono nella stessa città. Nella notte si cercano la mano.

Non hanno sempre bisogno di parlare. Non hanno sempre tutte le risposte. Eppure certe cose non smettono di chiedersele. Rimane sempre qualcosa, nel loro passato, ancora da scoprire.

Davanti a un paesaggio, notano spesso le stesse cose. Ascoltando una canzone, anche. Lo sanno, che notano le stesse cose, ma fanno finta di niente. Lo dicono, quello che notano. Poi uno sorride all'altro e allora non parlano più.

Quando Matteo è fuori, ogni tanto, fanno ancora il gioco della radio.

Anche il gioco del naso, quello in cui Matteo deve dire "stop", lo fanno ancora. È complicato, per lui, trovare il punto esatto in cui dire "stop", eppure ogni volta è più in alto di quella prima.

Di tanto in tanto, ripensano al tempo che hanno passato a guardarsi, al bar dell'ospedale. Ripensano a quanto c'era voluto, prima che lei gli chiedesse: «Cosa bevi?».

Lui non disse niente. Sorrise. Era rum. Rum secco.

Lei riuscì comunque a berne un sorso.

Poi lanciò il resto del bicchiere di sotto.

Non hanno smesso di guardarsi. Né di sorridere.

Ringraziamenti

Senza la scuola Palomar di Mattia Signorini non avrei iniziato a scrivere questo libro. Di sicuro non lo avrei mai finito. Quindi: grazie a Mattia, per aver pensato e fondato la scuola. Grazie soprattutto per il modo semplice in cui fa apparire possibili le cose. E grazie alla sua passione per gli inizi.

Grazie alle mie maestre della scuola elementare.

Grazie a Massimo Canalini per avermi insegnato a distinguere i libri scritti bene da quelli scritti male.

Grazie a Vicki Satlow, per averci creduto molto più di me, molto più di tutti.

Grazie a Michele Rossi, che un giorno ha detto di aver capito, e per un sacco di altre cose. Davvero tante.

Grazie ad Arianna Curci, per la pazienza, la gentilezza e la forza.

Grazie a tutti quelli che, in un modo o nell'altro, mi hanno detto: «Lascia perdere».

Grazie ai Bivaccanti. Grazie alle ragazze del Gruppo Incendio, perché, quando sto con voi, arriva sempre il momento in cui vi guardo e penso che siate una benedizione.

Grazie a Michela che è la metà del mio cuore, la metà della mia strada.

Grazie a mio padre. Grazie a mia sorella e a tutto quel suo feroce e dolce senso di protezione che mi fa ricordare che sono ancora la più piccola.

Grazie a mia madre. Grazie per *tutto*. E scusa, per tutte le volte che, tornando a casa da scuola, ho lanciato lo zaino. Grazie per esserti sempre comportata come se fossi certa che questo, prima o poi, sarebbe accaduto.

Grazie a Marco, che forse questo libro non lo leggerà mai. Che mette spesso la musica sbagliata, ma trova sempre il modo giusto per farmi ballare. Grazie per i pomeriggi passati a fare la spesa e a piegare i panni. Per la margherita. Per l'ulivo. Per l'altalena.

Grazie per tutte le volte che non smettiamo di guardarci. E di sorridere.

Finito di stampare nel gennaio 2017 presso
Grafica Veneta - via Malcanton, 2 - Trebaseleghe (PD)
Printed in Italy

Rizzoli
LIBRI

ISBN 978-88-17-09281-4